Le Fantôme du Gois

Collection dirigée par Thierry Lucas

www.gesteditions.com

Williams CRÉPIN

Le Fantôme du Gois

Geste éditions

Dix ans plus tôt.

L'océan avait avalé le soleil et pourtant on y voyait comme en plein jour. La pleine lune éclairait l'étendue de sable et se reflétait dans les mares d'eau salée oubliées par la marée basse.

Les pieds léchés par les vaguelettes de l'étale, elle trottinait insouciante. Frêle silhouette féminine, elle ne le voyait pas encore.

Lui, par contre, ne ratait rien de ses mouvements.

Cela faisait longtemps qu'il y pensait, depuis le premier jour en fait.

Elle avait décidé de saluer la mer avant de boucler ses maigres bagages et de rejoindre le continent.

Lui aussi avait décidé de lui dire au revoir.

À chacun sa manière…

La grande marée d'équinoxe dégageait le paysage et elle distinguait l'île du Pilier, au large. Le vent d'ouest lui caressait le visage. Elle emplit ses poumons d'air pur et iodé pour s'imprégner de la sérénité ambiante.

Bientôt Noirmoutier ne sera plus qu'un souvenir qui lui permettra de passer l'hiver dans la grande ville.

Elle ne savait pas encore que son existence allait prendre fin sur la magnifique plage de Luzéronde.

Elle s'arrêta brusquement.

Lui ne s'arrêta pas.

Quand il comprit qu'elle allait le repérer, il se mit à sprinter aussi vite que son poids le lui permettait. Ses larges bottes sculptaient le sable de ses empreintes de géant.

Elle l'avait vu et, immédiatement, sans réfléchir, comme mue par un réflexe de survie, s'était mise à courir.

Il avait fait de même.

Il savait que ce n'était jamais facile mais qu'à chaque fois, il gagnait.

Elle se retourna pour vérifier qu'elle n'avait pas rêvé, qu'elle avait paniqué pour rien, influencée par l'ambiance.

Non, elle ne s'était pas trompée. Une ombre la poursuivait.

À peine l'avait-elle vue qu'elle s'étalait, prise au piège d'une ornière creusée par la mer. Quand elle se releva, elle avait laissé ses chaussures enfouies dans le sable mouillé, son nez goûtait d'une larme d'eau salée.

À l'est, un blockhaus, vestige de la dernière guerre, se découpait sur le ciel laiteux. Elle se dit que, si elle le rejoignait et qu'elle escaladait la dune, elle serait à l'abri.

Elle tenta d'oublier sa peur, se concentra et focalisa son attention sur le bunker qui trônait au loin.

Il s'en doutait.

Elle voulait toujours se réfugier dans cette ruine qui puait l'urine et les excréments.

Drôle d'idée.

Il n'avait rien contre. Il savait qu'il la retrouverait pelotonnée contre le béton humide, les genoux serrés contre son doux visage inondé de larmes.

À la toute fin, elle relèverait la tête en lui quémandant sa pitié.

Il ralentit le pas en espérant qu'elle ne se blesse pas dans les fils de fer barbelés rouillés. Il avait horreur qu'elle soit couverte de sang avant qu'il n'arrive.

Lui aussi escalada la dune.

Le crissement du sable sous ses pieds accompagna son arrivée.

Elle ramena ses jambes contre son corps et leva la tête quand elle vit l'ombre lécher le béton rêche qui lui meurtrissait le dos.

« Pitié… »

Elles disaient toutes ça.

– I –

Une méduse sous les roues

Michel roulait en silence. Ses doigts, crispés sur la peau de mouton qui encerclait son volant, blanchissaient aux jointures et prenaient la coloration de l'argent poli de ses deux bagues touaregs. La profonde ride horizontale qui barrait son front soulignait sa concentration. Ses rouflaquettes frisées, son regard vif, sa carrure d'athlète, le catogan qui encerclait sa tignasse et l'anneau qui pendouillait au lobe de son oreille gauche, ne suffisaient plus à donner le change. Les douleurs dans les lombaires qu'il avait réveillées à force de trop conduire lui rappelaient sa condition. Les ravages de l'âge le cernaient, sa jeunesse l'avait fui.

Le grand gaillard ne quittait pas la route des yeux, son éternel panama en paille trouée, bordé de son ruban noir, fiché sur le crâne. Concentré sur sa conduite, il redoutait de verser dans un des étiers qui défilaient de chaque côté de son Ford Transit aménagé en camping-car. Michel aborda un nouveau virage avec anxiété. La griffure des tamaris et celle des genêts écorchaient la tôle de sa camionnette, laissant aux bourrasques le plaisir de la faire tanguer dans de formidables et imprévisibles à-coups.

En cette fin d'après-midi d'automne, Michel, tel le capitaine d'un rafiot malmené par les intempéries, tentait, vaille que vaille, de garder le cap sur la départementale vendéenne.

À ses côtés, Cécile dormait paisiblement, ses cheveux tirés au-dessus des oreilles lui donnaient un air sévère et protecteur.

Elle avait passé sa vie à jouer « la dame de la bibliothèque » dans un collège-lycée. Au cours de sa carrière, elle avait vu des générations de gamins profiter de ses compétences et de sa disponibilité. Même s'ils avaient parfois abusé de sa gentillesse, elle gardait le souvenir d'un métier qui lui avait procuré plaisir et satisfaction.

Profitant des premiers instants de sa préretraite de documentaliste, elle avait décidé de voyager avant d'être trop vieille et de ne plus pouvoir rien faire sans ronchonner, rien dire sans radoter.

Michel repensait à ce qu'elle lui avait déclaré il y a quelques jours dans un formidable éclat de rire :

« On commence par Noirmoutier et, si tout se passe bien… ce dont je ne doute pas un instant ; car avec un homme comme toi, je n'ai peur de rien, on fonce, et on fait le tour du monde. »

Relevant le défi sans hésitation, ils avaient topé, paume contre paume, à la manière des maquignons dans une foire aux bestiaux. Michel revivait la scène avec émotion, les poils sur ses avant-bras se dressaient quand une rafale plus violente que ses consœurs lui rappela le danger présent. Il se focalisa sur sa conduite et suivit prudemment la bande blanche, salvatrice ligne de vie, miraculeusement réapparue au centre de la chaussée inondée.

Le moindre moment d'inattention pouvait l'envoyer dans le décor.

Les mains crispées sur le volant, Michel regrettait d'avoir quitté la nationale au niveau du champ d'éoliennes de Bouin pour suivre ce raccourci tortueux.

En arrivant au Port du Bec, il constata qu'une coulée de lave grise et sèche engluait les bateaux. La mer s'était retirée et peignait l'abri marin d'un lavis monochrome où plus rien ne se distinguait de rien. Les carrelets laissaient pendre leur filet encombré de laminaires entremêlées qui attendaient patiemment que la marée s'inverse. Parfois, entre deux nappes de brouillard, il devinait les mats obliques des bateaux de pêche échoués dans la vase.

Michel n'était pas mécontent de laisser la bourgade dans son dos. Il avait hâte d'arriver à destination car la pluie s'était renforcée et le vent qui le percutait en pleine face l'obligeait à pousser le moteur à fond. La fatigue de la route s'abattait sur lui et il appréciait que Cécile se soit assoupie. Il n'aurait pas aimé qu'elle le surprenne en situation de faiblesse, les yeux rougis par la fatigue de la conduite, bâillant à s'en décrocher la mâchoire.

Pour atteindre l'île de Noirmoutier, il fallait qu'il traverse le Gois. Michel entendait encore Cécile qui lui avait lu à voix haute des extraits de son guide : « Le nom vient du verbe "goiser", qui signifie, en patois, patauger dans des sabots, ou se mouiller les pieds en marchant dans l'eau. »

– Tout un programme », s'était exclamé Michel qui détestait se tremper et qui ne savait même pas nager.

« N'aie crainte, les choses ont changé. On l'a empierré puis recouvert d'un macadam et de dalles de ciment armé. » Elle reprit sa lecture : « Long de plus de quatre kilomètres, c'est une véritable route qui serpente sous les flots et rattache l'île au continent deux fois par jour, à l'occasion des marées descendantes. La cime des balises qui jalonnent son parcours émerge des vagues pendant la pleine mer. Mais, attention, la marée qui revient a vite fait de submerger le voyageur imprudent qui risque d'être surpris au milieu du gué. »

Michel ralentit à l'approche des tableaux d'alertes qui affichaient les heures de basse mer pour éviter que les touristes inconscients ne s'engagent au mauvais moment, et se noient.

Tandis que le camping-car se rapprochait du rivage, le brouillard s'écarta. La brouillasse avait attendu l'arrivée de la camionnette pour lui offrir l'horizon en spectacle. Malgré ce miracle météorologique, la côte, dissoute dans le ciel et la mer, semblait inaccessible.

Michel, qui savait, grâce aux informations que lui avaient fournies Cécile, que l'accès était praticable une heure et demie autour de la marée basse, se laissa glisser sur le plan incliné qui menait au niveau de l'onde. L'océan remontait depuis une trentaine de minutes, il avait largement le temps de traverser.

La mer l'entourait, tapis à fleur de sable, prête à bondir comme un fauve à l'affût.

Les pneus du camping-car crissèrent au contact de la chaussée mouillée. Les algues poisseuses, déposées en paquets compacts par le courant, adhéraient aux pierres. Autour de lui, les bouées échouées, les barques envasées, reprenaient progressivement vie après leur bref repos dans le sable. Annonciatrices de la remontée des flots, les premières vaguelettes claquaient à la lisière de la route.

Devant lui, la chaussée s'effaçait progressivement.

Michel n'aimait pas ça. Il accéléra pour rester le moins de temps possible sur le passage inondable.

Il se sentait bien seul, perdu dans cet étrange paysage lunaire et maritime. Il s'en voulait, car il lui suffisait de lever la tête pour distinguer, au loin, à travers les éléments déchaînés, le pont, orgueilleux ouvrage qui le narguait. Une figure rassurante, faite de milliers de tonnes de béton, d'armatures, du costaud et du stable, pas comme le revêtement incertain sur lequel les roues du camping-car dérapaient trop souvent.

L'eau remontait bien vite à son goût, ne s'était-il pas trompé dans ses calculs de marée ? L'envie de rebrousser chemin lui traversa l'esprit. Mais, s'il flanchait à Noirmoutier, comment se comporterait-il à l'autre bout du monde ?

Des millions de touristes franchissaient le Gois tous les ans.

Pourquoi pas lui ?

Michel décida de faire taire son angoisse et

d'avancer. Ce n'étaient pas les quatre malheureux kilomètres qui le séparaient de la terre ferme qui allaient le faire renoncer.

Il en avait vu d'autres.

Tandis qu'il traversait, le vent de noroît se renforçait avec la montante. Les rafales, puissantes comme des uppercuts de boxeur, firent dégringoler des éléments de vaisselle mal calés dans un vacarme effroyable.

Cécile se réveilla en sursaut quand un grain d'un noir profond, anthracite, éclipsa le ciel. D'un coup, ils ne virent plus rien. Il faisait nuit en plein jour.

Un mur de grêlons dégringolait en dressant un écran compact.

« Où on est ? »

Le vacarme des billes de glace s'écrasant sur le toit de la camionnette l'avait forcée à hurler : « Au milieu du Gois. »

Cécile frotta le pare-brise de la main pour éponger la buée. Des bouillonnements d'écumes déferlaient tout autour d'eux.

« Par ce temps pourri, quelle idée ? Pourquoi tu n'as pas pris le pont, ça aurait été tellement plus simple…

– Arriver sur une île par un pont, c'est dommage…

– Mais c'est pratique. Qu'est-ce qu'on fout là en pleine tempête ? »

Trop tard pour faire demi-tour. Michel se

contenta de pincer les lèvres tandis que sa passagère bouclait la fermeture à glissière de sa polaire en grelottant.

« La marée descend ? », demanda-t-elle, une légère pointe d'angoisse perceptible dans la voix.

« Non… », fit-il piteusement.

« Me dis pas que tu t'es engagé sur le Gois à la montante ? »

Cécile redoutait sa réponse.

« On a largement le temps de traverser.

– J'imagine que c'est ce que disent tous les imprudents qui se sont fait emporter par le courant.

– T'inquiète pas, on a déjà fait la moitié du chemin, dans cinq minutes on roule sur la terre ferme. »

Cécile préféra se tourner. Il croisa son regard furieux dans le reflet de la vitre. Il n'y avait rien à ajouter.

À l'extérieur, la grêle s'était transformée en pluie diluvienne. Des tornades d'eau se dressaient entre des boules opaques et bleutées, plus imposantes que des ballons de basket qui restaient ventousées au sol. Michel slaloma entre les méduses échouées qui n'allaient pas tarder à reprendre leur route, dérivant au gré des vagues.

Une fougueuse bourrasque percuta le camping-car. Le volant s'échappa des mains de Michel qui rata sa manœuvre d'évitement. Le vieux Ford Transit avala la plus volumineuse des méduses qui disparut sous l'essieu avant d'exploser dans un « pouf » lugubre.

« Attention », cria Cécile.

Trop tard, le mal était fait.

Le fourgon patina sur la masse gélatineuse. La manœuvre fit riper le Ford qui gîta de la poupe et se mit à partir de travers. Les deux roues arrière qui venaient de délaisser le revêtement solide du Gois, dérapèrent sur les cailloux enduits de mousse, et s'enlisèrent profondément dans le magma de vase molle et collante.

Le vieux Ford se retrouvait planté dans la boue.

Mauvais départ.

Mauvaise idée.

Mauvais karma.

– 2 –

Un fantôme sur le Gois

Michel laissa éclater un juron. Il s'était fourré dans un sacré guêpier. Le camping-car embourbé dans le chenal. La marée qui remonte.

La ride horizontale qui barrait ordinairement son front rosit sous la colère. Écœuré, il chercha des yeux la balise la plus proche. La silhouette lugubre du refuge, qui se découpait à une cinquantaine de mètres, en ombre chinoise sur l'horizon, lui fit plus penser à une potence qu'à un abri.

Il regarda Cécile sans rompre le silence qui s'était installé.

Comment allait-il s'y prendre pour la convaincre d'abandonner l'équipement qu'elle lui avait fait si minutieusement installer dans le camping-car ? L'ordinateur, le relais wi-fi, tous ces gadgets informatiques dont il ne comprenait pas le fonctionnement, dépassé qu'il était par le progrès, mais dont il ne doutait pas un seul instant qu'ils ne résisteraient guère plus de trente secondes, immergés dans un bain d'eau de mer bien sableuse.

Leur aventure s'arrêterait là, à quelques encablures de cette île vendéenne. Terminés, les projets de tour du monde, les territoires lointains, il retournerait d'où il venait. Il ne pouvait s'en prendre qu'à lui : il avait tout gâché en anéantissant ce rêve un peu fou.

Après tout, c'était peut-être sa destinée. Il avait rêvé tout éveillé et, maintenant, il retrouvait brutalement le monde réel.

Comment pouvaient-ils courir la planète alors qu'il n'était même pas capable de traverser le Gois sans se faire rattraper par la marée comme un vulgaire touriste ?

Non, ça ne pouvait pas finir ainsi, il n'avait pas dit son dernier mot. Toute sa vie il s'était battu, sans jamais rien lâcher.

Il devait ferrailler une fois encore.

« Passe derrière le volant pendant que je pousse.

– T'es complètement fou, tu vas pas sortir avec cet ouragan.

– On va pas rester sans bouger à attendre d'être emportés par le courant.

– Si la marée peut embarquer le fourgon, t'imagines peut-être que tu vas rester debout ? »

Michel fanfaronna :

« N'exagère pas, l'eau n'est pas assez haute. On tente de se remettre sur la route et si on arrive pas, on file à l'abri sur leur espèce de plate-forme et on attend les secours. C'est fait pour, non ? »

Cécile ne voulait pas qu'ils se séparent. Elle avait peur sans lui et n'osait pas l'avouer. Elle s'apprêtait à le retenir mais il avait déjà ouvert la portière. Le vent s'engouffra dans l'habitacle en faisant voler des procès-verbaux de contraventions impayées.

« S'il m'arrive quelque chose, tu fonces jusqu'au refuge te mettre à l'abri, tu me le jures

– Dis pas des trucs pareils, tu me fais peur ! »

Michel lui serrait l'épaule en guise d'au revoir quand un fracas, une sorte de déflagration sourde, fit chanceler le Ford. Il imagina déjà le camping-car drossé contre un rocher. La mort ne lui faisait pas peur, mais il craignait la noyade par dessus toute autre agonie. Imaginer l'eau emplir ses poumons et l'empêcher de respirer, le fit frissonner.

Il horrifia définitivement Cécile en la fixant trop longuement, comme s'il avait peur d'oublier son visage.

« Je t'aime. »

À l'extérieur, l'océan dévorait progressivement le Gois.

Michel distinguait le chemin d'écume qui marquait, de sa teinte plus claire, faite de mousse et de vaguelettes, le passage vers l'autre rive.

Il savait que le temps était compté mais sa

peur irrationnelle de l'eau le terrassait, et le courant rapide, qui fusait sous ses pieds en entraînant des paquets d'algues sous le châssis de la camionnette, le tétanisaient.

Il n'osait pas plonger sa chaussure dans l'eau glacée. Cécile devait l'observer et se demander ce qu'il attendait. Il se décida enfin, son pied disparut, englouti dans la masse poisseuse, semi-liquide. Ses pieds pataugèrent dans la flotte. Il fit un pas, risquant de se tordre les chevilles et de s'étaler dans la boue.

C'est là qu'il la vit émergeant de la brume.

Une masse sombre effleurait l'eau. Plissant les yeux pour mieux voir, il discerna une forme, voûtée, toute de noir vêtue, qui plantait une perche dans l'onde comme si elle faisait glisser une gondole le long des canaux de Venise.

Michel délirait ; la mort en personne avait revêtu ses plus beaux atours et le conviait pour embarquer dans sa sinistre barge.

Quelle blague !

Michel ne se sentait pas encore prêt pour le dernier voyage, il allait se révolter, il ne pouvait pas crever comme ça, aussi bêtement. Il avait fait le plus compliqué, et ce n'était pas maintenant que l'espoir donnait du sens à sa vie, que Cécile lui accordait toute sa confiance et son amour, qu'il allait abandonner la promesse de lendemains heureux qu'il lui avait faite.

D'un geste nerveux de la main, il chassa sa vision puis, du bout des talons, chercha à s'appuyer sur une prise solide. Il hésita un instant, car, où il était, l'asphalte recouvrant la route avait laissé place au fond sableux du goulet. Sa cheville ripa, la force du courant fit le reste et le jeta à bas.

La chaussée s'était dissoute dans les flots. Michel aussi. Il roula de côté, essaya de se relever en jouant des coudes comme un rugbyman plaqué sauvagement, mais rien n'y fit. Il dévissa, les quatre fers en l'air, surfant involontairement sur le dos.

L'eau lui obstruait les oreilles. Le sable s'infiltrait dans tous ses orifices. Le contact des algues gluantes, qui l'enlaçaient et lui chatouillaient le cou, l'écœurait.

Il se préparait à mourir noyé quand sa tête heurta un élément plus dur. À moitié assommé par le choc, il se sentit soulevé dans les airs, agrippé par le col de sa veste en jean comme un inoffensif chaton au poil détrempé.

Son crâne venait de cogner contre la barque du fantôme du Gois.

Il n'avait pas rêvé.

Il se retrouva nez à nez avec un vieil homme, coiffé d'un large chapeau noir détrempé dégou linant de gouttes épaisses. Une terrible balafre, mal soignée, mal cicatrisée, lui creusait la joue et lui obstruait l'œil gauche. L'autre, le droit, d'un bleu translucide, le transperçait de son regard acéré.

Michel se sentit avalé, hypnotisé.

La chose ouvrit la bouche, découvrant une rangée de chicots jaunâtres mal alignés. Un bruit de crécelle, déchirant et criard, s'échappa de l'orifice béant :

« Pou...er »

Le vent affamé dévora les trois quarts des mots, mais Michel en saisit aisément le sens.

Il fallait pousser.

Le colosse le remit sur pied, confiant dans sa force et sa poigne.

« Cale... pierres sous... roues », ordonna-t-il.

Michel obtempéra sans contester. Il suffisait de se pencher et d'enfouir les bras dans l'eau pour se servir ; les cailloux ne manquaient pas. Il travaillait comme un forcené mais il était moins efficace que le géant qui calait avec rapidité et dextérité de lourdes pierres contre les roues. En admirant les puissants et épais battoirs de la créature plonger dans l'eau à un rythme infernal, Michel se demanda si les siennes n'appartenaient pas à un modèle miniature.

Le niveau de l'eau montait dangereusement le long de la carrosserie, mais, contrairement à un bateau qui flotte avec la marée, le lourd véhicule restait collé au fond.

Quand la chose jugea qu'ils avaient suffisamment empilé de galets, elle lui beugla de se remettre au volant.

Michel regagna le fourgon aussi vite qu'il le put. Chacune de ses enjambées levait un mur d'écume qui l'éclaboussait.

Arrivé devant la cabine, il grimpa.

Cécile, à l'arrière du camping-car, essayait de sauver son précieux matériel informatique.

«Tu n'as rien ?», hurla-t-elle en découvrant son visage tartiné d'un mélange visqueux et peu ragoûtant.

Michel aurait voulu lui parler de son étonnante rencontre, mais le temps manquait. Il y avait urgence.

À peine installé aux commandes, il tourna la clé de contact. Le moteur ronchonna d'une toux grasse puis… plus rien.

Arc-bouté sur son volant, il s'acharnait sur le démarreur.

«Hardi petit, tu ne vas pas crever là, dans cette bouillasse, après tous les kilomètres que nous avons parcourus ensemble ? C'est pas digne de toi, merde ! »

Michel conversait tendrement avec sa vieille machine.

«S'il te plaît, ma belle, tu ne veux quand même pas qu'on meure noyés ? »

Le moteur répondit par de légers hoquets, puis vint un ronronnement soutenu et régu lier.

Michel laissa éclater sa joie.

Il fit volte-face en direction de Cécile pour qu'elle partage son enthousiasme.

« Écoute, écoute. »

Le délicieux sourire de sa compagne s'était renfrogné. La vue de son teint livide lui rappela l'urgence de la situation. Il fallait qu'il se calme, qu'il soit efficace.

La mer les encerclait.

Un filet de fiel brûlait sa glotte.

Cécile comptait sur lui.

Il devait être à la hauteur de sa confiance.

Michel caressa la pédale d'accélérateur, le plus graduellement possible. Il ne fallait pas approfondir les ornières dans lesquelles ils étaient emprisonnés.

Le camping-car ne bougea pas pour autant.

Quand il accentua la pression sur la commande, ils se sentirent se soulever des précieux centimètres nécessaires pour s'extraire de la vasière.

Michel comprit ce qui se passait en découvrant, en reflet dans le rétroviseur, la silhouette massive qui soutenait l'arrière du camping-car.

C'était donc ça !

La créature se servait de sa force inouïe pour les replacer sur la route.

Les roues avant creusèrent une tranchée dans la vase, puis l'arrière du Ford percuta le bitume l'entraînant dans un court rebond qui le propulsa au contact du revêtement solide.

Michel fouilla le brouillard des yeux pour le remercier, mais le géant s'était volatilisé. Avait-il seulement existé ?

La camionnette glissa de côté pour retrouver le tracé de la route.

« Gagné. »

Il n'y avait plus une minute à perdre. Il devait rejoindre l'autre rive avant que la marée montante ne les ensevelisse.

Le camping-car libéré traça une ligne d'étrave sur le Gois et s'élança vers l'île de Noirmoutier.

Ils l'avaient échappé belle.

– 3 –

Face à l'océan

Cécile n'avait jamais voulu croire Michel et son histoire de fantôme surgi des fonds marins les libérer de la boue et les sauver de la noyade. En parfaite cartésienne, elle ne croyait que ce qu'elle voyait, et elle n'avait pas vu de spectre, couvert d'une grande cape, naviguer sur sa coquille de noix pour se lancer à leur secours au cœur de la tempête. Elle considérait plus simplement que Michel, d'une modestie maladive, s'était comporté en véritable héros, au risque de se noyer, dégageant le camping-car du piège dans lequel il s'était enfoncé, lui qui détestait tant se mouiller.

Plus il tentait de la convaincre, plus il se plantait, comme tout à l'heure le Ford Transit l'avait fait, le nez dans le bourbier du Gois.

Cécile ne regrettait rien, et ce déplorable accident qui aurait pu tourner au drame la confortait dans ses décisions. Elle avait pris la meilleure résolution de sa vie en suivant cet homme. Elle n'éprouvait ni regrets ni remords. Elle vivait une sensation neuve et en même temps ancienne. Ils se connaissaient par cœur, mais s'étaient oubliés, pour se retrouver à nouveau.

Pourtant, cette fois, elle ne comprenait pas son insistance à minimiser son rôle. Michel aurait-il plus changé qu'elle ne le pensait ?

Ils garèrent le camping-car au-dessus du port du Morin, sur un emplacement encore sauvage, que Jeanne, fidèle lectrice du blog « Les Chemins de traverse » que Cécile animait sur Internet, leur avait indiqué. Un bâtiment, brut de béton, abritait un point d'eau, rien de plus que le strict nécessaire.

La route ensablée continuait et filait plein nord pour terminer en cul-de-sac, à la pointe du Devin. Un portique, à la hauteur limitée à deux mètres, interdisait aux véhicules de fort gabarit d'aller plus avant.

Du parking, le spectacle s'offrait, fantastique et sans cesse renouvelé. Michel avait garé le Ford Transit entre un autre bahut, un Chausson, série Titanium, flambant neuf surèquipé, et une Volvo commerciale couverte d'une épaisse couche de poussière. Le couple resta silencieux de longues minutes à contempler un goéland qui planait dans le ciel. Le volatile, impassible aux activités humaines, s'élançait, puis descendait dans l'azur, aspiré au gré des courants ascendants ou descendants.

La porte latérale du Chausson garé à leurs côtés s'ouvrit brusquement et brisa ce parfait instant de bonheur et d'harmonie. Un petit homme, empaqueté dans une cape de plastique vert fluo, bondit du marche-pied.

« Bonjour, Arthur Labrue comme le gendre… mais en fille », se présenta l'individu, tandis que le vent lui arrachait la capuche et découvrait son crâne en pointe, chauve et luisant d'humidité.

Cécile, qui descendait du Ford, s'avança pour lui serrer la main. Elle distingua le rose de ses Crocs en plastique qui émergeaient de l'enveloppe de sable. Il pivota pour désigner son énorme et rutilant véhicule. « Voici notre Titi 89, Titi pour Titanium et 89 pour le modèle, Chausson Ti 89, le nec plus ultra. Mais attention, 89 c'est aussi le département de l'Yonne. Les Labrue sont des natifs de Toucy. Comme si c'était un fait exprès. Les remparts de Toucy ça en impose, et la tour des Évêques, et celle du château du Miton. »

Malgré ses connaissances encyclopédiques sur les villages et les régions françaises, Cécile ignorait tout de la topographie et des monuments célèbres de Toucy, dans l'Yonne. Elle se demanda si elle n'avait pas vexé leur voisin car il mit fin à son verbiage d'une façon précipitée et inattendue. «Bon, bah, je vous laisse… on n'est pas sans se revoir.»

Aussi mystérieusement qu'il était apparu, le petit homme vert de Toucy venait de disparaître dans son confortable bahut.

Cécile, étonnée par ce retournement inattendu, ne mit pas longtemps à comprendre la raison de cette retraite. Derrière elle, un crissement de ferrailles rouillées, provenant de l'antique Volvo break, lui perça les oreilles tandis que la portière conducteur s'écartait doucement. Concentrée sur la voiture, elle ne vit pas Michel qui la rejoignit pour lui couvrir les épaules d'un ciré. Elle frémit au contact de la matière rêche et froide.

Ce genre de petites attentions la faisait craquer, elle fondait littéralement devant cet homme qui se préoccupait de son confort, et si elle avait eu trente ans de moins elle lui aurait sauté au cou pour l'enlacer passionnément. En fait, Cécile savait pertinemment qu'elle se mentait, et que ce n'était pas l'âge qui l'empêchait d'embrasser fougueusement son amoureux, mais une certaine gêne. Un manque de spontanéité la retenait. Elle s'en voulait parfois de ne pas lui exprimer mieux sa reconnaissance et son amour, oui son amour, car c'était bien le sentiment qu'elle éprouvait pour lui.

Elle savait, et lui aussi, qu'il faudrait du temps pour qu'ils se comportent avec le naturel et la grâce qui accompagnent les grandes passions.

Ils avaient suffisamment attendu pour attendre encore.

La fille, qui s'extrayait du break, devait avoir tout au plus une vingtaine d'années. Ses longs cheveux châtains frisés s'affalaient sur ses épaules. Une épaisse frange coupée à la va-vite, d'un coup de ciseaux énergique et encore visible, recouvrait son front bombé barré par une fine cicatrice qui reliait, comme une passerelle, ses sourcils finement dessinés.

Cécile remarqua immédiatement la gravité séduisante qui irradiait de ses yeux, même si ses prunelles avaient du mal à percer à travers les paupières semi-closes encore gonflées par le sommeil. Elle possédait un cou gracile et une poitrine généreuse, autant que Cécile pouvait le deviner à travers la polaire zippée jusqu'au cou qui s'effondrait sur son informe pantalon de jogging.

Son charmant visage afficha une expression bienveillante.

« Salut, moi c'est Lou, et toi ? », bâilla-t-elle en se décrochant la mâchoire.

À l'évidence, la jeune marginale venait de se réveiller. Des bouteilles de plastique vides, et des emballages de gâteaux, flottaient à la surface d'un amas d'habits qui formait un confortable matelas, à l'arrière de la voiture.

Cécile se pétrifia quand elle vit Michel lui faire la bise comme s'il la connaissait depuis des lustres.

« Moi, c'est Michel », minauda son compagnon.

Brusquement, Cécile n'aima plus son style. Une routarde, très chaleureuse, trop vite familière, qui tutoie son monde au premier contact… et que Michel bécote dès leur première rencontre.

N'importe quoi.

« Et toi, c'est quoi ton blaze ? »

Lou s'agenouilla contre la carrosserie de la Volvo. D'un geste souple, elle envoya son bras sous la caisse rouillée pour ramener un réchaud à gaz tout cabossé qu'elle cala en édifiant un tas de graviers. Elle posa une casserole en équilibre sur la mini bouteille de gaz après l'avoir sommairement brossée à l'aide d'une poignée de sable. Elle se pencha dans la voiture, leur présentant son postérieur, et revint un couple de secondes plus tard, en tenant, dégoûtée, du bout des doigts, une grosse boîte d'allumettes ramollie et détrempée par l'humidité.

« Merde, elles sont gavées de flotte, c'est foutu, fait chier. Il n'arrête pas de vaser depuis quinze jours, ça peut pas le faire, faudra bien que ça s'arrête un de ces quatre.

– Attends. »

Michel mettait déjà le feu au brûleur avec la flamme de son briquet.

Lou s'allongea sur la consistante couche de fringues qui tapissait l'intérieur de la Volvo. Elle réapparut avec une bouteille d'eau à moitié pleine et une boîte de café instantané cabossée, piquée par des taches de rouille.

« Un jus, ça te dit ? C'est quoi ton nom déjà ? »

Cécile, intriguée par son manège, n'avait pas répondu à sa question. Même si elle ne l'appréciait pas, elle n'avait aucune raison de se montrer désagréable.

« Je m'appelle Cécile, et Michel… c'est mon bonhomme », s'entendit-elle rajouter d'une voix de matrone en saisissant la main de son chéri pour bien signifier son appartenance.

Cécile se faisait un film, Lou s'en moquait, son problème était ailleurs.

« Par contre, question sucre, j'suis pas au top », déclara-t-elle.

Ils firent plus ample connaissance autour d'un verre de café instantané. Lou n'avait pas de sucre, eux en avaient.

Ils s'étaient installés à l'arrière du fourgon aménagé par Michel. À trois, assis autour de la table pliante en Formica, il ne restait guère de place pour tendre les jambes. Cécile sentait les genoux de Lou frotter contre les siens, cette promiscuité la rassurait. Elle était contente de s'être assise en face de la jeune fille. Car, du coup, son compagnon avait été obligé de prendre place sur le pouf artisanal fabriqué à partir d'un bidon de lessive customisé et recouvert d'un lai de papier peint illustré d'animaux des bois. Cette position, légèrement excentrée, dos à la cabine de pilotage, lui interdisait tout contact physique avec cette donzelle.

Cécile avait honte, c'était bien la première fois qu'elle se retrouvait confrontée à ce sentiment de jalousie parfaitement ridicule. Si elle commençait à craindre que son homme lui préfère une jeunette d'à peine vingt ans, elle allait devoir se tenir sur ses gardes le restant de leur vie commune.

En même temps qu'elle trouvait son attitude parfaitement stupide, elle lui rappelait que Michel occupait une place que personne d'autre n'avait occupée avant lui.

Au final, cette soudaine et incongrue rivalité ravivait les emballements oubliés de sa jeunesse.

Le confort de la pièce de vie du fourgon était sommaire, l'assise du divan trop molle, il aurait fallu remplacer les blocs de mousse synthétique usés qui bourraient les coussins par du Bultex, plus ferme. Michel n'en avait pas encore eu le temps mais il avait promis qu'il le ferait plus tard… quand l'occasion se présenterait. Il avait conscience qu'il s'engageait sur trop de fronts à la fois, mais espérait bien tenir parole.

Malgré ces menus désagréments, ils profitaient du confort rudimentaire de ce salon de poche. Il y faisait plus chaud qu'en plein courant d'air, coincés qu'ils étaient dans le couloir à vent formé entre le Transit et la Volvo.

Elle s'appelait Lou, elle leur avait déjà dit. Un diminutif de Louise, prénom qu'elle n'affectionnait pas car il faisait trop bourgeois, comme sa famille qu'elle n'aimait pas non plus. Elle n'avait plus vu les siens depuis qu'elle avait foutu le camp, cela ferait bientôt quatre ans.

Lou vivait dans son break parce qu'elle adorait ça, elle se sentait libre de faire ce qu'elle voulait, de partir quand elle le voulait. Elle y couchait aussi par nécessité, parce qu'il n'y avait pas de place d'hébergements bon marché pour les saisonniers sur cette île, même en automne, et à chaque fois c'était pareil, si sa maigre paie passait dans la piaule, c'était pas la peine de bosser. Elle préférait dormir dans sa vieille Volvo et ses 300 000 bornes au compteur, garée dans ce coin formidable, sauvage, magique et… c'était gratuit, aussi ça comptait. Combien de temps cela durerait-il, elle s'en fichait. En attendant, elle en profitait un maximum.

Le jour où il faudra payer, car ça arrivera tôt ou tard, elle partira s'installer ailleurs, rien ne la retenait nulle part.

Elle vivait son rêve. Elle se débrouillait d'une vie d'aventure sans attache.

« Trinquons à la liberté. »

Michel fit claquer son verre à moutarde contre le sien. La compagnie imprévue de cette fille le rendait heureux.

« À la liberté. »

Cécile se sentait exclue de cette complicité naturelle. Michel aurait très bien pu passer pour le père ou le grand-père de Lou, alors que Cécile avait la sensation qu'on ne pourrait jamais la prendre pour sa mère.

Impossible, trop de différences.

Cécile remarqua ses ongles noircis par la crasse, ses mains rugueuses et gercées pour une gamine de son âge. L'indépendance se payait d'une façon ou d'une autre. Rien n'est gratuit, surtout pas la liberté.

Cécile le savait trop bien.

Lou l'extirpa de ses réflexions.

« Bon, ici, ce n'est pas le paradis non plus, remarquez. »

Elle se courba au-dessus de la table pour leur livrer une confidence :

« Il y a des voleurs… Je n'accuse personne, mais bon, vous me comprenez. »

Comme ils ne saisissaient visiblement pas, elle se montra plus explicite et désigna à l'extérieur, à travers la fenêtre de Plexiglas, le Chausson du couple de Toucy.

«Je me suis fait piquer les affaires que j'avais mises à sécher, et pas n'importe quoi… »

La suite ne vint pas. La phrase resta en suspens comme si Lou voulait se faire prier. Cécile remarqua les efforts qu'elle prodiguait pour faire monter le suspens crescendo tandis que Michel mordait à l'hameçon, impatient de découvrir la suite.

« Qu'est-ce qu'il a volé ?», demanda-t-il avec empressement.

« Il m'a tiré une putain de culotte, c'est un obsédé », hurla Lou en mimant une grimace de dégoût. «Je l'ai pigé au premier coup d'œil. Ces gros porcs, je les repère direct… et c'est pas parce qu'il nous la joue amoureux à la plage avec bobonne que ça change grand chose. Je m'en méfie comme de la peste de ces Don Juan en pantoufles. L'autre soir, il m'a collé la main aux fesses. Le prochain coup, je lui en retourne une en direct. Dès que j'l'ai vu, j'l'ai pas senti. »

Lou suça une traînée de poudre de sucre qui maculait ses lèvres.

« Une culotte qu'il m'a volée, enfin, plutôt un string, un truc un peu, vous voyez ce que je veux dire… et pas le plus moche, hein ?

Un cadeau… d'un copain, enfin d'un ancien copain, un ex, quoi… Ça vaut un paquet de fric pour ce qu'il y a comme tissu, quand on y pense. Moins y en a, plus ça coûte. Mais bon, ça fait kiffer les mecs, ça les décoince, ça leur donne des idées… et ça compte, ça vaut le coup de dépenser ses sous pour les mettre en appétit, hein ? Surtout si c'est eux qui paient. »

Lou gloussa en cherchant l'approbation de Cécile. Ne récoltant qu'incompréhension et indifférence, elle se tourna vers Michel qui lui souriait bêtement. Cette conversation autour des dessous de ces dames le mettait mal à l'aise. Il ne savait pas comment réagir sans passer pour un pervers ou, pire encore, pour un benêt.

« Si j'étais vous, je fermerais le fourgon à double tour parce que c'est vite arrivé ce genre de fauche. Si vous avez des dessous, disons…, bref, ce que j'en dis… »

Cécile la coupa, elle n'en croyait pas ses oreilles.

« Je ne mets pas mes culottes à sécher dehors », répliqua-t-elle sèchement, « mais à l'intérieur, à l'abri des regards indiscrets, comme ça personne ne me les vole, et personne ne sait comment je m'habille dans… heu… l'intimité. » Cécile butait sur les mots. « Si vous ne voulez pas d'ennuis, vous n'avez qu'à pas en chercher. »

Pour Cécile, étaler ses dessous affriolants aux regards de tous témoignait d'une marque d'exhibitionnisme qui la choquait.

Une fois Lou partie, elle s'en était émue auprès de Michel qui avait trouvé ça tout à fait normal et avait pris sa défense.

« Tu as vu le bordel dans sa voiture, où veux-tu qu'elle mette ses affaires à sécher ?

– T'es bien un homme, vous êtes trop indulgents avec ce genre de minette.

– Qu'est-ce que t'as contre elle, elle t'a rien fait, t'es pas obligé de te montrer désagréable !

– Je ne suis pas désa… mais elle… Laisse tomber, ça n'a aucune importance. »

Cécile, énervée que son compagnon fonde devant cette dévergondée, s'était levée pour desservir, le laissant seul assis à la table.

Ils ne s'étaient pas vraiment opposés mais, pour la première fois depuis leur départ, s'exprimait un désaccord. Michel s'inquiéta de cette brouille, il ne comprenait pas son attitude. La femme dont il était fou amoureux boudait en lavant la vaisselle.

Tétanisé par la peur d'envenimer les choses, il ne fit rien et resta assis à la contempler. Elle lui tournait le dos, ses gestes brusques dénonçaient son énervement. Il n'avait pas besoin de la voir de face pour deviner qu'elle pinçait les lèvres et plissait les yeux, bientôt elle se gratterait le front avant de remonter le chouchou qui serrait ses cheveux. Elle déclinait toujours le même cérémonial pour exprimer son mécontentement.

Michel ne bougea pas, la vie à deux s'apprend et ils ne faisaient que la commencer.

Cécile, qui rinçait pour la troisième fois le même verre, fut bien obligée d'admettre qu'elle appréciait encore moins cette gamine, qu'elle semblait plaire à Michel.

Maintenant qu'elle s'était calmée, elle se trouva parfaitement ridicule. Elle n'avait plus l'âge de jouer à l'adolescente exclusive et jalouse. Se retournant vers son compagnon, elle éclata d'un rire communicatif qu'il partagea avec elle sans poser de questions, trop content qu'ils se soient réconciliés.

– 4 –

Un chanteur démodé

Une heure plus tard, Cécile était partie. Jeanne, la femme qui leur avait indiqué l'aire de stationnement, était venue la chercher dans sa minuscule voiture sans permis. C'était une dame entre deux âges, trapue, courte sur pattes, enrobée, les cheveux rangés sous une coiffe de plastique censée la protéger des intempéries. Michel n'en avait pas aperçu plus, car la matrone avait préféré rester planquée dans son cocasse pot de yaourt pour le saluer. Elle craignait probablement de ne plus pouvoir s'y caser, si elle s'en extrayait.

En espionnant Cécile se contorsionner pour se faire une place dans ce curieux équipage, Michel avait proposé de les conduire avec le Transit, mais elles avaient refusé de concert.

Pourquoi tant de sollicitudes de sa part, n'étaient-elles pas à l'aise et parfaitement installées ?

Michel n'avait rien rajouté, il les avait perdues de vue, tandis qu'elles remontaient face au vent, à la manière d'un voilier qui tire des bords dans la tempête.

Michel profitait de l'absence de Cécile pour écouter de la musique, volume poussé au maximum, en rinçant le bas de caisse de sa camionnette aménagée. La voix haut perchée de Neil Young, renforcée des riffs saturés de sa guitare électrique, guerroyait ferme avec les rafales de vent.

« *You are like a hurricane : there's calm in your eye. And I'm getting blown away.* » *(Tu es comme un ouragan : il y a le calme dans ton œil. Et je commence à être emporté.)*

Il hurlait le refrain avec la même vigueur que le rockeur canadien qu'il vénérait. Il gigotait, secouant le tuyau d'eau à la manière d'une guitare imaginaire. Depuis son adolescence, il suivait sa carrière avec l'enthousiasme d'un authentique fan, du folk de Buffalo Springfield, jusqu'au hard rock mâtiné de grunge de « *Hey, my, my, rock and roll will never die* », sans oublier le célèbre quatuor qu'il avait formé avec Crosby, Stills et Nash.

Young signifiait « jeune en anglais », un signe du destin car Lejeune était le patronyme de Michel. Ses copains avaient rapidement transformé Lejeune en Young pour finalement l'appeler Hurricane en référence à la chanson qu'il écoutait constamment.

Michel « Hurricane » Young.

Cécile était bien la seule à ne jamais l'avoir appelé ainsi. Elle trouvait les surnoms ridicules.

Michel « Hurricane » Lejeune, chemise canadienne à carreaux ouverte sur un t-shirt noir et jean deux tailles trop grandes pour lui, dessalait et arrachait les algues qui bardaient sa camionnette quand Lou, intriguée, lui demanda en pouffant s'il s'était fait rattraper par la marée sur le Gois. Il sursauta et se retourna en manquant d'éclabousser la jeune fille qu'il n'avait pas entendue arriver.

« Fais gaffe, tu m'arroses. »

Honteux de ses mésaventures, il avait botté en touche. Il préférait passer pour un maniaque de la propreté, en affirmant redouter que les embruns salés n'altèrent la peinture de sa précieuse carrosserie, plutôt que d'être assimilé à une andouille d'estivant.

Il avait sa fierté.

Lou, intriguée, s'avança de quelques pas en inclinant la tête. Sous la croûte de boue qu'il dégageait à grands coups de jets d'eau, se dessinait un tag multicolore. Les lettres de feu qui composaient le mot « Hurricane » apparurent peintes sur le côté du Ford Transit.

« Hurricane, ça veut dire Ouragan, si je me souviens de mes cours d'anglais ? »

Neil Young continuait de s'égosiller à travers les haut-parleurs encastrés dans la garniture des portes. *« To somewhere safer where the feelings stay. I wanna love you but I'm getting blown away. »* (Dans un endroit plus sûr où les sentiments subsistent. Je veux t'aimer mais je commence a être emporté.) *« You are like a hurricane »*

« C'est pas tout jeune ta chanson, mais Hurricane, ça m'étonnerait pas que ça ait un rapport avec la peinture sur ton camion. »

Michel dégagea la cassette de l'autoradio du Ford stoppant le chanteur canadien en plein refrain. Lou lui arracha le boîtier de plastique des mains.

« Putain, montre, ça commence à se faire rare ces trucs-là.

–Justement, fais gaffe, fit Michel en la récupérant.

– T'énerves pas, je vais pas te la voler. Je ne vois pas ce que je pourrais en faire de ton antiquité, même en forçant ça risque pas de rentrer dans mon MP3. »

Elle rigola en l'observant ranger la précieuse cassette dans la poche de sa veste en jean.

« C'est quoi cette chanson, je connais pas, on dirait un truc qui date de Woodstock au minimum ?

– Laisse tomber, c'est pas de ton âge… »

Le visage de Lou s'illumina. Elle éclata de rire :

« Arrête, papy, t'es pas si vieux que ça. »

Lou se tourna pour faire rempart de son corps et alluma une cigarette roulée en se protégeant des bourrasques. Hurricane identifia instantanément l'odeur de l'herbe qui dérivait autour de lui. Lou tira une grosse bouffée qu'elle garda plusieurs secondes dans ses poumons avant de la recracher dans un panache qui se désintégra dans l'air.

« T'en veux ?

– Je pourrais être ton père.

– Mais tu ne l'es pas. Tu te décides ?

– Je fume pas…

– Pas ou plus ? »

Lou lui passa le pétard sans qu'il ne fasse rien pour refuser. Il aspira une taffe et reconnut, à son goût fade de foin séché, une herbe locale probablement cultivée en douce dans un coin de jardin.

« C'est pas mes oignons mais… qu'est-ce qu'un type comme toi fabriques avec une mégère pareille ?

– Tu as raison, ce ne sont pas tes affaires », rétorqua-t-il en lui repassant le joint. L'herbe lui tournait la tête, il y avait longtemps qu'il n'avait pas fumé. Serein et détendu, il s'assit un instant, les yeux rivés sur le large, en repensant à la remarque de Lou.

Que faisait-il avec Cécile ? Eh bien, il faisait tout ce qu'il n'avait pas fait avant de partir avec elle : il vivait, il existait. Pour qui elle se prenait, cette fille qu'il ne connaissait pas il y a encore une heure ?

Lou s'était assise à même le sol, les jambes repliées sous ses fesses, les poings dans les poches de sa polaire.

« Elle m'aime pas… j'ai bien vu, je suis pas aussi conne. Qu'est-ce qu'elle a contre moi ? On dirait qu'elle est jalouse ? Elle a peur que je t'enlève ou quoi ?

– Elle est amoureuse… »

Lou le dévisagea sans faire de commentaires.

« Hé oui, et c'est pour ça que je suis avec elle… parce qu'elle m'aime et que je l'aime. C'est tout simple.

– C'est cool.

– Ouais c'est cool, et je souhaite que ça t'arrive, parce que quand quelqu'un t'aime, bah, la vie c'est chouette. »

Il tira une longue taffe sur le joint que venait de lui repasser Lou.

Le problème avec le pétard, c'est qu'on pouvait se retrouver à faire des confidences à une parfaite inconnue.

« Remarque, ça l'empêche pas d'être chiante quand elle veut, précisa-t-il.

– Personne n'est parfait…

– Ouais, et je lui ai promis d'arrêter de fumer, de boire, de me bagarrer…

– Et t'as encore le droit de baiser ? »

Ils partirent dans un fou rire qui les mena jusqu'aux larmes. C'était bon. Hurricane se revit autour d'un feu de joie entouré de ses potes à descendre des bières et à refaire le monde jusqu'aux premières lueurs du matin. Cette fille, assise devant lui, le replongeait dans sa jeunesse et lui faisait revivre des moments à jamais disparus.

Soudain, elle sautillait sur place en le toisant.

« Faut que j'aille faire pipi parce que autrement je vais pas pouvoir me retenir encore longtemps… je vais faire dans ma culotte. »

Hurricane, décontenancé, ricana bêtement :

« Je peux aller dans ta camionnette ? »

Il lui fit oui de la tête. Se retrouvant seul, il pensa que, s'il avait eu un enfant, elle aurait son âge, à peine plus. Mais il n'avait pas eu d'enfant.

Sa fille aurait-elle couché dans une épave en front de mer ? Sans boulot, sans argent. Serait-elle fâchée avec ses parents, c'est-à-dire avec lui ?

S'il avait eu la chance d'en avoir une, il aurait aimé qu'elle ressemble à Lou… et qu'elle s'entende bien avec son père.

Le vacarme du broyeur des toilettes qui transperçait les parois de son camping-car le coupa dans ses réflexions. Il releva la tête et surprit Arthur Labrue qui les espionnait. Son voisin disparut aussitôt derrière son Chausson Ti 89, quand il remarqua Hurricane tourné vers lui.

« Putain, qu'est-ce que ça fait du bien ! », s'exclama Lou en ajustant son pantalon de jogging. « Bon, c'est pas le tout, faut que j'aille bosser. »

Un peu plus tard, Michel déballa son stock d'affichettes photocopiées « Mari à louer, tous travaux, bricolage, jardinage, travail sérieux ». Il avait l'intention de distribuer ses prospectus dans les commerces alentour. Lou, sur le départ, lui demanda ce qu'il voulait faire. Il lui expliqua qu'il espérait trouver un job le temps de leur séjour. Elle avait une meilleure idée. Il allait passer au bar où elle travaille. Là, elle lui présenterait un paludier qui avait besoin d'aide pour exploiter son marais. Ce n'était pas la peine qu'il s'enquiquine avec ses tracts, c'était un plan sérieux pour qu'il se fasse un peu d'argent.

Michel n'en espérait pas tant, il accepta sa proposition avec enthousiasme, rangea ses publicités, et la remercia chaleureusement. Un petit boulot lui permettrait de mettre du beurre dans les épinards et surtout de participer aux frais de leur séjour. Depuis le début de leur aventure, Cécile dépensait sans compter, ce job permettrait à Michel de participer.

– 5 –
Un paludier à moitié débile

Michel cheminait d'un pas assuré sous la pluie qui tombait si fine qu'on l'aurait cru pulvérisée par une de ses douches installées sur les aires d'autoroutes.

Il déambulait au beau milieu de la chaussée sans qu'aucune voiture ne le dérange. Tout autour de lui, les modestes maisons basses de pêcheurs, blanchies à la chaux, avaient clos leurs volets bleus. Les pelouses gavées d'humidité crachaient des flaques saumâtres, les herbes sauvages infestaient les allées de graviers en manque d'entretien, les courriers publicitaires débordaient des boîtes aux lettres.

Michel se surprit à fredonner « Hors saison » de Francis Cabrel : une chanson de circonstance, qu'il aimait bien, triste et nostalgique comme la météo du moment.

« Le bar n'est pas très loin », avait précisé Lou. « Tu peux pas te gourer, c'est tout droit. »

En effet, il n'aurait pas pu se tromper, c'était le premier endroit ouvert qu'il rencontrait depuis le début de sa promenade.

Le café occupait un pavillon moderne, de plain-pied, prolongé par une terrasse ombragée sur le devant qui, aujourd'hui, protégeait plus de la pluie que des rayons du soleil.

Michel se faufila entre les mobylettes et les vélos alignés en rang d'oignons et poussa la porte battante. En franchissant le palier, il sentit des dizaines de paires d'yeux qui le détaillaient sans s'en donner l'air, tout en respectant un silence attentif et pesant.

« 'jour », marmonna-t-il.

Quelques borborygmes épars lui répondirent en écho. Sur les murs, la décoration vantait l'univers maritime. Michel admira les étoiles de mer en plastique, quasi orange, emprisonnées dans un filet de pêcheurs, le casier à bouquets transformé en pot de fleurs, qui abritait des pieds de géranium fatigués, le panneau qui proposait du pain, ainsi que des articles de pêche et de plage, sans oublier les tubes de crème solaire haute protection, pour les courageux qui auraient eu l'idée saugrenue d'aller braver le crachin.

Lou émergea de derrière le comptoir, et brisa l'étrange immobilité qui gagnait les clients depuis l'irruption de Michel.

« Tiens, v'là Hurricane, mets-toi donc là. », fit-elle, en lui indiquant une table libre, près de la fenêtre. Elle l'avait affublé de son improbable surnom, naturellement, sans y réfléchir, comme le faisaient ses amis. Il obéit et se dirigea vers le fond de la salle en retirant son chapeau comme s'il savourait le privilège d'être accepté dans un lieu saint.

L'approbation de Lou avait valeur de passeport. Autour de lui, les têtes dodelinèrent, les clients reprirent leurs habitudes. Elle tira une chaise en plastique, qui crissa sur le carrelage noir et blanc. Hurricane s'assit sans prononcer un mot, les pieds du siège plièrent légèrement sous son poids.

Lou était affublée d'un genre d'uniforme de service. Une jupe noire mettait en valeur ses jambes fuselées tandis qu'un chemisier blanc, deux boutons ouverts, laissait entrevoir la naissance de sa poitrine charnue.

« Édouard n'est pas encore arrivé, ça va pas être long, ça va bientôt être son heure », déclara-t-elle en posant les deux mains à plat sur la table bancale qui se cala sous la pression. « Depuis que je bosse ici, je l'ai jamais vu en retard pour picoler son coup de blanc, ça m'étonnerait qu'il tarde bien longtemps. » Elle jeta un coup d'œil derrière elle et lui parla rapidement en le fixant dans les yeux : « J'ai planqué mon herbe dans les chiottes de ton camping-car en allant pisser.

– Hein, pourquoi t'as fait ça ? »

Michel tombait des nues. Il s'était fait berner et il n'aimait pas ça.

« Ce connard de Labrue fouille dans mes affaires, ma tire ferme pas à clé, n'importe qui rentre dedans comme dans un moulin. J'avais pas le choix.

– Tu pouvais pas la planquer ailleurs ?

– Où ça ?

– Ici, par exemple. »

Elle se retourna furtivement vers le comptoir derrière lequel le cafetier servait un demi. « Le patron, y fait pareil, toujours à fouiller dans mes poches. Je peux rien laisser dans mes affaires et… Oups. »

Lou se cambra brusquement : un jeune d'une trentaine d'années l'enserrait par la taille en la forçant à se retourner vers lui.

« Toujours aussi belle », lui roucoula le joli cœur en l'embrassant goulûment dans le cou.

Lou parvint à se dégager d'un coup de coude lorsqu'il chercha à attraper ses lèvres.

« Arrête tes conneries », minauda-t-elle sans vraiment vouloir qu'il lui obéisse.

« On se calme, Kevin, t'es pas dans ton mobil-home de romano. »

Max, le patron de l'établissement, approchait, un torchon humide et crasseux dans les mains.

Un tablier autrefois blanc lui couvrait la panse qu'il arborait fièrement, ses moustaches épaisses et frisées se mélangeaient aux poils de nez qui s'évadaient de ses narines. Les deux orifices, profonds et sombres, occupaient une bonne partie de son visage. Aussi large que rond, le surpoids du cafetier n'adoucissait en rien une allure générale globalement désavantageuse.

Kevin, qui connaissait les penchants agressifs du spécimen, amorça un prudent pas en arrière.

« Calmos, mon Maxou, je touche avec les yeux.

– Ni avec les yeux ni avec autre chose. Tu te fous pas de ma gueule, et tu gardes tes mains bien au chaud dans tes poches, sinon je te frotte les oreilles. Et m'appelle pas Maxou, j'ai horreur de ça. »

L'orage provisoirement passé, Kevin se posa sur l'un des tabourets alignés devant le comptoir sans quitter des yeux les fesses rebondies de Lou qui se faufilait entre les tables.

Dès que le patron avait le dos tourné, il la piégeait dans un coin, la ceinturait et l'installait sur ses genoux. Lou râlait pour le principe, mais, à la voir roucouler de plaisir à ce frotti-frotta contre ce corps noueux, Michel comprit aisément que chacun trouvait son plaisir dans ce petit jeu bien rôdé.

Ce charmant manège de séduction divertit Michel qui en oublia la colère naissante qui le taraudait depuis que Lou lui avait avoué ses exploits. Il avait promis à Cécile d'arrêter de fumer, et cette fille ne trouvait rien de mieux à faire que de planquer sa marijuana dans leur camping-car.

« Tu parles d'une idée », grogna-t-il, en s'octroyant deux gorgées d'un cidre rude et acide, qui lui piqua la gorge et les yeux. Il n'osait pas imaginer la réaction de sa compagne quand elle tomberait sur le sac en allant faire pipi…

Hurricane s'interrogeait : devait-il rentrer récupérer les substances illicites de la serveuse avant le retour de sa chérie ? Il lui restait du temps, Cécile était partie interviewer sa centenaire.

Il se posait la question quand Édouard, l'homme qui pouvait lui offrir un petit boulot dans les marais, arriva enfin.

Le colosse mesurait plus d'un mètre quatre-vingt-dix pour une bonne centaine de kilos. Aussi large qu'une armoire normande, il se déplaçait avec un mouvement de balancier, donnant l'impression que son pied droit décollait du sol avant que le gauche ne le touche. Michel avait le pressentiment que le saunier allait s'étaler de tout son long à chaque pas. Mais le géant, défiant les lois de l'équilibre, tenait bien sur ses jambes, qu'il avait arquées comme s'il était venu en chevauchant un tonneau de calva.

Michel le détailla discrètement. Maintenant qu'il s'était installé au comptoir, à côté de Kevin qui l'accueillit en lui tapant dans le dos, il discernait ses traits, épais comme ses mains, creusés par les vagues du grand large, durs comme la vie sur une île atlantique balayée par les vents marins.

Michel se demanda combien de temps le tabouret allait supporter une telle force de la nature.

« Te v'là l'Édouard, il était temps, on a manqué de t'attendre. »

Kevin lui parla à l'oreille pour marquer la confidence à venir, en même temps il forçait la voix pour que l'assistance entière profite de leur conversation.

« La petite Lou n'arrête pas de nous tanner : l'Édouard par-ci, l'Édouard par-là, tu la rends comme folle, on n'arrive pas à la tenir. Faut que tu fasses quelque chose pour la calmer… elle n'attend que ça. »

Kevin le taquinait :

« Si t'y vas pas, c'est moi qui vais y aller. Alors, tu te décides ?

– Elle a dit ça ?

– Je te jure.

– T'es rien qu'un menteur, tu te fous de moi. »

– Vas-y, demande-lui si tu me crois pas », rajouta Kevin en retenant un fou rire.

Le colosse se frotta vigoureusement le front, puis leva les yeux sur Lou. La serveuse, penchée pour passer la toile sur une table, pointait ses fesses moulées, tendant à rompre le tissu de sa jupe trop ajustée. Devant le spectacle, la peau grêlée d'Édouard vira au rouge vif. Le grand costaud plongea le nez dans le comptoir pour cacher sa gêne.

Pour Michel, installé à l'autre extrémité de la salle, près du poêle à bois qui ronronnait dans son dos, il était difficile de tout saisir des réponses du colosse. Édouard avait une façon singulière d'avaler les syllabes, d'escamoter les consonnes, de parler la bouche presque fermée, comme s'il lapait de la soupe en même temps qu'il s'exprimait.

Tandis que Lou papillonnait entre les tables, les habitués payaient tournée sur tournée au paludier qui éclusait les ballons de blanc comme on boit de l'eau un après-midi ensoleillé.

Kevin patienta le temps que Max, le patron, sorte fumer une clope sous l'auvent, puis il chopa Lou par la taille et lui claqua un baiser sur la bouche.

« À ce soir », lui promit-il, mutin, avant de quitter le bar.

Kevin disparu, le café retrouva son atmosphère ouatée, ponctuée, çà et là, par le bruit sourd des verres reposés lourdement sur le Formica.

Lou se lova contre le dos d'Édouard qui se mit à suer d'abondance à son contact. Lou l'impressionnait. Lou le transportait.

La serveuse lui chuchota à l'oreille en montrant Michel du doigt. Édouard se statufia. Ses sens se focalisèrent sur la douce empreinte que la poitrine de la serveuse, posée contre ses larges épaules, laissait sur sa peau en feu. Il aurait tout donné pour que cet instant dure l'éternité.

Agacée par son manque de réaction, elle l'entraîna par la main jusqu'à la table de Michel. Les présentations faites, elle retourna à sa besogne.

Vu de près, tassé contre le dossier de sa chaise, Édouard fit la sensation à Michel d'un enfant emprisonné dans un corps de géant. Hypnotisé par Lou, il ne s'intéressa pas une seconde aux offres de travail qu'il lui faisait.

Un taiseux, limite attardé, mais une force de la nature, conclut Michel qui décida, pour capter son attention, et aussi parce qu'une question lui brûlait les lèvres, de se renseigner sur l'étrange individu qui les avait sauvés sur le Gois. Un gars du coin devait bien avoir entendu causer de ce géant, qui ne pouvait pas passer inaperçu, en se baladant dans son accoutrement de croquemitaine, défiguré par sa vilaine balafre.

Comme ça devenait une habitude, Michel avait un peu enjolivé ses péripéties sur le Gois pour ne pas passer pour une cruche devant le colosse.

« Est-ce que vous le connaissez ? Je n'ai même pas eu le temps de le remercier, il m'a sauvé la vie. »

Édouard oublia enfin les formes obsédantes de Lou. Bien sûr qu'il savait qui était son sauveur, comme tous les habitants de l'île, il le connaissait et il… le craignait.

« T'as vu La Grolle, t'as bien de la chance, toi, moi ça va bientôt faire des mois que j'l'ai point croisé. Je croyais qu'il avait cassé sa pipe et qu'il était retourné en enfer d'où il est venu, le démon. La Grolle, La Grolle ! »

Édouard clama le nom à vive voix, pour se convaincre de la véracité de cette rencontre miraculeuse. Dans le bar, le raclement des gosiers irrités par le mélange détonnant du tabac brun, qu'on roule, et de l'alcool, qu'on écluse, cessa brusquement.

« Putain de veinard, il est pas du coin, et y tombe sur La Grolle. Il serait ben capable de nous faire une pêche miraculeuse à sa première sortie, ce con. »

Il gueulait à pleins poumons devant l'assemblée captivée par ses paroles. Michel crut voir certains clients faire le signe de croix, d'autres mélanger leurs doigts sous la table, des lèvres marmonner des prières inintelligibles. Évoquer ce type, affublé de ce drôle de nom, n'avait rien d'anodin.

« La Grolle, ça veut dire quoi ? », risqua Michel.

Édouard répliqua de son étrange timbre de voix qui vibrait comme la lame d'une guimbarde.

« La Grolle, on dit ça, c'est à cause des corbacs, tu sais, les bestiaux noirs, les mastards, il est tout le temps habillé de sombre de la tête aux pieds. Quand t'y cause, sa voix c'est comme le cri des grolles. La Grolle, quoi. Croa Croa. T'as pigé ? Noir comme leurs plumes. »

Édouard imitait le croassement du corbeau avec talent. Max, le cafetier, alerté par le vacarme, jeta sa clope, et revint vite fait en pestant :

« L'Édouard, tu te calmes ou j'te fous dehors. Si tu tiens plus le cabernet va picoler ailleurs, c'est pas la concurrence qui manque. »

Max passa derrière son comptoir pour choper un nerf de bœuf qu'il fit méchamment claquer sur le zinc.

Tac.

« J'ai dit, tu te calmes. »

Un dompteur qui dresse son fauve.

Le saunier s'assagit. Il reprit sa place à table, et enchaîna à voix basse sans un regard vers le bar et son tenancier vindicatif.

« C'est un sorcier très puissant. Dans le coin, on est dans le royaume des Lutins et des

Farfadets. Si tu veux en voir, il en traîne plein sur la dune à côté du marais… Y font leurs conneries le samedi soir, à la pointe du Devin, dans un champ qu'on connaît bien : le «pré Courtet» qu'il s'appelle. Ils déboulent fissa à la tombée de la nuit, y passent par le pont de La Corve en grande procession, et ça piaille, ça pousse de grands cris. Y traînent des tas de branches, pour faire des braises, et des chaudrons, pour cuire leur soupe de démons. Ils s'assoient en rond, le cul dans la lande, et ça cause au milieu des feux qu'ils ont allumés. Y cuisent je ne sais quoi, des trucs qu'ils aiment puis qui bouffent, et y dansent jusqu'à ce que le soleil y s'lève et là, y a la barque des morts qui s'amène pour prendre son petit monde et les emmener, je ne sais pas où. Tellement qu'elle est chargée qu'on croit qu'elle coule à chaque brassée qui la fait tanguer.»

Michel ne se doutait pas qu'Édouard puisse parler autant, d'un trait, quasi sans respirer. Maintenant qu'il avait commencé, il ne savait plus comment le faire cesser. Le paludier crachait des postillons parfumés au vin en s'échauffant.

«C'est sans compter sur les ébraillards, des âmes en peine qu'ont perdu leur corps à la Révolution. Y a plus que la tête qui se balade toute seule dans les airs, pas beau à voir, pauvres créatures de Dieu. Faut prier pour elles, sans ça elles gueulent jusqu'à plus soif, et ça casse les oreilles. Elles gémissent comme quand les Bleus les ont massacrées à coup de sabre et de baïonnette… Vas-y que je te rentre dans le bide des Chouans, vas-y que je pleure, que je chiale, que j'me plaigne… Ouuuh… Elles se rappellent les coups de lame qui les ont tranchées en deux bouts, les boulets de canon des révolutionnaires qui les ont explosées en mille morceaux… Ouuuh… »

Pris par son évocation, Édouard s'était de nouveau redressé et vociférait comme un damné, le menton en avant et la gueule grande ouverte. Gagné qu'il était par une sorte de transe, un filet de bave lui coula au coin de la joue et ses yeux roulèrent dans les orbites.

Michel avait allumé la mèche et ne savait plus comment l'éteindre. Le paludier, malgré ses airs d'enfant attardé, n'en était pas moins une force de la nature que peu pouvait défier sans risquer de se faire massacrer.

Sous l'effet de sa plainte déchirante, le café s'était sclérosé. Le patron fut le seul à passer à l'acte. Il surgit par-derrière, profita de l'effet de surprise pour enlacer son nerf de bœuf autour du cou du colosse, et il serra.

« Combien de fois faudra te le répéter ? Je ne veux pas entendre le nom de cette saloperie dans mon établissement. Quand on parle de lui, il finit par pointer le bout de son groin et, à chaque fois, ça tourne vinaigre. T'as pigé ce que j'ai dit ? »

Un gargouillis s'évada de la gorge du paludier.

Édouard, s'il l'avait voulu, l'aurait fait valser d'un unique coup de rein, mais c'était comme s'il se satisfaisait de cette force qui le maîtrisait et le calmait.

Max desserra son étreinte pour qu'il reprenne son souffle. Édouard calmé, il se tourna vers Michel, en glissant sa matraque sous son nez.

«Je ne veux plus entendre le nom de ce démon dans mon établissement… Étranger ou pas, c'est pareil pour tout le monde. Il a pigé, le petit monsieur ?»

Hurricane avait horreur qu'on lui donne des ordres, qu'on lui parle à la troisième personne et, plus encore, qu'on le menace. En temps normal, il se serait levé, aurait tenu tête au cafetier, l'aurait bousculé et ça se serait fatalement terminé en castagne… mais il ne bougea pas, car il avait fait une promesse. Il avait juré à Cécile de ne pas se retrouver à l'origine ou même mêlé, de près ou de loin, à une quelconque bagarre. Sa volonté de tenir parole et de satisfaire sa compagne était bien plus forte que celle d'écraser son poing dans la figure de ce type agressif et désagréable qui ne lui plaisait pas. Il se contenta d'opiner du chef en signe d'assentiment. Il ne rajouta pas d'huile sur le feu en espérant que le limonadier ventripotent recouvre la raison avant qu'il n'oublie son serment et lui fasse tomber des dents.

***

Après l'agitation et les hurlements, ils avaient envie de prendre l'air et quittaient le bar. Certains sortaient en bourrant une pipe, d'autres enjambaient leurs vélos ou leurs mobylettes pour rejoindre leurs pénates, d'autres encore, les plus nombreux, patientaient, formant cercle, en attendant que le plus hardi d'entre eux se décide à rompre le silence.

Michel découvrait le petit peuple du bar au grand jour. Ils étaient tous coulés dans le même moule, larges de hanches, bruns, trapus, courts sur pattes, le béret ou la casquette de marin calé par les pavillons d'oreilles décollés et écarlates, la vareuse bleue élimée, parfois rouge délavé.

L'air vivifiant de la marée les rendit progressivement volubiles. Un premier commença, puis ce fut la surenchère, à celui qui raconte l'anecdote la plus incroyable, encore plus fantastique que celle de son prédécesseur sur le vénérable sorcier La Grolle et les bizarreries qui se perpétuaient sur la lande toute proche.

Dans l'ambiance, ils confirmèrent à Michel qu'un sabbat allait avoir lieu sur la plage, en cette nuit de pleine lune. Il n'avait qu'à aller y faire un petit tour… s'il ne les croyait pas. Évidemment que La Grolle y serait, puisque Édouard lui avait affirmé que c'était le plus important des sorciers de l'île. S'il voulait aller remercier son sauveur, c'était le moment ou jamais de lui rendre visite.

Qu'est-ce qu'il attendait pour se décider ?

Et puis, après un moment de silence où ils s'étaient tous dévisagés avec des airs de conspirateurs, ils avaient ri aux éclats.

– 6 –
Un château face à la mer

Cécile n'était encore jamais montée dans un véhicule aussi atypique. Après le fourgon de Michel, transformé en camping-car, dans lequel elle avait rapidement trouvé ses marques et pris ses aises, elle se sentait prisonnière, coincée, épaule contre épaule, dans l'exiguë voiture sans permis de Jeanne.

Heureusement pour Cécile, qui aimait profiter du décor, l'engin entièrement vitré lui permettait d'admirer le paysage noirmoutrin.

« J'adore votre blog, c'est vraiment parfait pour nous autres les camping-caristes. » Assise derrière son volant, Jeanne gonflait le torse, fière d'appartenir à cette communauté d'aventuriers. « Les chemins de traverse, c'est un peu comme chez moi, enchaîna-t-elle, c'est mon site, je le visite tous les jours depuis que notre fils nous a installé Internet à la maison, même si ça fait râler l'Étienne. Étienne, c'est mon mari. Faut avouer que des fois j'allume l'ordinateur avant de lui faire son café, alors il est pas content. Comme s'il ne pouvait pas le préparer lui même, non ? Si j'étais pas là, il se débrouillerait comment, hein ? Le café c'est pourtant pas ben compliqué à faire, la soupe, j'dis pas, mais l'café ? »

Mener la conversation n'empêchait pas Jeanne de piloter sa machine avec souplesse en suivant les méandres de la départementale qui serpentait à travers les salines.

Au milieu de la route, à une centaine de mètres devant elles, un héron cendré prit son envol avec lenteur. Il réagissait au bruit improbable émis par le surprenant engin qui approchait. Le volatile fila vers le nord-ouest en leur laissant le chemin libre.

La conductrice enchaîna sur le même ton enjoué.

« L'ordinateur, ça a tout changé, faut dire que c'est rudement pratique, ce machin-là. On peut tout faire, et comme par chez nous y a pas grand-chose à faire, bah, ça change la vie du tout au tout. On n'y prend pas garde, on s'habitue, et puis, c'est quand ça marche plus qu'on s'aperçoit que c'est devenu indispensable. On sait pas les réparer, parce que ces machins-là, on n'y connaît rien. Y a plus qu'à attendre qu'il revienne nous voir. »

Cécile, totalement perdue dans les explications embrouillées de Jeanne, ne savait plus de qui il était question.

« Qui doit revenir ?

– Bah, notre fils, c'est lui qu'a branché tout le tintouin, c'est lui qui sait comment ça marche. Parce que l'Étienne et moi, les nouvelles technologies… »

Cécile acquiesça poliment, alanguie par la chaleur moite du chauffage, ventilateur poussé à fond pour assécher la buée. Ses pensées s'étiraient mollement. Elle repensa à la réaction de Michel quand elle lui avait demandé de bricoler quelques aménagements dans son Ford pour accueillir tout son bardas informatique. Son amoureux avait accepté sans poser de questions, débordant de son habituelle bonne volonté, alors qu'elle savait ce que ça lui coûtait de remettre en question son rangement et ses habitudes de vieux garçon.

Cécile s'était assez vite aperçue que Michel était « old-tech ». Elle maniait les clés « USB » avec la même maestria que lui les clés à molette. Elle était plutôt « high-tech ». Ce qui tombait bien : il se chargeait du bricolage et elle s'occupait de son blog.

L'ancienne documentaliste n'avait pas eu besoin de faire transformer le fourgon de fond en comble, juste de quoi dégager de la place pour installer son ordinateur. L'élément capital était de pouvoir se connecter à Internet, situation qui n'était pas toujours évidente en voyage.

Cécile, fervente militante de l'accès gratuit au wi-fi, lui demandait de stationner le camping-car à proximité d'un signal pour pouvoir l'utiliser et si, comme souvent, l'accès en était protégé, elle s'arrangeait, à force de gentillesse teintée de persévérance, pour obtenir le code de l'abonné qui lui ferait partager son réseau gratuitement.

La célébrité de Cécile grandissait sur la Toile. Son blog, « Les Chemins de traverse », était très visité et, et à en croire les messages laissés par les internautes, extrêmement apprécié. Il listait et donnait des avis sur les aires de stationnement, fournissait des cartes, des coordonnées GPS, hébergeait un forum de discussion, toutes sortes de renseignements utiles pour les voyageurs.

Mais l'originalité du site, c'était ces itinéraires à thèmes, bien pratiques pour les amateurs friands de parcours originaux et d'anecdotes historiques sur les lieux de villégiature où ils s'installaient avec leur fourgon.

Ne pas voyager idiot servait de credo à Cécile.

C'était donc à cause, ou grâce, aux « Chemins de traverse » qu'elle se retrouvait chahutée par les intempéries, prisonnière d'une boîte de conserve à roulettes. Jeanne, une contributrice, fidèle parmi les fidèles, lui avait posté un message sur son blog, pour lui parler d'une certaine Marie-Louise de Cussy.

« Venez à Noirmoutier, je connais une vieille dame, quasi centenaire, je suis son assistante de vie. Elle a traversé le siècle, elle pourra vous raconter une foule de détails sur l'affaire du Saint-Philibert, ça sera une occasion de visiter notre belle région et de parler de cette tragédie mal connue. »

Avant de découvrir cette missive, Cécile ne connaissait rien de l'« affaire » du *Saint-Philibert*. Depuis, elle s'était renseignée, sa curiosité s'aiguisant crescendo, elles avaient échangé des messages, un numéro de téléphone… et finalement une conversation qui l'avait convaincue de se lancer dans le voyage jusqu'à cette île vendéenne.

« Vous allez voir, c'est notre quartier rupin à nous. Le Bois de la Chaise, c'est comme le Neuilly à Paris, mais pour Noirmoutier, enfin, c'est ce qu'on dit, parce que moi, le Neuilly à Paris, j'en ai entendu causer qu'à la télé. »

Pour illustrer sa conversation, elle montrait les arbres en lisière de route. « Regardez, cette forêt de pins maritimes et de chênes verts, rien à voir avec le marais d'où l'on vient. C'est comme si on était dans un autre pays, vous trouvez pas ? »

Jeanne avait raison, depuis qu'elles avaient quitté la route des salines, le paysage s'était métamorphosé. D'une vaste étendue sillonnée de canaux, de terres basses et de polders à la hollandaise, elles avaient glissé dans un tout autre univers.

Des villas cossues, émergeant d'une époque révolue, se cachaient derrière des bosquets d'arbousiers, sereines à l'abri d'épaisses haies de lauriers et d'éléagnus. Cécile nota le fatras de formes qui s'affrontait dans une architecture disparate. Des chalets du XIXe siècle, des bâtisses néo-réalistes, des châteaux médiévaux, des manoirs d'inspiration anglaise, des maisons basques, d'autres entièrement en bois, se mêlaient dans un fouillis de styles. Elle n'aurait pas été étonnée de voir apparaître Brigitte Bardot, vêtue d'un simple paréo, sortant d'une villa en parpaings et béton typique des années 1970.

Jeanne venait d'abandonner la voie asphaltée pour s'engager dans un chemin de terre drôlement chaotique. Cécile crut un instant qu'elles s'étaient égarées, la conductrice la rassura promptement.

« Pas de panique, c'est le bon chemin, je suis née sur l'île. Ici, c'est l'allée Jacobsen, du nom de l'ancien proprio, un type qui possédait tout le bois avant de le vendre en parcelles. Je dois vous dire que c'était pas prévu pour les pauvres gens de chez nous, bien trop cher tout ça... », commenta Jeanne en poussant la voix pour surpasser le vacarme de son engin qui s'essoufflait dans les fondrières. L'allée, défoncée par les trous engorgés d'eau stagnante et de feuilles en décomposition, filait sous un plafond de chênes verts dont les cimes et les branches fusionnaient pour obscurcir le ciel.

« Accrochez-vous, ça va secouer. »

La voiturette s'envola, Cécile manqua de se fracasser le crâne contre le plafond de l'habitacle, mais c'est aux fesses qu'elle eut le plus mal quand les amortisseurs fatigués n'adoucirent en rien son brutal retour sur terre.

Jeanne poursuivit sans plus se soucier des cahots.

« Plus ils sont riches, plus ils veulent nous faire croire qu'ils sont pauvres. Doivent avoir honte de leur tas de sous, c'est pas possible autrement ? Pourraient pas les bitumer, leur satanés chemins. On n'est plus au Moyen Âge Faut jamais qu'ils fassent comme tout le monde, ces richards… En plus, ils se baladent sur leurs vieux clous tout pourris. Vous savez ce qu'on dit par ici : plus le vélo est usé, plus le propriétaire est aisé. »

Au milieu de l'allée Jacobsen, elles obliquèrent sur la gauche, dans celle des Mimosas, pour rejoindre l'allée Saint-Philibert-des-Souzeaux qui la prolongeait. Elles croisèrent l'allée de la Clère quand deux bip-bip bourdonnèrent des profondeurs du sac de Cécile qui ne broncha pas.

« Faudrait voir à répondre, si c'est votre mari qu'a des soucis… », lui fit remarquer Jeanne.

Cécile fit grise mine en entendant prononcer le mot « mari ». Elle attrapa son téléphone portable, un SMS l'implorait : « Rentre, je t'en supplie. »

Après avoir lu le court message, elle mit le téléphone hors tension en prenant garde de ne trahir aucune émotion particulière.

« Y a un problème ?

– Non, non, rien.

– J'aime mieux ça, mais on sait jamais avec nos bonhommes. »

Jeanne avait raison, on ne sait jamais avec eux, médita Cécile.

« Bon, bah, on est arrivées. »

Cécile, absorbée par son mystérieux texto, n'avait pas remarqué la mer qui s'étirait devant elles.

Le littoral, de ce côté nord de l'île, n'avait rien à voir avec le spectacle joué à la pointe du Devin. Les dunes et l'immense plage de sable avaient laissé place à une crique encerclée de maisons bourgeoises qui se dressaient, face à l'océan, fières de leur prestige démodé.

Cécile n'eut pas le temps d'apprécier davantage le paysage suranné car Jeanne s'extirpait déjà de la voiture.

« Voilà c'est ici, la maison sur la butte. »

D'où elles se situaient, elles n'apercevaient pas encore la propriété, seulement un chemin couvert de graviers qui serpentait à flanc de rocaille sur une lande où poussaient de splendides pins maritimes.

Jeanne pressa la barrière en bois vermoulu entrouverte.

Les troncs et les branches des chênes verts alentour, torturés par les tempêtes et les grains, s'entremêlaient pour dessiner des arabesques fantomatiques. Les buissons de fragonette, variété de houx sauvage surmonté de boules rouges denses et mélangé aux bosquets de laurier, formaient une jungle quasi inextricable. Les pieds de Cécile butèrent contre les racines des résineux qui sortaient de la poussière humide. Le rocher sur lequel avait été édifié la maison ne proposait guère de terre pour que les tiges puissent s'y dissimuler.

Au détour de la sente, elles firent face à la « villa » qui s'érigeait sur l'aplomb rocheux devant le rocher du Cob. Elles s'arrêtèrent un instant pour profiter du paysage idyllique.

Le soleil qui déclinait du côté de la mer dardait ses derniers rayons sur la majestueuse maison et inondait le chemin d'un halo de lumière orangée.

« L'Équinoxe », la colossale demeure de Marie-Louise de Cussy, les attendait. Le filet d'un feu de cheminée crayonnait ses traits sombres sur le bleu du ciel tourmenté.

L'imposante bâtisse datait du début des années 1900. Les affres du temps l'avaient délabrée, l'essentiel des volets à l'étage était fermé. Cécile remarqua ceux ouverts d'une chambre prolongée d'un balcon de bois sur lequel personne ne devait mettre les pieds depuis des années sans risquer une chute mortelle.

Au rez-de-chaussée, un perron de deux marches prolongeait un bow-window de bois vermoulu. Au bout du terrain, face à la mer qui jouait à cache-cache à travers les pins, une terrasse surmontait une tour qui servait de dépendance à l'incroyable demeure.

La porte de la maison, comme la barrière à l'entrée de la propriété, restait ouverte comme s'il n'existait pas de voleur dans ce lieu hors du temps. Jeanne arracha Cécile à sa contemplation. Elle lui fit signe de la suivre d'un discret mouvement de la main.

Elles entrèrent dans une immense pièce, humide et sombre. Le bruit du plancher, qui craquait lugubrement, rythmait l'atmosphère de ce lieu vide et silencieux.

Cécile crut deviner, venant du coin le plus obscur, une masse qui avançait vers elles.

« C'est vous, Jeanne ? »,demanda l'inconnue d'une voix dont toutes forces avaient dis paru.

« Oui, Madame, je suis avec la personne dont je vous ai parlé. »

Maintenant, Cécile la découvrait, délicate et filiforme, le visage blanc comme du parchemin sous des cheveux denses d'un noir de jais. Elle avançait en propulsant sa chaise roulante à grands mouvements de ses maigres bras, aux fines articulations, qu'on ne soupçonnait pas capable de développer une telle puis sance. Masquée par d'épaisses lunettes noires, elle avait l'allure surannée d'une star des années 1950 dont la célébrité se serait évaporée avec l'avènement de la Nouvelle Vague.

Cécile se demanda si elle était aveugle ou si elle craignait la lumière, à moins que ces verres teintés ne soient que pure coquetterie d'une élégante fanée.

« Je vous présente Marie-Louise de Cussy, bon je vous laisse, j'ai du travail », annonça Jeanne avant de disparaître.

Maintenant qu'elle pouvait l'examiner de plus près, Cécile distinguait, sous les fines rides qui craquelaient sa peau, les veines de ses tempes se soulever à chaque pression de son cœur.

Marie-Louise de Cussy n'avait pas l'intention de perdre son temps en mondanités.

«Jeanne m'a parlé de vous et de votre machin informatique, votre...» Elle chercha l'expression juste tout en lui intimant de l'aider d'un mouvement de menton autoritaire.

«Mon blog : "Les Chemins de traverse"», la secourut Cécile qui n'osait pas s'asseoir sans qu'on la prie de le faire.

«C'est bien ça. Au début, j'étais persuadée qu'elle se trompait. Elle a pour fâcheuse habitude d'inventer des expressions quand ça l'arrange, drôle de manie... vivre sur une île ne rend pas très malin. Jeanne avait donc raison. Blog, blog.» Elle répétait le terme pour lui donner une réalité. «Encore un coup des Américains. On n'est même plus capable de parler notre belle langue chez nous. Heureusement, j'approche de la fin, j'aurai pas le temps de voir notre merveilleux pays s'effondrer», râla la vieille femme avant d'ordonner à Cécile de se mettre à l'aise. «J'ai tendance à oublier que les gens aiment être assis; s'ils connaissaient leur bonheur, les ignorants : ils profiteraient de leurs jambes tant qu'elles peuvent les porter.»

Cécile tira une chaise en bois à l'assise paillée. Elle ne dit mot, comprenant que la châtelaine désirait aller à l'essentiel comme si elle avait peur que le temps lui file entre les doigts, insaisissable comme du sable sec.

«Comme vous pouvez le constater, je ne

suis plus une jeune fille. Un de ces matins, je vais oublier de me réveiller, et ça sera pas plus mal comme ça. J'ai largement fait mon temps.» Cécile s'abstint de commentaires. «Je vais m'éteindre après une trop longue vie. Je ne voudrais pas disparaître sans transmettre mon histoire et ses lourds secrets. Vous avez quelque chose pour noter ou pour enregistrer ?», s'inquiéta-t-elle brusquement, en recherchant le sac de son interlocutrice des yeux.

Cécile, qui ne se séparait jamais de son minuscule enregistreur numérique, le posa sur la nappe, brodée aux initiales de la famille, qui recouvrait la grande table du salon.

Marie-Louise de Cussy resta, un moment, interdite en détaillant l'appareil miniaturisé à l'extrême.

«C'est un jouet, il est minuscule.»

Plutôt que de rentrer dans de grandes et inutiles explications sur la fonctionnalité de son magnétophone, son stockage sur mini-carte et autres considérations techniques, Cécile lui demanda, avec curiosité :

«Pourquoi avez-vous décidé que je recueillerais votre témoignage ? Pourquoi moi, que vous ne connaissez pas ?»

Marie-Louise de Cussy riposta malicieusement par une autre question :

«Pourquoi pas vous, la tâche vous semble trop ardue ? Vous mettez en marche votre bidule et vous écoutez, c'est simple, même un gamin qui ne sait pas lire pourrait le faire.»

Cécile ne savait pas si elle avait voulu se montrer volontairement blessante ou si c'était son habituelle manière d'être, autoritaire et antipathique à souhait.

«J'imagine que vous savez ce que vous faites», admit Cécile.

Deux poussées, dosées avec précision, propulsèrent la vieille dame et son fauteuil roulant contre la fenêtre à travers laquelle elle admira les ultimes rayons du soleil se diluer dans l'onde.

«Jeanne n'arrête pas de me fatiguer avec votre… votre…

– Blog», répéta Cécile.

La vieille de Cussy ne se faisait décidément pas à cet anglicisme.

«L'informatique, l'Internet, et je ne sais quoi encore. Vous écrivez une sorte de journal intime ?

– Si vous voulez… mais sur le Net.

– Comme ça, si j'ai bien compris le charabia de Jeanne, tout le monde est au courant de vos turpitudes. Je ne vois pas en quoi votre journal peut demeurer intime, si n'importe qui peut y avoir accès ? persifla-t-elle.

– Le principe du Web, c'est l'échange, les lecteurs postent des messages, je leur réponds, il existe un forum pour que chacun puisse s'exprimer. C'est une forme de démocratie participative…

– Que de grands mots pour cacher tant d'insuffisance. Le Blog, le Web, j'y comprends rien… Ce qui compte pour moi, c'est que Jeanne m'a affirmé que vous étiez sérieuse, intéressée par les belles histoires et par l'histoire tout court, alors pourquoi pas vous ? Vous ne semblez pas pire qu'une autre. »

Ce n'était qu'un début, mais Cécile le prit quand même pour une esquisse de compliment.

« Vous auriez pu vous confier à un journaliste, c'est leur métier », fit-elle remarquer.

Les pneus de la chaise roulante émirent un bruit désagréable et perçant en ripant sur le carrelage quand Marie-Louise de Cussy lui fit faire un impressionnant demi-tour sur place.

Elle ne chuchotait plus, sa voix s'éleva, haut perchée, empreinte d'agacement :

« Un journaliste ? », s'emporta-t-elle, au risque de casser son fragile filet de gorge. « Comme si j'allais raconter mes secrets à un gratte papier, un miséreux qui va s'empresser de rajouter je ne sais quelles balivernes pour se faire plus intelligent qu'il ne sera jamais ? Un journaliste, vous êtes complètement folle, ma pauvre fille ! »

Cécile laissa la crise passer.

La vieille bourgeoise, devant elle, n'avait pas pour habitude qu'on lui coupe la parole ni même qu'on argumente ou conteste ses propos. Depuis un siècle, on obéissait à ses imprécations sans broncher ; même si l'âge l'avait usée, son autoritarisme et sa force de caractère n'en étaient pas pour autant émoussés.

Marie-Louise de Cussy retrouva son calme, et Cécile revit se dresser, devant elle, sa vieille institutrice qui lui parlait en détachant bien les syllabes pour qu'elle la comprenne.

« Je vous ai choisi parce que c'est plus facile de se confier à une étrangère qu'à quelqu'un qu'on fréquente tous les jours. Comme je ne vous connais pas, vous êtes parfaite. Alors, on y va ? Vous mettez votre bidule en marche ? »

Cécile s'exécuta.

Et Marie-Louise de Cussy raconta…

– 7 –
Les bolcheviques débarquent

« Mes parents faisaient partie des rares élus qui profitaient d'une maison de vacances dans le Bois de la Chaise, un chalet comme on les nommait à l'époque. Quand on pense à la démesure de la propriété cela me fait toujours drôle d'appeler « l'Équinoxe », un chalet. »

Marie-Louise de Cussy leva les yeux vers le plafond marqueté aux couleurs indécises, délavées par le temps. Elle voulait montrer à Cécile, qui dressa poliment la tête, les vestiges de la grandeur passée du lieu. Son interlocutrice acquiesça mais en réalité n'aperçut que des trous d'ombres sinistres.

« Ils l'avaient fait construire dès 1910, puis fait baptiser, dans la foulée, par l'abbé Jaud, un religieux aux thèses extrémistes, incontournable à l'époque. Mes parents faisaient partie de ces pionniers tombés sous le charme du Bois. En ce début de siècle, le site était synonyme de bien-être et la perspective de vivre sur une île enflammait l'imagination. Il faut dire que les récits de voyages et les guides de tourisme, qui pullulaient à cette période, vantaient ce mode de vie. L'arrivée du chemin de fer jusqu'à Pornic, juste de l'autre côté, provoqua un afflux d'estivants qui empruntaient le vapeur pour finir leur périple et traverser la baie de Bourgneuf, jusqu'à la plage des Dames.

« Peu à peu, le Bois de la Chaise se mit à ressembler à une région autonome peuplée de familles traditionnelles, au système de valeurs semblable, le plus souvent nationaliste et catholique. Beaucoup adhéraient aux idées de l'Action française. Une large majorité fréquentait assidûment la chapelle du Bois et se rassurait dans des théories bien-pensantes et conservatrices. »

La vieille de Cussy, un siècle plus tard, semblait encore s'en désoler :

« Je suis née ici, dans cette maison, en plein été 1914, et j'espère y mourir. Le reste de l'année, nous résidions en banlieue de l'Ouest parisien. Mon père officiait comme directeur d'une manufacture qui employait plusieurs centaines d'ouvriers : un monde qui m'était totalement étranger, et dont j'entrevoyais l'existence à travers des bribes de phrases attrapées çà et là, qui ne présumaient rien de bon sur l'ambiance au travail. "Fainéants de cocos", "Veulent jamais rien faire". "Je vais leur envoyer la troupe, à ces mécréants."

« Les années s'écoulaient, monotones et

tristes, et je ne vivais que dans l'espoir de retrouver Noirmoutier et son Bois pour y passer les meilleurs vacances possibles, heureuse et insouciante dans ce vase clos protecteur jus qu'à ce fatal 14 juin 1931.

« Le jour de la "Fête-Dieu" où je devins une femme... »

Les ultimes rayons du soleil couchant, hachés par les troncs des pins, caressaient les cheveux de Marie-Louise de Cussy qui marqua une pause dans son évocation. Sa respiration s'était emballée sous le coup de l'émotion. Elle patienta un instant, le temps de retrouver son calme, puis continua son récit la voix empreinte d'une sérénité retrouvée. Cécile buvait ses paroles en silence de crainte qu'une de ses questions n'interrompe le déroulement de ce récit.

« Habituellement, le vapeur *Saint-Philibert*, n'assurait la liaison entre Pornic et le Bois qu'en période estivale, mais, ce jour maudit de la fin de printemps, le bateau fut affrété pour une traversée exceptionnelle. Alors que les milieux conservateurs et religieux préparaient la Fête-Dieu, une société nantaise dénommée ; "Les loisirs", un groupement qui fédérait une majorité d'ouvriers, d'employés et quelques instituteurs– organisa une excursion sur l'île de Noirmoutier. Elle avait pour but de les faire accoster sur l'estacade de la plage des Dames pour passer la journée sur l'île.

« Notre petit paradis allait bientôt être envahi par des hordes de syndicalistes ouvertement anticléricaux, et, sommet de la provocation, le jour de notre Fête-Dieu.

« Vous imaginez aisément la réaction de notre communauté repliée sur elle-même : les rouges débarquent. »

Cécile fixa Marie-Louise de Cussy avec intérêt, l'imminence de ce choc des cultures excitait sa curiosité.

« Consignes furent données aux familles de rester calfeutrées chez elles, aux enfants de jouer à l'abri dans les vastes jardins de nos domaines privés. Nous autres adolescents, je venais de fêter mes dix-sept ans, étions tout excités. Depuis le temps que l'on en entendait parler, nous allions enfin savoir à quoi ressemblaient les bolcheviques. Avaient-ils réellement des couteaux entre les dents ?

« Pour nous, rejetons de l'élite, un syndicaliste personnifiait le diable en personne, alors, imaginez un bateau entier ! Une révolution en ordre de marche fonçait droit sur nous. Nous nous attendions à voir débarquer une horde de sauvages, nous dépossédant de nos privilèges, le drapeau rouge hissé à la proue, pourchassant le bourgeois, cambriolant et dévastant nos fiers "chalets", violentant tout sur leur passage.

« Depuis que cette nouvelle extraordinaire s'était répandue de la Plage des Souzeaux jusqu'au fort Saint-Pierre, nous ne tenions plus en place.

« Au petit jour, tandis que je dormais encore, cauchemardant à ces sombres perspectives d'invasion, de l'autre côté de la baie de Bourg neuf, de drôles de touristes embarquaient dans la joie et la bonne humeur.

« La plupart n'avaient jamais mis le pied sur un bateau ni sur l'île de Noirmoutier, la plupart n'avait jamais pris de vacances tout court, n'oublions pas que nous étions en 1931, les congés payés n'existaient pas encore, ni le 1er Mai, je n'ose même pas évoquer ces stupides 35 heures. Les seuls jours de repos possibles étaient les dimanches et les fêtes religieuses.

« Contrairement à ce que nous avaient endoctriné nos parents et nos curés, le choix de la Fête-Dieu, pour cette excursion, n'était nullement une attaque contre la foi religieuse mais simplement la promesse d'un dimanche ensoleillé, mais ça, nous ne le savions pas.

« Doublant la pointe Saint-Gildas, puis traversant la baie de Bourgneuf, le bâtiment à vapeur *Saint-Philibert*, en ce dimanche de juin, s'amarra au ponton qui sépare la plage des Dames des rochers de la côte sauvage.

« Il faisait beau, quasi caniculaire.

« En France, il n'y avait pas que le soleil qui chauffait; le climat social, lui aussi, s'alourdissait, les grévistes des usines textiles manifestaient dans le Nord, incendiaient des voitures, saccageaient des commerces, à Roubaix les gardes mobiles chargeaient contre des ouvriers syndiqués... et, chez nous, un demi-millier de ces énergumènes s'apprêtaient à envahir notre petit Éden de l'île de Noirmoutier pour tout saccager.

« Malgré tout, pour rien au monde je n'aurais raté ce spectacle, autant effrayée qu'électrisée par ce déferlement annoncé qui allait briser nos habitudes.

« Grâce à Léontine, paix à son âme, une de nos domestiques du même âge que moi, j'avais réussi à déjouer la surveillance de mes parents. Nous étions censées demeurer au bourg, chez l'un de ses oncles, confinées à l'écart de la chienlit qui avançait, mais en fait, à l'heure de l'invasion, nous étions aux premières loges, cachées sous un bosquet d'arbousier, en lieu sûr pour surveiller le déferlement des cosaques.

« C'est vers les 11 heures que, accostant sur l'estacade, "nos" communistes se dispersèrent et s'égayèrent dans la nature. Pour ces employés nantais, ces ouvriers des chantiers navals de Saint-Nazaire, soumis tout au long de l'année à d'épouvantables conditions de travail, cette journée passée en famille s'annonçait comme une parfaite parenthèse enchantée.

« Pendant quelques heures, Noirmoutier deviendrait leur havre de bonheur et d'insouciance.

« Pour l'instant, Léontine, ma servante, mais surtout moi, étions déçues. Les barbares nous ressemblaient, ils n'avaient rien de monstrueux, si ce n'est, pour certains, leurs tenues grotesques. »

Cécile sentit l'attention de la vieille femme se poser sur elle. La de Cussy scrutait discrètement ses habits. Mal à l'aise, se sentant observée, Cécile croisa les jambes pour dissimuler la tâche opaque qui maculait ses pantalons de toile bleu ciel, une marque de gras que les lavages successifs avaient fixée au cœur du tissu.

« La plupart en couple ou en famille, les ouvriers se promenaient, souriant, décontractés, émerveillés par le Bois de la Chaise, par ses pins et ses chênes qui supplantaient dans leur cœur les platanes décharnés et maladifs plantés aux quatre coins de la cour de leur usine.

« Certains restèrent à proximité de la plage de peur de se perdre dans cet univers attirant mais inconnu, d'autres s'enhardirent dans les allées ombragées, les plus courageux se baignèrent dans les petites criques abritées.

« Midi approchant, de petits groupes piqueniquèrent dans le bois, transformant astucieusement les souches et les troncs coupés en tables de fortune.

« Il faisait très chaud, et certains n'hésitèrent pas à retrousser le bas de leurs pantalons pour tremper leurs pieds endoloris dans l'eau fraîche.

« Spectatrices de ces réjouissances, nous avions l'étrange impression de les voir s'accaparer nos aires de jeux, s'amuser avec nos jouets, se baigner dans notre océan, profiter de notre Bois comme s'ils violaient notre paradis personnel. »

La vieille dame s'accorda un peu de répit. Cécile comprit qu'elle n'était plus avec elle. Marie-Louise de Cussy avait fait un saut dans le temps pour revivre ces événements. Elle reprit son évocation d'une voix qui se voulait assurée mais dont l'émotion lézardait la cuirasse :

« Et puis, tout à coup, je le vis, jaillissant des flots dans une gerbe d'écume étincelante. Il n'était pas entièrement nu, mais c'était tout comme. Son caleçon, un très long caleçon comme on les portait à l'époque, seul vêtement qu'il arborait encore, se plaquait contre ses cuisses comme une seconde peau. Le soleil, en contre-jour, magnifiait sa musculature parfaite, il ne marchait pas comme chacun de nous en se tordant les chevilles dans le sable meuble, non, il flottait sur la plage. Sa bonne humeur irradiait, et son sourire me brûla le cœur. Quand ses camarades le retrouvèrent, je m'aperçus qu'il faisait une bonne tête de plus qu'eux.

« Un géant brun aux yeux clairs.

« Je serais restée des heures à l'admirer si Léontine ne m'avait pas tirée par le bras.

« "Il ne faut pas rester, Mademoiselle. Venez vite, il faut rentrer, vos parents vont s'inquiéter."

« En tournant la tête, je compris pourquoi ma domestique m'incitait au départ. De l'autre extrémité de la plage, arrivait un groupe de jeunes de chez nous, qui prenaient l'allure hautaine d'honnêtes propriétaires des lieux fâchés par la présence de ces intrus. J'en reconnaissais certains qui tenaient des rames courtes serrées dans leur poing avec la ferme volonté de s'en servir comme gourdins.

« Nous nous enfuîmes dans la profondeur de la forêt, il ne fallait sous aucun prétexte que l'on découvre notre escapade. De notre retraite, nous vîmes les deux bandes se faire face, se toiser, se provoquer. D'un instant à l'autre une bagarre pouvait éclater, un coup de poing jaillir. Je pris peur, j'étais terrorisée, non pour les miens mais… pour lui, pour cet inconnu dont j'ignorais même le nom. Les nôtres étaient deux fois plus nombreux, et plusieurs armés de leur lourde matraque de circonstance. Je réagis par instinct, sans prendre le temps de réfléchir, et me mis à crier, de toutes mes forces: "À l'aide, au secours, par ici "

« Léontine, effrayée, me dévisagea, que n'avais-je dit ?

« Là-bas, sur la plage, mon subterfuge faisait effet. Les jeunes du Bois, oubliant les rouges, se précipitèrent dans notre direction pour nous secourir.

« Cette fois, c'est moi qui attrapais Léontine par la main et nous disparûmes, hors de portée, dans les fougères.

« Quand nous reprîmes notre souffle, quelques centaines de mètres plus loin, Léontine me demanda pourquoi j'avais fait ça. Je lui dis que je ne voulais pas que les nôtres se battent et se fassent massacrer par ces prolétaires aux muscles modelés dans l'acier à force de travail manuel, mais en réalité, et elle le savait fort bien, car elle était loin d'être aussi idiote qu'elle s'en donnait l'air, j'avais fait ça pour protéger ce superbe Apollon dont je venais de tomber irrémédiablement et follement amoureuse.

« De l'amour qu'une jeune fille de 17 ans peut éprouver pour un inconnu.

« Dès cet instant, je n'eus plus qu'une idée en tête : le conquérir.

« Ce ne fut pas vraiment compliqué.

« Une sorte de dancing s'était improvisé autour des cabines de la plage des Dames, c'est là que je retrouvais celui qui allait devenir mon amoureux de la Fête-Dieu, celui qui allait changer mon destin à tout jamais.

La suite de l'histoire est simplissime, magnifique, et évidente, comme une des ritournelles de l'époque, que l'on chantait à tue-tête. »

Marie-Louise fit une courte pause pour fredonner les premières phrases de *Mon amant de la Saint-Jean*. « *Il m'a suffi d'un seul baiser pour que mon cœur soit prisonnier* . » Cécile enchaîna en murmurant le refrain « *Comment ne pas perdre la tête, serrée par des bras audacieux* » avant de cesser en s'apercevant qu'elle était désormais seule à chantonner.

« Excusez-moi », fit-elle. Marie-Louise de Cussy reprit son évocation sans faire de remarque.

« Nous avons dansé, nos corps se sont frôlés, nous nous sommes embrassés, et nous nous sommes aimés, à l'abri d'une cabine de plage, le temps d'une journée ensoleillée au Bois de la Chaise… »

« Madame, j'ai terminé l'étage, j'y vais, alors, si vous voulez que je vous ramène ? »

La voix de Jeanne vint brutalement couper Marie-Louise de Cussy qui ramena sa chaise vers le recoin sombre d'où elle était apparue tout à l'heure.

Le chuintement de ses pneus emplit le salon. En la voyant passer devant elle, Cécile eut l'impression de discerner une larme rouler sous ses épaisses lunettes noires. Mais, très vite, la vieille dame dissimula son émotion. Elle ne voulait pas dévoiler une marque de faiblesse devant une inconnue.

« Si je ne vous ennuie pas avec mes vieilles histoires, venez demain, je vous raconterai la suite. »

Et elle s'effaça dans l'obscurité d'où elle était venue.

– 8 –
La nuit tombe sur les dunes

Lou n'avait pas précisé où elle avait caché son herbe. Elle l'avait planquée en allant faire pipi, avait-elle dit.

Michel avait essayé de l'attraper à la sortie du bar, mais, une fois le groupe d'habitués dispersé, il n'avait pas réussi à la trouver. Elle avait disparu et personne ne savait où elle se trouvait.

Maintenant, la grande carcasse de Michel bouchait l'entrée de ses modestes toilettes. Il contemplait ses cabinets munis de ce broyeur fatigué qui allait bientôt rendre grâce, en se rappelant une autre des promesses faites à Cécile. Il s'était engagé à remplacer le système pour installer des toilettes sèches, plus écologiques et tout aussi pratiques. Il fallait qu'il s'y attelle comme à bien d'autres tâches qu'il avait juré d'accomplir.

Les cachettes n'étaient pas légion. Il souleva le couvercle, observa dans la cuve et reposa la lunette en concluant que l'idée de cette planque était complètement idiote. Il n'y avait pas beaucoup d'endroits possibles. Il fit glisser la porte de l'étroit placard qui contenait la réserve de papiers et repéra immédiatement le sac de plastique qu'il cherchait, enfoncé dans le tube de carton autour duquel s'enroulait le rouleau de papier hygiénique. Il le récupéra et l'ouvrit. Il contenait une dizaine de têtes compressées en une boule de la grosseur d'une balle de golf, le tout emmailloté dans du papier cellophane.

Il reniflait l'herbe quand il entendit un claquement qui provenait de l'aire de stationnement.

Lou venait de rentrer.

Il allait lui rendre son sac, mais avant elle allait l'entendre.

Michel bondit hors du camping-car, la poche en plastique à la main. Une paire de fesses émergeait de la portière ouverte de la Volvo.

« Récupère tes affaires, je veux pas de ça chez moi.

– Hein ? »

Arthur Labrue se dégagea, le crâne inondé de sueur. Le petit homme parut aussi étonné que lui.

« Vous ?

– Qu'est-ce que vous foutez là ?

– Heu, je…

– Où est Lou ?

– Je… je ne sais pas, je la cherchais. »

Labrue s'était écarté de la portière. Il bégayait, en reculant vers son Titanium.

« Je… je voulais voir si… si elle n'avait pas besoin de quelque chose. »

Leur voisin fouillait dans sa voiture dès qu'elle avait le dos tourné. Michel avait la preuve que Lou ne s'était pas moquée de lui.

« Qu'est-ce que vous cherchiez dans ses affaires ?

– Rien, rien d'important, un truc que je lui ai prêté…

– Quel genre de truc ? »

Michel ne croyait pas un mot de ses explications pour le moins sommaires. L'étrange individu fit demi-tour et se réfugia dans son bahut.

« À bientôt… et bonjour à votre dame. »

Michel se retrouva idiot. À son tour, il se pencha à l'intérieur de la Volvo. Il ne savait pas si le curieux voisin était responsable du désordre qui régnait dans le véhicule, ou si c'était le quotidien de la serveuse, mais un brin de ménage s'imposait.

Il se trouvait devant un dilemme, il ne pouvait pas laisser le sac dans la voiture en prenant le risque que Labrue ne revienne y faire un tour et tombe dessus. Ce n'était pas ses affaires, mais il se sentait, malgré tout, responsable de ce fardeau. Il était hors de question qu'il le remette dans son Ford Transit à cause de Cécile, il allait devoir trouver une autre cachette.

Michel fit le tour de son fourgon en réfléchissant où planquer le colis. Il était en train de s'accroupir pour le dissimuler derrière la roue arrière du Ford quand il remarqua le rideau de Titanium qui bougeait légèrement.

Ce n'était certainement pas un courant d'air.

Le voisin l'espionnait.

Michel décida d'aller faire un tour sur la plage en attendant que Labrue l'oublie un peu.

À l'ouest, le ciel rosissait, une barrière de nuages bas surlignait d'horizon. Le soleil déclinant pointait par intermittence son disque rougeoyant. Le feu et l'obscurité se succédaient comme si un farceur jouait avec un interrupteur invisible. Dans quelques minutes il ferait nuit.

Arrivait l'heure où la marée s'inverse, où l'ombre des nuages courait sa dernière course en zébrant la plage. Une brise fraîche pliait les oyats plantés dans les dunes.

À force de tripoter le sac qu'il avait emmené avec lui, Hurricane avait fini par se rouler une cigarette de contrebande. L'attention altérée, il contemplait le vent dessiner des rides à la surface de l'eau. Assis face à l'océan, il tenta de compter les tankers illuminés, alignés à la queue leu leu dans l'estuaire de la Loire. Les joues cramoisies fouettées par la bise, il cherchait à fixer son attention, mais, à chaque fois, un nouvel élément l'empêchait de rester concentré. Hurricane se noyait dans son décompte quand un halètement, proche de l'essoufflement, le surprit.

L'imposante silhouette d'Édouard, le paludier, titubait dans les derniers rayons du couchant.

« T'es là, toi », brailla-t-il, avant de s'effondrer dans le sable meuble.

Son haleine chargée dévoilait son état alcoolique. Les mots jaillissaient de sa bouche sans qu'il ait le temps de les contrôler.

« Je suis en retard, je veux pas rater le sabbat. Il faut que je parle à La Grolle.

– Laisse tomber, c'est une farce cette histoire.

– Une farce, comment tu peux dire ça ? Tu as déjà oublié que c'est le sorcier qui t'a sauvé sur le Gois ?

– Les sorciers n'existent pas. »

Ses quelques mots prononcés provoquèrent la colère d'Édouard. Hurricane se tint sur ses gardes. Le type semblait suffisamment saoul pour ne plus savoir ce qu'il faisait.

« Tu as eu de la chance de ne pas le fâcher, là-bas dans le passage. Sais-tu ce qu'on doit faire quand on croise un sorcier ?»

Hurricane n'en savait rien et, à vrai dire, il s'en moquait. Malgré tout, il ne voulait pas exciter la ferveur du saunier.

«Dis-le-moi, comme ça je saurais comment me comporter la prochaine fois.», lui demanda-t-il sur le ton de la blague.

Édouard répondit le plus sérieusement possible en se concentrant pour ne rien oublier dans son énumération.

– Eh bien, en premier, il faut fermer la main gauche.» Il s'était relevé et tendait le poing vers le ciel pour que Hurricane le voie facilement. «Il faut placer son pouce sous les autres doigts, en chuchotant : " Je le redoute, je me soumets. "

Hurricane imita son geste pour lui montrer sa bonne volonté mais cela ne suffit pas à atténuer sa fièvre.

«Honte à toi qui l'a croisé», proclama-t-il en s'ébouriffant les cheveux d'un revers de main. «Il aurait fallu que tu te signes et que tu te mettes une motte de terre sur la tête pour que ce soit efficace.»

Édouard se couvrit les cheveux de sable en poussant des hurlements: «Je me soumets. Je me soumets.»

«Pourquoi tu fais ça ?»

Hurricane était pris de court devant un comportement aussi déconcertant.

– Pour prouver que j'accepte sa toute

«puissance, je rentre sous terre pour montrer ma soumission.»

Hurricane le regarda perplexe en se demandant s'il n'allait pas s'enfoncer la tête sous le sable comme une autruche. Le paludier en aurait été capable.

«Merci, je saurai quoi faire la prochaine fois que je le verrai, se contenta-t-il de conclure.

– T'as intérêt parce qu'autrement il va t'arriver des histoires.»

L'étoile du berger pointait dans le ciel. Une fine brume flottait sur la crête des vagues. Le roulis brisait les reflets de la pleine lune en de multiples satellites chatoyants. La nuit était tombée. Hurricane se déplia, il était temps de rentrer, Cécile devait l'attendre au camping-car en se rongeant les sangs.

«On se voit demain au bar ? lui demanda-t-il en s'étirant.

– Si tu veux, je passerai à un moment ou à un autre.»

Ils se séparèrent.

Le colosse reprit sa route vers le nord tandis que Hurricane marcha plein sud, en longeant le littoral.

Malgré la brume maritime, la lune parvenait à projeter sa lumière fantomatique sur la plage mouillée par la marée basse.

Hurricane se figea, invisible dans la nuit, quand des rires attirèrent son attention.

Au loin, il reconnut la jeune marginale.

« Lou ! »

Il allait enfin pouvoir se débarrasser de ce maudit sac de plastique, quand il reconnut la voix de Kevin qui l'appelait :

« Lou, par là... Attends-moi ! »

Les deux jeunes se retrouvèrent, puis s'enlacèrent. Hurricane ressentit les picotements de la jalousie qui le titillaient, pas celle d'un amant, celle d'un père qui surprend sa fille dans les bras de son petit ami. Qui était-il pour penser cela ? Il reprit sa route en triturant le sac d'herbe dans ses mains.

Quand il déboucha sur l'aire de stationnement, les trois véhicules somnolaient comme des fauves endormis. La faible clarté d'une lampe perçait au travers les rideaux du Chausson Titanium de leur voisin.

Hurricane était en train de planquer le sac de Lou au-dessus de la roue du Ford quand Cécile, alertée par le raffut, surgit sur le seuil du camping-car :

« J'étais folle d'inquiétude, s'exclama-t-elle. Tu étais où ?

– Sur la plage avec Édouard.

– Édouard, qui c'est cet Édouard ?

– Le paludier que m'a présenté Lou... la voisine. »

Michel remarqua le voile d'étonnement qui enveloppa le visage de sa compagne à l'évocation de la jeune femme. Il précisa aussitôt, pour ne pas laisser place au doute ou à une mauvaise interprétation.

« Édouard, c'est un saunier qui a besoin de bras, s'il est d'accord je vais lui filer un coup de main sur son marais, ça me fera un peu d'argent. On n'en a pas trop par les temps qui courent.

– Je touche ma retraite, tu n'es pas forcé de travailler. »

Il n'était pas obligé, mais il voulait participer.

« Ce gars connaît bien le sorcier qui nous a sauvé sur le Gois. »

Cécile le laissa entrer et souleva les épaules tandis qu'il retirait sa veste.

« Tu mets du sable partout. Qu'est-ce que tu as fabriqué, tu t'es roulé sur la plage ?

– Il paraît qu'il y a un sabbat cette nuit avec la pleine lune, je suis allé faire un tour du côté des dunes. »

Cécile n'en croyait pas ses oreilles.

« Un sabbat ?

– Ouais, des sorciers qui font la fête avec leurs balais et tout le tremblement. »

Michel avait l'air sérieux, elle se demanda s'il se moquait d'elle.

« C'est quoi, cette histoire ?

– Au bar, c'est ce qui se raconte…

– Et on t'a pas proposé d'aller à la chasse au dahu ?

– C'est malin… »

Elle le dévisageait, soupçonneuse :

– Tu as bu au café, tu m'avais promis ? »

Il n'avait aucune envie de lui avouer et, en même temps, il était hors de question qu'il lui mente. Il opta pour une position intermé diaire :

« Dans ce genre d'endroit, si tu bois de l'eau, ça fait… comment dire ? Pas normal.

– T'étais pas obligé d'y aller.

– J'avais rendez-vous pour trouver du travail… » Il s'empressa de préciser : « … avec Édouard… mais on n'a pas pu parler… » Les choses se compliquaient. La vérité est parfois plus difficile à faire admettre qu'un bon mensonge. « Lou m'avait dit que je pourrais le rencontrer au bar…C'est pour ça que… j'y suis allé.

– Lou ? Tu as passé ta journée avec cette fille ? »

– 9 –
Un sabbat dans les dunes

Sa force herculéenne ne le rassurait qu'à moitié, et, cheminant sur l'estran, Édouard claquait des dents, redoutant de perturber une assemblée de sorciers en pleine fiesta. C'était pourtant pour cette raison qu'il traînait sa grandiose carcasse au cœur de la nuit, écrasant les bulles de mousses argentées qui restaient accrochées sur la plage de Luzéronde à marée basse.

Il espérait la présence de La Grolle. Il désirait lui parler.

La Grolle l'aimait bien, lui seul le comprenait sur cette fichue île.

Sorcier ou pas sorcier, c'était son unique copain sans compter Lou, mais Lou « c'est une fille, c'est pas pareil. Les filles on les aime pas de la même manière ».

À l'oblique de sa tête, le visage parfaitement rond de l'astre des nuits trouait le ciel tacheté de nuages. La clarté diaphane irradiée par le disque lustrait les vagues qui déferlaient à l'assaut des dunes. La clameur des flots emplissait la tête d'Édouard qui progressait en levant un nuage de puces de sable effrayées. Prises de panique, les bestioles quittaient le couvert du varech en sautant en tout sens.

Le vent de sud-ouest poussait le colosse et facilitait sa progression. Les algues voletaient comme des mouettes excitées dans le sillage d'un chalutier qui nettoie son filet.

Édouard avait dépassé la pointe du Devin. Il cheminait sans croiser âme qui vive dans la portion où la plage se creuse pour former l'anse des Lutins. Sa lourde démarche l'emmenait plein nord, quand il distingua plusieurs silhouettes qui se poursuivaient.

Des lutins en plein batifolage ?

De peur d'être découvert, il s'enfonça à couvert dans les dunes et prit pour poste d'observation un ancien blockhaus habillé de tags multicolores qui servait de toilettes publiques aux baigneurs terrassés par une envie pressante.

D'autres formes dévalèrent la crête en chahutant, les bras encombrés de branchages. Une bande de farfadets en pleine préparation de leur tambouille du diable ?

Une fois posés en tas, les morceaux de bois furent embrasés en un titanesque feu de joie qui enflamma les visages d'un groupe de filles et de garçons hilares. Édouard, découvrant la scène, dut bien admettre que son rassemblement de sorciers prenait plus l'allure d'une soirée feu de camp sur la plage de Luzéronde que d'une réunion de chapeaux pointus.

La pleine lune éclairait le rivage. De sa planque, le colosse ne rata rien du déshabillage de la jeunesse qui se motivait bruyamment pour plonger dans l'eau glaciale sous le prétexte d'un incontournable bain de minuit.

Il repéra Lou dans l'équipe de fêtards. La charmante serveuse se prenait pour un flamand rose en station précaire sur un pied. Elle tentait de garder la pose, tandis qu'elle faisait glisser son jean le long de ses jambes musclées.

Au terme de ce périlleux exercice, elle chuta en hurlant de rire, les fesses enfouies dans le sable.

Édouard s'excitait devant le spectacle, tempéré par sa conscience qui lui rappelait qu'il était déplorable d'espionner.

Oui, mais, si elle avait su qu'il l'épiait, aurait-elle prolongé son strip-tease ?

Quand ils se seront mariés, il pourra l'admirer se dévêtir autant qu'il lui plaira. En attendant, c'était mal.

Il fallait qu'il se décide à la demander en justes noces.

Voudra-t-elle de lui ? La question le torturait, si elle refusait, il se tuerait de honte…

mais comment le savoir, s'il restait mutique et ne lui demandait rien ?

Cruel dilemme.

La Grolle saurait quoi faire.

Lou le faisait tourner en bourrique depuis trop longtemps. Il fallait qu'il déniche le grand sorcier.

Un jour, elle était pendue à son cou à lui faire des mamours : « T'es mon gros nounours à moi toute seule », et le lendemain elle l'évitait comme s'il empestait le poisson pas frais : « Lâche-moi la grappe, arrête, vire tes grosses pattes. Qu'est-ce que tu veux ? ».

Il ne savait pas comment s'y prendre ni à qui demander conseil. Kevin se moquait de lui et lui racontait n'importe quoi. Il n'était pas aussi bête que ça. Il savait bien que ce jeune crétin n'avait qu'une envie, la choper et « lui faire sa fête », comme il le pérorait sans aucun respect pour elle. Il se vantait devant tout le monde de l'avoir déjà fait, dans toutes les positions possibles, dans tous les endroits imaginables. Lou avait constamment envie, insatiable qu'elle était, la salope.

Édouard ne le croyait pas ; impossible, elle ne pouvait pas, non, c'était juste pas vrai.

Plus le colosse serrait les paupières pour chasser ces douloureuses images de son esprit, plus elles s'incrustaient, à tout jamais gravées au plus profond de sa conscience.

« Elle l'a pas fait avec ce morveux, c'est pas possible, non, c'est pas possible », répéta-t-il à s'en faire exploser le crâne. « C'est pas possible... Lou, tu m'as pas fait ça ? »

Il comprima tellement les paupières que les étoiles du ciel clignotèrent dans sa tête.

Quand le colosse rouvrit les yeux, elle s'était enfin dégagée de sa paire de pantalons, qui gisait en paquets à ses pieds.

Lou s'offrait au vent, nue, sublime. La pleine lune dévoilait ses formes sans la moindre pudeur. Édouard volait l'intimité d'une fée. Elle était encore plus attirante que les filles des magazines qu'il feuilletait d'une seule main dans sa cabane du marais. Et comme là-bas, prisonnier de sa solitude, il sentit qu'entre ses jambes c'était prêt à éclater. Il s'affola, c'était pourtant pas de sa faute si la nature avait ses besoins, même les animaux le faisaient, alors pourquoi pas lui ?

Le colosse ne contrôlait plus rien. Il s'approchait du point de non-retour quand une voix s'éleva dans son dos, et le fit sursauter.

– Hé bien, mon salaud, tu t'emmerdes pas ! »

Cette intonation blessante, ce souffle de nez, il l'aurait reconnu entre mille : Kevin, ce crétin, ne traînait jamais bien loin de sa douce et tendre.

– Qu'est-ce que tu fous caché là-dedans, ça pue la pisse, tous les connards du coin viennent chier là, t'es vraiment qu'un gros dégueulasse… »

Et Kevin comprit :

« Ah, non j'ai pigé, tu te rinces l'œil, mon cochon. »

En contrebas, Lou courait sous la lune, sa lourde poitrine, libre de tout carcan.

Édouard avait repéré, à demi masqué par un bloc de béton armé, un morceau de ferraille, corrodé par l'oxydation et le sel, qui ferait parfaitement l'affaire.

Il devait faire taire Kevin.

Son poing se referma sur l'arme, des copeaux de rouille s'incrustèrent sous ses ongles et colorèrent sa peau rouge sang. Un bon coup sur l'arrière du crâne… pas plus compliqué que tuer un lapereau.

Son forfait achevé, il balancerait le jeune vantard dans le fond du bunker. On n'entendrait plus causer du joli cœur.

Kevin ne s'interposera plus jamais entre lui et son amour.

Ce soir, il ose. Il demande Lou en mariage. Il faut qu'elle accepte.

D'abord, se débarrasser de Kevin.

« Regardez qui se fait un peep-show gratos », hurla le jeune type à l'intention du groupe rassemblé autour du feu de bois.

Trop tard pour agir. Lou, attirée par l'appel de ce crétin, s'était retournée vers le bunker. Elle leur faisait de grands signes sans chercher à masquer ses seins nus.

Édouard abandonna le morceau de ferraille qu'il cachait dans son dos. La pièce s'ensabla entre ses pieds.

Il ne pouvait pas le frapper devant sa dulcinée, sans courir le risque qu'elle réponde non devant monsieur le curé.

Édouard dévala la pente de force, poussé par Kevin dont le ricanement triomphal flottait dans son sillage.

« T'as intérêt à faire ce que je te dis, autrement je raconte à ta petite copine ce que tu traficotes pendant que tu la mates les tétés à l'air. J'ai dans l'idée qu'elle va pas beaucoup aimer »

Il aurait préféré mourir plutôt que d'endurer cette humiliation.

« Fais pas ça, je t'en supplie !

– Dis-moi pourquoi je ne le ferai pas ?

– Parce qu'on est copain… mentit maladroitement le saunier.

– Copain, où t'as vu jouer ça, toi ? »

Pour une fois, ils étaient d'accord, mais il fallait bien qu'il tente quelque chose pour se tirer de ce mauvais pas.

Après leur cavalcade, les deux hommes se

retrouvèrent face à Lou. Le pull qu'elle venait d'enfiler lui dégringolait à mi-fesses en la rendant encore plus attirante.

« Qu'est-ce que tu foutais dans le blokhaus, c'est immonde comme coin, la Terre entière va y faire ses besoins ? »

Lou le questionnait gentiment, mais que pouvait-il bien lui répondre ? Aucune idée géniale ne germa dans son esprit étroit. Il dodelina d'une jambe sur l'autre, ne sachant que dire, espérant qu'un miracle le sauve.

« Parle-lui donc de l'envie que t'étais en train de satisfaire, se marra le beau gosse.

– Non, c'est pas vrai, j'étais pas en train de… de…

– De quoi ?… », l'aida Kevin.

Édouard resta immobile et silencieux, complètement paumé.

« Vas-y, raconte à ta copine. »

S'il n'inventait pas quelque chose dans la seconde, Kevin allait tout balancer. Édouard ne trouva rien. Il se contenta de la vérité.

« Les so… so…, je voulais voir les…, les sorciers, balbutia le colosse pour se justifier.

– Qu'est-ce que tu délires ?

– C'est la pleine lune.

– Je suis pas aveugle… mais, j'y suis, ce crétin pense qu'il va y avoir un sabbat de démons à cause de la lune. » Kevin n'en croyait pas ses oreilles. « Il est complètement à l'ouest, ce con, c'est pas possible des spécimens pareils. Hé, faut pas croire tout ce que délirent les tarés du bistrot où tu t'arsouilles. »

Édouard se sentit mieux, on l'avait cru, même si c'était une occasion de se foutre de lui.

Il priait pour que La Grolle apparaisse et le sorte de ce mauvais pas.

Le Sorcier lui dirait que faire, à lui, qui ne savait que faire.

« Bon, c'est pas le tout, mais il fait soif. »

Kevin le lâchait enfin.

Édouard pensa avoir gagné la partie.

Il avait tort.

Kevin et ses copains occupèrent leur soirée à boire et à faire boire le paludier. Lou, qui avait deviné le but de la manœuvre, essayait de les en empêcher, mais Kevin servait alcool sur alcool et le grand costaud ne refusait rien. Il avalait tout ce qu'on lui proposait et en redemandait.

« Regarde-le, il adore ça. Y a pas de gêne à lui faire plaisir, qu'il picole à en crever si ça lui chante ! »

C'est ce qu'il fit.

Une fois que le géant fut encore plus saoul qu'il l'était en arrivant, Kevin eut la formidable idée de lui faire prendre un bain de minuit.

« Allez, à poil. »

Profitant de l'état du paludier, Kevin et ses potes voulurent lui arracher ses frusques. Édouard résista mollement. Ils l'avaient tellement fait boire qu'il titubait et s'effondrait le nez dans les algues.

En temps normal, un simple mouvement aurait suffi pour les envoyer valser, mais sa soûlographie l'amputait de sa force.

Anesthésié, il se débattait, mais à chaque fois il finissait par avaler du sable.

Dans les vapes, conscient par éclairs, Édouard ne se souciait que d'une chose : que Lou ne le voie pas nu.

« Quand on sera passé devant le curé, ça sera différent. »

L'idée lui traversa l'esprit de lui faire sa demande, là, avec la pleine lune comme témoin, mais… il n'osa pas. Il y avait les autres qui allaient en profiter pour se foutre de sa gueule.

Il se sentait intimidé. Pour ça, il lui fallait de l'intimité.

La joyeuse bande profita de sa faiblesse passagère pour le débarrasser de ses derniers vêtements. Lou faisait la tête. Elle s'était écartée et remontait vers la dune en tournant le dos aux plaisantins.

Nu comme un ver, Édouard abdiqua, à quoi bon. Il n'opposa qu'une résistance de principe quand Kevin l'entraîna dans l'eau glaciale.

« Un bon bain te fera dessaouler, mon salaud. »

Transi de froid, la mer lui fut d'un grand secours en sauvegardant sa pudeur. Le groupe confiné sur la plage le narguait à grand renforts de cris et de hurlements. Il les entendait piaffer, mais passait outre.

Leurs lazzis ne l'atteignaient plus là où il était.

Sur le rivage, on l'oublia rapidement, c'était marrant de le foutre à la baille, mais finalement pas tant que ça. Ils en avaient bien profité, s'étaient bien amusés, mais le jouet avait fini par se démoder. Il faisait frisquet et ,à court d'idées originales, les joyeux drilles se saluèrent puis s'éparpillèrent, en mettant le cap sur leur domicile pour profiter du confort moderne d'un bon radiateur.

Sur la plage de Luzéronde, il ne resta bientôt plus que Lou qui faisait la tête, et Kevin qui voulait faire la fête.

Le garçon fit quelques pas dans sa direction :

« Fais pas la gueule, on s'amuse, l'implora-t-il, tout en essayant de l'empoigner alors qu'elle s'échappait.

– Explique-moi ce qu'il y a de marrant à le charrier sous prétexte qu'il est simple.

– Débile, tu veux dire !

– Pas beaucoup plus que tes copains. »

– 10 –
La barque des morts

À une centaine de mètres au large, Édouard frissonnait, les vagues glaciales le réfrigéraient. Il écartait sans cesse les doigts dans un mouvement nerveux et répétitif, afin que ses articulations ne s'engourdissent pas. Les sensations à l'extrémité de ses phalanges s'estompaient. L'onglée lui paralysait les muscles les plus fragiles.

Quand les rouleaux lui permettaient, Édouard apercevait Kevin à la poursuite de Lou. Ils les entendaient beugler entre les rafales de vent.

« Fais pas la gueule pour ton grand taré, on lui a pas fait de bobos… L'eau froide va lui faire du bien… Au pire, il sera lavé pour le mois, ça le changera… Lou, viens par là, on va pas terminer la soirée comme ça ! »

Édouard employait toute sa force pour ne pas se noyer. Il serait bien retourné sur la terre ferme, mais il craignait toujours que

Lou ne le découvre dans son plus simple appareil. Le colosse se trouvait ridicule, le froid lui raffermissait les chairs et, pendant entre ses jambes, ses attributs se recroquevillaient au point de devenir risibles.

Qu'aurait-elle pensé d'un homme aussi mal outillé.

Sur la plage, Kevin braillait constamment après Lou qui refusait de l'approcher. L'agressivité du jeune homme le rendait lourd et entreprenant.

« Viens par là, petite salope. Où t'es, je vais te trouver, t'es triste parce que ton copain ne peut rien faire pour te défendre ? C'est un gros lâche, une belle plante comme toi ça a besoin d'un homme, d'un vrai, pas d'une bête de foire. »

La dernière fois qu'Édouard les aperçut, Kevin venait de rattraper Lou, les deux jeunes se battaient ou s'enlaçaient, il ne savait pas trop, car le courant l'avait fait dériver trop loin pour qu'il puisse apprécier la différence.

Soudain, les deux corps se détachèrent. Lou poussa une longue plainte qui glaça le sang d'Édouard bien plus radicalement que la température de l'océan.

Une gerbe d'eau salée l'aveugla et l'empêcha de voir Kevin entraîner la jeune femme vers le blockhaus en la tirant violemment par les cheveux.

Édouard se retrouva seul, plus aucun bruit ne provenait de la plage. La lune étalait sa lumière opalescente sur le sable, seules les braises du feu rougeoyaient dans la clarté fantomatique. Cette soudaine solitude l'effraya, il préférait quand ses tortionnaires lui faisaient subir leurs sévices imbéciles.

L'ambiance crépusculaire, le silence soudain, le relief effacé l'oppressaient. Sous l'influence de cet état fantasque, il discerna, venant du large, une embarcation qui fonçait droit sur lui. La panique le gagna. Persuadé que la mythique « barque des morts » arrivait pour l'entraîner dans son ultime voyage, il fit un signe de croix et se mit à psalmodier une prière incompréhensible entre ses lèvres gercées par le froid piquant.

Hanté par son délire, il entendait les spectres l'appeler :

« Viens, embarque, embarque, nous allons en Galloway. »

La Grolle lui avait conté cette légende où, pour conclure le sabbat, un canot, chargé d'esprits errants, venait chercher les sorciers pour les conduire au Pays de Galles où les âmes des Celtes reposaient après leur mort.

Édouard ne voulait pas les suivre, son temps n'était pas encore venu. Après avoir demandé Lou en mariage, et seulement dans le cas où elle refuserait, oui, il serait fin prêt pour le grand voyage, mais pas en cet instant, il n'avait pas encore fait sa demande.

Il se boucha les oreilles avec les deux mains pour ne plus entendre l'appel des âmes errantes, et trottina vers la plage en rassemblant son courage.

Arrivé au sec, Édouard ne trouva plus trace de ses affaires ; par contre, il buta sur une bouteille de gin qu'il envoya valdinguer sur un enrochement habillé d'algues qui amortit le choc. Il récupérera le flacon pour moitié plein, et le vida pour se réchauffer.

L'alcool, ingurgité cul sec, grossi de sa fatigue et du froid, réactiva sa soûlerie.

Son ivresse décuplée, en proie à l'une de ses plus violentes crises, il vociféra dans le vent et pirouetta comme un chien fou qui s'obstine à mordre sa queue.

« Lou, Lou, tu veux te marier avec moi ? »

Sa seule réponse fut la litanie d'un goéland solitaire réveillé par le tapage. Édouard ne désarma pas ; oubliant sa tenue d'Adam, il escalada la dune à la recherche de sa bien-aimée.

« Lou, Lou, je t'aime. »

Personne ne lui répondit.

Et il disparut.

***

Pas beaucoup plus tard, à moins d'un kilomètre de là, Michel se réveilla en sursaut, s'extirpant d'un angoissant cauchemar où il se noyait, les pieds prisonniers d'un fourreau de vase qui l'aspirait sur le passage du Gois.

Remis de ses émotions, il déplia précautionneusement sa grande carcasse ankylosée par le sommeil. Il se leva discrètement pour ne pas déranger Cécile qui dormait paisiblement à ses côtés, allongée sur la banquette dépliée qui faisait office de lit.

Il profita d'être complètement éveillé pour sortir admirer la pleine lune qui perturbait son sommeil en bombardant le Ford Transit de ses ondes maléfiques.

Michel admira le paysage transformé par ce si particulier halo qui imprimait le décor de teintes livides. Sans qu'il s'en rende compte, ses pas le conduisirent jusqu'à la roue arrière du camion où il avait caché le sac de Lou. Prétextant qu'il allait lui rendre son herbe dès le lendemain matin, il en profita pour se rouler un petit joint… le dernier.

Il avait promis à Cécile d'arrêter complètement, mais, malgré ses efforts, si la situation se présentait… il n'allait pas se refuser un petit plaisir.

Il fumait de l'herbe quand l'occasion se présentait et, malgré ses bonnes intentions déclarées, il n'avait jamais eu réellement l'intention de se débarrasser de cette habitude. Pourquoi l'aurait-il fait, ça lui permettait de trouver le sommeil sans avoir à dépendre d'une addiction aux neuroleptiques, ni à d'autres comprimés chimiques comme bon nombre de ses concitoyens.

La première bouffée lui tourna la tête, puis ce fut bon et apaisant.

Tout à sa satisfaction coupable, Michel n'aperçut qu'au dernier moment une silhouette étrange rôder autour de la Volvo.

Par réflexe, il cacha le bout incandescent de sa clope en formant une conque avec la paume de sa main.

Lou rentrait de son escapade nocturne.

Il allait l'entendre, mais non, impossible, l'ombre la dépassait d'une bonne tête. Et ce chapeau ? Il l'avait déjà vu porté par un drôle de spectre, pas plus tard qu'hier, sur le Gois.

Le soi-disant sorcier se glissa silencieusement dans l'habitacle sous les yeux de Michel qui hésitait avant de se découvrir, se demandant ce que La Grolle fabriquait dans la Volvo. Réfléchissant un instant, Michel recouvra la raison. Pour qui se prenait-il ? Cette serveuse de bar n'était que sa voisine de parking. Il n'avait pas à intervenir dans sa vie. Elle pouvait fréquenter qui elle voulait.

Il décida de cesser de s'en préoccuper, Lou n'était pas sa fille et il n'était pas son père.

« Mêle-toi de tes oignons, Hurricane », maugréa-t-il.

Rentré se coucher, persuadé d'avoir surpris La Grolle, et sa cape si particulière, rôder autour de la voiture de la serveuse, il était trop excité pour trouver le sommeil. À force de s'entortiller dans les draps, il réussit à découvrir Cécile qu'il réveilla.

«J'ai froid, passe-moi de la couverture, râla-t-elle aussitôt.

– La Grolle est à côté de la voiture», laissa-t-il échapper.

Ensommeillée, Cécile ne comprit pas pourquoi il lui parlait de ses souliers au cœur de la nuit.

«T'as raison, va les chercher, tes chaussures, autrement demain elles vont être trempées... Allez, laisse-moi dormir» grogna-t-elle en remontant le drap sur ses yeux.

«Je te parle de La Grolle, le sorcier qui nous a sauvés de la noyade, là-bas, en passant sur le Gois, pas de mes chaussures», s'emporta-t-il, tandis que Cécile, excédée se redressait sur les coudes. Elle affichait sa mine des mauvais jours. Michel savait par avance qu'il allait se faire enguirlander.

«Il n'y avait personne, c'est toi qui nous a sauvé, arrête de faire ton modeste, t'es ridicule à la fin. Dors maintenant.

– Il y avait quelqu'un, cet espèce de sorcier», s'obstina-t-il dans sa barbe.

Cécile trouvait inquiétante l'obsession qu'il avait pour cet énigmatique sauveur.

«Un sorcier ? T'as pas bu au moins ?»

Michel grogna sans s'engager plus. « Au café ça descendait sec, à ce que j'ai compris. » Cécile lui parlait dans le nez comme si elle voulait vérifier qu'il n'avait pas picolé. Hurricane respirait doucement, expirant le moins d'air possible de peur qu'elle reconnaisse l'odeur opiacée de l'herbe, et qu'elle le prenne mal. « N'importe qui peut se déguiser en jeteur de sorts et gambader la nuit pour faire peur aux esprits simples. Je ne te connaissais pas sous ce jour, prêt à gober ces bobards.

– Tu verrais comment il est habillé, on peut se demander…

– Parfois, tu me déçois. À ton âge, croire aux fantômes, ça fait pitié d'entendre ce genre de sornettes. » La colère mijotait sous ses mots, prête à déborder. Michel la connaissait et savait qu'elle pouvait avoir des poussées d'autorité qui se dissiperaient bientôt. Il tempéra ses propos :

« Je ne crois pas aux sorciers, mais ce La Grolle, faut bien admettre qu'il est un peu spécial… et s'il n'était pas apparu sur sa barque pour nous sauver… nous serions morts à l'heure qu'il est. »

Cécile n'avait nulle intention de se montrer humiliante à son égard, mais elle ne pouvait pas supporter un seul instant qu'il se laisse embobiner par des charlatans.

« Rendors-toi… on en parlera demain. La

nuit porte conseil et te rendra peut-être raisonnable.

–Je l'ai vu, je t'assure…» Michel ne savait plus quoi dire. «Crois-moi…

–Tu me fatigues avec ce sorcier», aboya-t-elle pour conclure la discussion.

Il n'osa rien rajouter, et s'allongea de tout son long aux côtés de Cécile qui, quand elle le sentit se rapprocher d'elle, se retourna sèchement lui présentant son autre flanc.

«Si tu crois que je n'ai pas reconnu l'odeur… T'es allé fumer avec cette fille.»

– 11 –
Des poissons mangeurs d'hommes

La mer s'était retirée, et avait laissé sa place à une vaste étendue où se reposaient des mouettes rieuses dont les cris, rauques et agaçants, étaient responsables du réveil aux aurores de Cécile.

Au large, planant en équilibre sur la ligne d'horizon, un grand cormoran, aux joues et au manteau blancs, chassait et piquait par intermittence dans les flots. Quand son agilité payait, il remontait un éclair de feu enserré dans son bec. Les écailles du malheureux poisson capturé servaient de miroir aux rayons du soleil qui rasaient la crête des dunes à l'est.

Avec le jusant, le vent avait molli et il faisait frisquet.

Traditionnellement, Michel émergeait le premier, ses insomnies chroniques ne lui permettaient guère de se reposer plus de quatre à cinq heures les meilleures nuits, mais, ce matin, c'est Cécile qui avait été hantée par de mauvais rêves. Elle s'en voulait de lui avoir parlé comme elle l'avait fait cette nuit quand il l'avait réveillée en sursaut. Il l'avait passablement agacé avec cette histoire abracadabrante de sorcier venu, glissant sur les flots, les sauver sur le Gois.

N'importe quoi ! Comment pouvait-il se laisser influencer par ces balivernes ?

La Grolle par-ci, La Grolle par-là ; un véritable sobriquet de foire.

Assise en équilibre précaire sur le bord du canapé-lit, Cécile contemplait son homme profondément endormi. Elle se remémorait les années où elle s'était escrimée à reconstituer ce visage de mémoire, à travers leurs souvenirs communs.

Désormais, elle savourait le bonheur d'en jouir chaque jour, et ce n'étaient pas les profondes rides vachardes, apparues au fil des années, qui allaient lui gâcher son plaisir.

Voilà qu'elle ne trouvait rien de mieux à faire que des reproches pour le remercier de lui faire partager la vie dont elle avait secrètement rêvée toute son existence.

Cécile culpabilisait, si son homme s'obstinait à affirmer qu'un mystérieux héros leur avait évité la noyade, il avait peut-être raison. Ce n'est pas elle qui avait eu le courage de sortir affronter la tempête en risquant sa peau.

Mais de là à prendre leur sauveur pour un sorcier !

Et cette Lou ? Pourquoi faisait-elle une fixation sur cette jeunette ? Elle était jalouse, il fallait bien qu'elle l'admette. Si elle se transformait en mégère acariâtre prompte à rouspéter, Michel ne la supporterait pas longtemps. Elle l'avait choisi avec ses défauts. Il ne fallait pas qu'elle s'imagine le transformer à son bon vouloir.

Un moment, elle pensa le secouer pour lui faire ses excuses, puis l'étreindre pour lui exprimer combien elle l'adorait, mais le voyant, si tranquille, profitant d'un sommeil tardif qui souvent lui échappait, elle décida de lui rédiger une lettre gentille et affectueuse, qu'il découvrirait à son réveil.

Après avoir choisi avec précaution les mots qu'elle coucha sur le papier, Cécile s'habilla avec discrétion.

Quand elle fut fin prête, elle avait sacrifié son petit déjeuner pour ne pas le déranger, elle repoussa discrètement la portière du fourgon et sortit en plein air. Le froid vif lui fit remonter son col et resserrer son écharpe. Elle fit le tour de leur camionnette et alla décrocher son vélo électrique qui pendait, fixé à l'arrière du bahut. Le voyant rouge de la batterie brilla quand elle la mit en fonction, Michel s'en était occupé et l'avait rechargée ; malgré ses mauvaises manies et ses défauts, elle pouvait compter sur lui.

C'est seulement une fois qu'elle eut enfourchée sa bicyclette qu'elle se rendit compte que la Volvo de Lou avait disparu. La jeune marginale avait décidé de poursuivre ses aventures sur d'autres chemins, et cette nuit, berné par ses insomnies à répétition, Michel l'avait probablement confondu avec cet espèce de sorcier. Ce La Grolle qui l'impressionnait tant.

Cécile ne put s'empêcher de ressentir une pointe de satisfaction coupable : leur voisine avait déguerpi. Son départ ne l'obligerait pas à se forcer à être gentille avec elle.

Parfaitement à son aise au guidon de son vélo, Cécile retrouva naturellement le chemin du Bois de la Chaise. Moins d'une demi heure plus tard, alors qu'elle avait traversé les marais sans croiser âme qui vive, elle se retrouva devant la gigantesque demeure de Marie-Louise de Cussy.

En s'attardant face à la mer, Cécile admit que les ultimes strates de brume qui s'accrochaient désespérément à la cime des vagues auraient pu, pour des esprits imaginatifs et influençables, passer pour des ectoplasmes ou des spectres qui tournoyaient dans une danse satanique.

Cécile, la pragmatique, n'y vit qu'un phénomène naturel, et c'est le sourire aux lèvres, en pensant à la légende qu'aurait pu broder un conteur talentueux devant cette étrangeté maritime, qu'elle poussa le portique en bois, à la peinture blanche écaillée, resté comme d'habitude ouvert.

Sous les gigantesques pins du jardin, l'humidité et l'oppressante odeur de terreau, aux relents de décomposition végétale, lui explosèrent au visage. En quelques pas, l'ambiance avait changé. Les verts de la végétation et de la mousse, alliés aux gris des troncs d'arbres, succédaient au lavis céruléen du ciel et de l'océan. Un couple de pies en pleine dispute se bagarrait bruyamment dans les plus hautes branches d'un chêne noueux.

Cécile progressa sur le chemin forestier. Baissant le regard pour éviter de trébucher sur l'une des nombreuses racines apparentes, elle remarqua que la terre avait été piétinée récemment. Des godillots, d'une taille impressionnante, l'avaient précédée. Par jeu, elle s'amusa à glisser son pied dans l'une des titanesques empreintes.

La créature qui était passée par là chaussait au minimum du cinquante, une pointure peu banale. Cette trace démesurée la propulsa au cœur de son enfance, dans l'un de ces contes terrifiants où une petite fille, perdue dans la forêt lugubre, marchait dans les pas de l'ogre qui la dévorera avidement dès qu'il aura posé les griffes sur ses frêles épaules.

« Breuh, personne ne va t'avaler, t'es trop

vieille, t'as la peau trop dure», souffla-t-elle, pour se rassurer.

On y était, Cécile s'était laissée gagner par l'ambiance, bientôt elle allait croiser des farfadets, demander sa route à un elfe, chevaucher une licorne…

Il était grand temps qu'elle se reprenne.

À la faveur d'un tournant, les traces du géant quittèrent la sente pour s'enfoncer dans le sous-bois couvert de feuilles mortes. Cécile se demanda si elle devait poursuivre sa filature. Elle consulta sa montre, 7 h 30. Son réveil aux aurores l'avait mise en avance ; Marie-Louise de Cussy, qui n'avait rien d'autre à faire que de lui raconter sa vie, pourrait l'attendre quelques minutes supplémentaires.

Sacrifiant à sa curiosité, Cécile suivit les traces de pas en silence. Elle posait ses pieds dans ceux de l'ogre, profitant ainsi, pour progresser sans bruit, qu'il ait déjà écrasé, sur son passage, brindilles et épines de pins. Attentive au moindre son, elle reconnut le ressac qui venait de la mer, les cris des mouettes et des macareux, et, plus près d'elle, les moineaux qui piaillaient.

Un bruit de raclement de gorge la fit se figer. Une imposante masse sombre s'ébrouait. La chose filait vers elle. Cécile s'écarta du chemin et s'accroupit dans un bosquet de fougères qui la masquèrent de leurs longues feuilles perforées par la grêle.

Curieuse, elle redressa discrètement la tête pour découvrir un homme, au visage caché par un chapeau aux larges bords, noir comme toute sa tenue, qui passait de son allure désinvolte de géant.

Cécile s'assit sur un tronc, ne venait-elle pas de croiser le fameux La Grolle dont Michel la bassinait depuis leur aventure sur le Gois ?

La description collait en tous points : un immense balafré habillé de sombre, un large galure qui lui tombe sur le visage, une démarche chaloupée et ondulante.

Ainsi, il existait vraiment…

Et si Michel avait dit vrai ?

L'inconnu ressemblait à l'idée que l'on pouvait se faire d'un sorcier. Pourquoi traînait-il dans le jardin de Marie-Louise de Cussy ? Cécile décida d'aller inspecter le secteur que le colosse venait de quitter.

Un bouquet de fleurs sauvages, cueillies dans les dunes et les pinèdes, reposait sur une plaque rocheuse. Elle n'eut pas le temps d'en voir plus.

« Ah, vous êtes là. Vous avez pris le chemin des écoliers. »

La vieille Mme de Cussy l'observait du bow-window qui surplombait le terrain. Elle mourait d'envie de la rejoindre, mais sa chaise roulante l'empêchait de s'enfoncer dans le sous-bois. « Vous avez raison, d'où vous êtes, vous bénéficiez d'un point de vue imprenable sur le Cob.»

Cécile abandonna son inspection pour regarder en direction de l'îlot qui s'élevait au large, encerclé par les flots qui le recouvraient avec une inexorable régularité. Marie-Louise de Cussy avait-elle fait exprès de détourner son attention pour l'empêcher d'examiner le sol plus en détails ? La vieille dame, perchée sur son promontoire, n'avait pas pu rater la visite de ce La Grolle.

Elle n'y fit pas allusion et, quand Cécile la rejoignit et qu'elles s'installèrent, comme la veille, dans le grand salon, elle reprit le cours de son récit sans jamais évoquer la visite du sorcier.

«En cette fin d'après midi du dimanche 14 juin 1931, jour de la Fête-Dieu, le temps changea», commença Marie-Louise de Cussy. «Les signes avant coureurs d'une tempête se multiplièrent, la mer enflait, des déferlantes éclaboussaient les promeneurs au bord des grèves, le vent forçait, les lames moutonnaient dans la baie de Bourgneuf.

«Le départ du bateau était prévu pour 17 heures, mais, une heure plus tôt, le capitaine Ollive, commandant du *Saint-Philibert*, actionna la sirène en urgence, pour rameuter ses passagers vers l'embarcadère en pilotis de la plage des Dames.

Avec mon beau Gaby, pelotonnés l'un contre l'autre, installés sur un rocher moussu tapissé de lierre, cachés dans le Bois de la Chaise, aveuglés par la passion qui nous dévorait, nous ne pensâmes pas une minute qu'une tempête se levait.

« Pour nous, comme pour tous les amoureux du monde, ne comptait que l'instant présent.

« Au loin, la sirène lança son appel, notifiant la terrible annonce de notre séparation. J'aurais tellement voulu être sourde et ne pas entendre son hululement désespérant. Une seule idée m'accaparait : convaincre mon amoureux de rester, de ne plus jamais me quitter. Je lui demandais de le jurer, mais que pouvait-il faire, sinon me mentir pour me satisfaire ?

« Alors me vint l'idée saugrenue de le cacher dans les bois, mais des promeneurs auraient pu le découvrir. Je lui proposais de se terrer dans la grotte où l'ermite Saint-Philibert serait venu méditer : une excavation profonde, coincée entre des blocs de grès entre l'Anse Rouge et la Chambre des Dames. L'endroit me semblait idéal, qu'elle idiote je faisais ! »

Cécile admirait la vieille femme et tenta de l'imaginer en jeune fille romantique. Amoureuse au point de défier les barrières sociales infranchissables à cette époque.

« Sur le moment, ces propositions me semblaient tout à fait raisonnables. Quand on aime, on se croit autorisé à donner des ordres aux hommes et aux éléments, rien ne vous semble impossible, si ce n'est leur refus. Si Gaby ne voulait pas rester sur l'île, eh bien, c'est moi qui le suivrais, j'irais faire ma vie avec lui, j'abandonnerais mes parents, le chalet, ma confortable existence de fille de grands bourgeois. J'étais prête à tout pour rester lovée dans ses bras musclés.

« C'est bien cette détermination qui inquiétait Gaby, il vivotait dans un foyer des faubourgs de Saint-Nazaire avec d'autres camarades de misère avec qui il partageait tout, c'est-à-dire l'essentiel. Il n'y avait guère de place pour moi, sa "petite princesse des bois" comme il m'appelait avec vénération. Il fallait se laver à l'extérieur dans l'eau glaciale, en hiver briser la glace qui la recouvrait, supporter la promiscuité, la saleté, la puanteur… Peut-être exagérait-il ses conditions de vie pour me convaincre de renoncer à mon absurde projet.

« J'aurais pu imaginer que je n'étais qu'une passade, la cerise sur le gâteau pour conclure cette parenthèse enchantée. Je n'ai jamais douté de sa sincérité. Le lendemain matin, il devait embaucher à la première heure et, s'il ne se rendait pas à son travail, il ne serait pas payé ; pire encore, on le jetterait à la porte. "Les patrons n'ont aucune pitié" , disait-il, les considérant comme des animaux, et encore les bêtes on les flatte à grand renfort de caresses, et on les nourrit correctement. Ils ne bénéficiaient même pas de cette chance.

« Je repensais à mon père que j'avais entendu leur promettre la troupe pour les mater, eux et leurs ineptes revendications. Je ne savais plus où était ma place, tiraillée entre l'amour ancestral de ma famille et celui, naissant mais absolu, que j'éprouvais pour Gaby.

« Tandis que je m'escrimais à le convaincre, les passagers se regroupaient sur l'estacade. Les ouvriers, ces terriens peu habitués des choses de la mer, ne savaient comment réagir face au tumulte qui s'amplifiait. Le calme irradié par le capitaine Ollive leur donna confiance et les rassura. C'était un capitaine qui avait fait sa carrière aux manettes d'un cargo qui croisait sur les lignes d'Amérique centrale. Il avait de l'expérience, elle ne leur servit à rien.

« Certains touristes, alertés par les marins pêcheurs de l'île, décidèrent d'attendre la marée basse pour rejoindre Nantes par le Gois… comme la suite allait leur donner raison. On raconte qu'une fille, à peine plus âgée que moi, élève infirmière nantaise, qui avait vomi tripes et boyaux pendant la traversée et qui ne voulait pas renouveler l'expérience au retour, réussit à convaincre ses camarades de prendre le car.

« On a raconté tant de choses après cette tragédie.

« Gaby avait décidé de rejoindre le continent. Le torrent de larmes qui se déversèrent de mon corps ne réussirent pas à le faire changer d'avis. Je ne pouvais même pas l'accompagner sur l'estacade des Dames, j'aurais pu être vue et tout aurait été rapporté à mes parents qui m'auraient enfermée, pour la peine.

« Nos adieux se firent au pied d'un grand pin centenaire qui n'a pas survécu à la foudre d'un soir d'août caniculaire, effaçant, sous le couvert de ses cendres, l'ultime témoignage de notre rencontre.

Je ne voulais pas qu'il parte sans emporter un souvenir de moi comme si j'avais le pressentiment que notre séparation serait définitive. Je cherchais quoi lui donner qu'il pourrait prendre avec lui, je lui avais déjà offert tout ce qu'une jeune fille peut sacrifier à un homme. Je décidais de me séparer de la seule richesse matérielle que je possédais.

« Tout en continuant à pleurer, j'ôtais ma bague, le bijou que ma mère venait de me confier, en grande pompe, pour l'anniversaire de mes dix-sept ans. D'abord il refusa mon cadeau, mais, devant mon insistance et ma détermination, il la glissa à son auriculaire, l'anneau était bien trop étroit pour ses autres doigts vigoureux de travailleur. Il me donna un baiser si fougueux que j'en garde encore, une vie plus tard, la sensation d'un parfum voluptueux.

«"À bientôt, ma petite femme des bois"», furent les dernières paroles de Gaby que je ne revis jamais.

«Le reste, je l'appris par le journal, et par les autres, tous les autres qui avaient un détail, une rumeur de plus à colporter, ou à inventer.

«Bientôt la tempête se déchaîna, et dans l'estuaire, au large, face à la pointe Saint-Gildas, le vent de Noroît enfla tellement qu'il prit le *Saint-Philibert* par bâbord. Les rares survivants racontèrent que, malades, les ouvriers s'entassèrent à tribord, vomissant, tripes et boyaux dans les flots, déséquilibrant dangereusement le bateau.

«Le navire, à fond plat, qui accueillait sur son pont le double de passagers prévus, gîta sous la puissance d'une lame plus forte que les autres, puis coula.

«Dès le lendemain, certains affirmèrent que c'était là une vengeance divine pour laver l'affront de cette provocatrice excursion menée par une horde de "sans foi ni loi", le jour de la "Prie-Dieu".

«Un châtiment divin que le Seigneur, lui-même, aurait voulu.

«Huit passagers survécurent sur les cinq-cents montés à bord,

«Mon Gaby faisait partie de ce demi-millier de sacrifiés.

«À l'exception de Léontine, avec qui je partageais mon douloureux secret, je me retrouvais seule, obligée de contenir ma colère quand je les entendais parler de cette tragédie comme d'un juste retour des choses.

«"Si, en plus de faire grève, les bolcheviques partent en vacances, voilà ce qui leur pend au nez."

«"Il serait plus prudent qu'ils prissent des leçons de natation avant d'embarquer "»

«Les plaisanteries de mes «amis» me faisaient pleurer, et je passais pour une petite sotte à l'émotion mal placée.

«La rumeur enfla qu'arrivaient sur la plage des objets ayant appartenu aux naufragés : vestons, sacs à main, casquettes, valises de pique-nique, mais aussi qu'on commençait à retrouver des cadavres qui s'échouaient dans un état de décomposition avancée. Je partais pour de longues promenades, qui me menaient de la plage de la Clère à celle des Sableaux, les plus proches de la tragédie, balades dont le but véritable était de retrouver mon Gaby, que j'espérais encore vivant. Je ne découvris aucune âme qui vive. On ramassa des noyés de l'île d'Yeu jusqu'à Belle-Île, on en repêcha même trois sur la lointaine île de Ré.

« Les corps furent entreposés à Nantes dans une chapelle ardente, exposés dans l'une des salles basses du château de la duchesse Anne. Les familles vinrent par centaines reconnaître ce qui restait des leurs, je voulus y aller mais je ne sus trouver une raison suffisamment crédible pour me libérer des miens, et je renonçais vite.

« J'étais devenue une fervente lectrice de la presse car les journaux publièrent les fiches de signalement des cadavres retrouvés. Je les épluchai sans trouver trace de Gaby.

« Je croyais avoir bu la coupe jusqu'à la lie quand des gendarmes vinrent nous rendre visite dans notre chalet, pour nous ramener la bague que j'avais offerte à mon amoureux. En la voyant, je m'évanouis, et c'est seulement à mon réveil que l'on me raconta l'invraisemblable histoire de sa découverte.

« Comme si les morts de cet épouvantable naufrage ne suffisaient pas à accabler toute une région, une autre malédiction, d'un autre ordre, s'abattit sur les pêcheurs de la baie. Le bruit courut que certains bijoux avaient été retrouvés dans l'estomac de crabes pêchés dans les alentours. Résultat, plus personne ne voulut de leurs poissons, de peur non seulement de s'étouffer avec une boucle d'oreille mais surtout de manger un de ces animaux, poissons ou crustacés, qui se seraient délectés de chair humaine. Les cannibales !

« Pendant la saison touristique qui suivit – c'étaient les rares mois où les pêcheurs gagnaient de quoi survivre toute l'année – les fruits de mer pourrirent sur les étals sans trouver de gourmets suffisamment téméraires pour les déguster.

« Moi aussi, j'avais déjà entendu ce racontar grotesque sans y prêter d'importance jusqu'au jour où les gendarmes poussèrent la porte de notre chalet, "l'Équinoxe", pour nous rapporter ma bague.

« Pour me justifier, et expliquer cette aventure ahurissante, je dus inventer un fait divers pitoyable qui mettait en scène un de ces redoutables bolcheviques qui m'aurait volé le précieux anneau sous la menace. J'aurais tu l'incident, de crainte de me faire punir, car je n'avais pas respecté la consigne de rester à l'abri des envahisseurs rouges. Ma famille mit mon étrange comportement des jours précédents sur le compte de cette rapine non avouée, et on me rendit la bague en me demandant d'en prendre le plus grand soin.

« L'honneur était sauf, ce salaud de communiste n'avait pas emporté notre si précieux bijou de famille au paradis.

« "Encore heureux qu'il n'ait pas abusé d'elle », se lamenta mon père." »

Marie-Louise de Cussy se tut, laissant la querelle de la paire de pies qui avait repris son cours envahir l'espace de ses jacasseries. Elle poussa sa chaise roulante jusqu'à un magnifique secrétaire en acajou que Cécile n'avait pas remarqué lors de sa première visite. La vieille dame alluma une lampe qui généra un halo jaunâtre constellé de mouches de poussières. Elle ouvrit une minuscule boîte avec précaution et lui montra une bague aux armoiries travaillées au cœur de l'or.

« Gaby est la dernière personne à l'avoir portée. »

Le temps que Cécile détaille le blason de famille : un trois mâts voguant sur des flots tumultueux, Marie-Louise avait disparu. Le grincement de ses roues fondit jusqu'à s'effacer au bout d'un long couloir dont Cécile ne put distinguer l'extrémité.

Une porte claqua. Cécile resta seule, ne sachant que faire, prostrée face au mini-autel consacré aux souvenirs du tragique naufrage du *Saint-Philibert* que Marie-Louise de Cussy avait installé. Plus elle découvrait ses souvenirs empreints de douleur, plus une sensation de mal-être la submergeait. Des photos, noir et blanc, jaunies dans leurs marges dentelées, s'étalaient sur le secrétaire : le bateau naufragé, le procès.

L'attention de Cécile se focalisa sur un cliché, impressionnant, montrant l'enterrement des victimes à Nantes, où une foule innombrable se pressait derrière un cordon de gendarmes qui les endiguaient, les empêchant de s'effondrer sur les cercueils des êtres aimés à jamais disparus.

Le texte d'une complainte chantée à Noirmoutier au lendemain de la catastrophe était recopié dans un cahier d'écolier, d'une écriture bleu lavande, fine et juvénile, de toute évidence celle de Marie-Louise adolescente.

« *Quelques secondes, et puis, rien*
Le silence soudain.
Silence d'agonie. Puis le calme revient,
Les vagues au loin
Roulent leurs victimes
Plus de quatre cents malheureux,
partis joyeux,
Ont perdu la vie.
Oh mer, tu fais pleurer nos yeux
Par tes crimes. »

– 12 –
Un mauvais rêve

Dans le cauchemar récurrent que faisait Hurricane, il était redevenu le beau gosse qu'il était trente-cinq années plus tôt. Tignasse drue attachée en catogan, rictus provocateur, suffisance et détermination imbéciles.

Oublié, le cinquantenaire à la calvitie installée, aux cheveux poivre et sel, aux rhumatismes persistants.

Le jeune Hurricane était un beau garçon particulièrement stupide.

Depuis trente ans qu'au lieu de dormir paisiblement il subissait les affres de son horrible songe, l'enfant n'avait jamais raté son entrée. Hurricane savait qu'il ne pourrait rien y changer, tout se déroulerait avec la force de l'habitude et de l'inexorable.

Maintenant.

Il était là.

Il le vit, comme toujours affublé de ce

curieux short en jean usé aux fesses par les glissades répétées sur le métal froid d'une balançoire.

Le gamin lui sourit.

Il s'appelait Olivier, Hurricane le saurait après.

Dans le camping-car, Michel se retourna dans son sommeil en cherchant désespérément à modifier la suite des événements. Il voulait se libérer de la scène finale de son cauchemar et de sa terrifiante conclusion.

Deux transporteurs de fonds patientaient devant la caisse principale du magasin, l'œil aux aguets, prêts à dégainer si nécessaire.

À quelques mètres, Olivier, l'enfant au short à franges, chahutait dans les jupes de sa mère jusqu'au moment où, ne supportant plus ses pitreries, elle lui suggéra d'aller poursuivre sa gigue plus loin.

Les transporteurs de fonds abandonnèrent leur poste en même temps que l'enfant dissipé s'écarta de sa maman. Le plus grand des deux portait les sacs gonflés de la recette de la mi-journée. Quelques pas en avant, son collègue ouvrait la route en tapotant la crosse de son revolver qui dépassait de son holster ouvert.

La porte automatique glissa à l'arrivée des convoyeurs, mais un obstacle invisible l'empêcha de s'ouvrir entièrement. Les baies vitrées firent demi-tour, et se refermèrent dans un claquement sec. À peine jointes, elles rebroussèrent chemin pour repartir dans le sens inverse, se bloquèrent encore, refirent marche arrière, et ainsi de suite, cahin-caha, dans un mouvement répété qui généra un épouvantable couinement vite transformé en vibration, puis en claquement sonore.

Déconcerté par ce vacarme inhabituel, tohu-bohu qui n'avait pas sa place dans le déroulement classique de son cauchemar, Michel se cambra et manqua de valser de sa couche de fortune.

Il rejeta le drap, qui s'était enroulé autour de son bras, et posa les pieds au sol. Il frissonnait, pourtant il ne faisait pas froid. Il se rassit pour rassembler ses esprits encore enlisés dans son délire nocturne. Un tintamarre de tous les diables faisait branler la porte de son camping-car.

Dehors, il faisait jour.

Le ciel, d'un bleu soutenu sans l'ombre d'un nuage, servait d'écrin au soleil qui brillait haut, ses rayons perçaient les draperies de coton que Cécile avait bâties puis installées avec amour dans le Ford Transit.

« En plus d'être charmants, ses rideaux préservent notre intimité, comme ça on est chez nous. »

Voilà la justification qu'elle lui avait servi en découvrant la mine renfrognée de son compagnon. Michel n'avait jamais imaginé son cher fourgon travesti de voilages ornés de motifs floraux. Jamais, au grand jamais, il n'aurait pensé qu'un jour son camping-car se retrouverait customisé façon pavillon de banlieue à roulettes.

C'est fou, ce que la passion lui faisait faire.

Michel tira un pan du voilage et grimaça, ébloui par la lumière aveuglante qui dardait à l'extérieur. Il pesta, il détestait se lever tard, particulièrement depuis que Cécile et lui partageaient leur vie. Il était hors de question qu'il gâche la moindre seconde de bonheur qu'ils auraient pu, et dû, partager ensemble.

Chaque heure passée filait comme une promesse gâchée.

Son pseudo repos nocturne, fragile et entre--coupé de flashes, lui laissait le goût âpre de l'inachevé dans la bouche. Le va-et-vient de la porte vitrée de son cauchemar rebondissait encore dans sa tête.

Quand il s'aperçut que le bruit se prolongeait malgré son retour sur terre, il força la voix :

« Y a quelqu'un ? »

Il se donna une bonne tape sur les joues pour rejoindre le monde des vivants, et alla ouvrir sans attendre.

Il ne reconnut pas de suite son minuscule voisin, qui avait troqué sa cape de pluie verte fluo contre la chaleur d'une polaire rose.

« La zonarde est partie, bon vent », embraya le gnome sans préambule.

L'emplacement, occupé cette nuit encore par la Volvo de Lou, était libre. Michel n'avait donc pas rêvé quand il avait entendu un moteur démarrer, une demi-heure environ après s'être allongé en quête de repos.

Il avait vu La Grolle rôder, et maintenant la voiture de Lou avait disparu. Cécile ne l'avait pas cru, pourtant il était sûr de lui. Il avait largement eu le temps de dévisager le sorcier sur le Gois, et ce n'était ni la tempête ni les conditions difficiles qui avaient pu le berner à ce point.

« Faut pas tout mélanger, nous les camping-caristes on n'est pas des romanichels », continuait le type de Toucy. « C'est à cause d'une engeance de cette sorte, une vraie "Marie-Couche-toi-là" que l'on n'est pas considérés à notre juste valeur par les populations locales. Je lui avais pourtant signifié clairement d'aller promener ses mauvaises manières ailleurs ; elle ne m'a pas écouté. Faut dire que ce genre de spécimen, ça n'entend jamais personne, et ça n'en fait qu'à sa tête. Bon vent. »

Un courant d'air profita de l'espace ouvert pour s'immiscer dans le fourgon. Une feuille de papier voleta. Michel l'intercepta en plein vol.

Il reconnut l'écriture posée et déterminée de Cécile.

Submergé par un mauvais pressentiment, il se retourna vers le canapé-lit : vide. Cécile n'y était plus, sa place ne creusait même plus le matelas en mousse.

Michel comprit immédiatement. Elle lui avait écrit un mot d'adieu suite à leur querelle d'hier soir. Ce qu'il redoutait le plus venait de lui tomber dessus. Il maudissait la discussion qui les avait opposés la veille.

Combien de fois avait-il imaginé cette situation ?

Il se levait, et elle n'était plus là… comme ce matin.

Sa gorge se serra, un nœud de pendu l'asphyxiait.

Qu'avait-il fait pour mériter cet abandon ? Juste lui dire la vérité.

Non, ce n'est pas lui qui les avait sauvés sur le Gois, c'est un type bizarre au look de sorcier qui s'en était chargé.

La raison ne pouvait pas être aussi futile. Il chercha ailleurs et énuméra les griefs qui auraient pu la décider à le quitter.

Il n'avait quasiment pas bu d'alcool depuis leur départ. S'il lui était arrivé de craquer – Michel n'appelait pas ça boire, ou si peu –, il ne l'avait pas fait devant elle… et encore, il avait picolé suffisamment longtemps avant de se retrouver en sa compagnie pour qu'elle ne puisse pas s'en rendre compte en reniflant son haleine, sans compter les chewing-gums qu'il s'obligeait à mâchouiller.

Il ne s'était pas battu, n'avait cherché querelle à quiconque. Bien sûr, il avait fumé un peu d'herbe, mais ça ne pouvait pas être à cause de ça. Cécile le connaissait depuis si longtemps. Elle comprenait qu'il ne pouvait pas changer toutes ses habitudes, bonnes ou mauvaises, même si elle ne les cautionnait pas toutes, loin de là.

Lou, jalouse de cette gamine ? Michel sourit, c'était parfaitement ridicule.

« Maintenant que cette hippie est partie, on va se retrouver entre gens de bonne compa gnie. »

Son voisin vindicatif poursuivait sa logorrhée verbale :

« Tenez, hier, j'ai été un peu maladroit quand vous m'avez vu plongé dans sa voiture, sa poubelle devrais-je dire. Je cherchais une revue que je lui avais prêtée et que, bien évidemment, elle a oublié de me rendre. Vous m'avez surpris et j'ai eu peur... »

Dès leur première rencontre, Hurricane avait détesté ce type. Il appartenait à une catégorie de lâches qu'il avait trop souvent croisés dans sa vie pour les supporter une minute supplémentaire.

Il avait promis à Cécile... mais l'ingrate l'avait abandonné, lui et son fourgon aménagé, sur cette île brumeuse et ventée avec, comme seule compagnie, ce personnage qui n'arrêtait pas de jeter des coups d'œil furtifs à l'intérieur du Ford pour satisfaire sa curiosité malsaine.

Hurricane détestait cette attitude. Un peu de défoulement allait lui faire le plus grand bien.

Ce matin, ce M. Labrue n'avait pas choisi la meilleure porte pour venir tambouriner.

Hurricane bondit du marche-pied, chopa le nabot par la polaire et le tracta à sa hauteur pour lui souffler dans les naseaux.

« Écoute-moi, saloperie, cette « Marie-Couche-toi-là », comme tu dis, s'appelle Lou et je l'aime bien, alors tu vas fissa ravaler les insanités qui encombrent ta goule, ou, si tu préfères une variante, je te fais cracher les dents pour que ça sorte tout seul.

–Je... Je... lâchez-moi », ânonna le voisin médusé par un si soudain déchaînement de violence.

«Je te lâcherai quand j'en aurai envie et là, tout de suite, me vient plutôt l'ambition de te cogner le crâne contre la carrosserie jusqu'à temps qu'elle éclate… Mais, t'as de la chance, j'aurais trop peur d'abîmer mon cher Ford Transit. Parce que, tu vois, mon bahut je l'adore, il est moche, il marche mal, il a ses têtes : un peu comme son patron, mais c'est mon fourgon, et il sera toujours plus classe que ton Titi machin…

– Titi 89…

– Ouais, c'est ça, allez dégage nuisible.»

Hurricane le libéra. Son voisin s'effondra sur le sol comme si la peur de se faire rosser lui avait liquéfié les os.

«Faut vous faire soigner, glapit-il en crachouillant des grains de sable.

– C'est toi qu'on devrait interner. Allez, calte volaille»

Le nain n'insista pas et fonça vers son camping-car grand luxe. Il n'avait pas fait deux pas que Hurricane le rattrapait par l'épaule.

«Qu'est-ce que vous voulez encore ? Vous me faites mal, se plaignit-il.

– La gamine, tu sais pas où elle est partie ?»

– J'en sais rien, elle fait ce qu'elle veut

– Elle ne m'a pas dit au revoir, c'est pas son genre.

– Moi non plus, elle m'a pas salué, si vous voulez savoir.

– Normal, elle ne t'aime pas.

– Alors, pourquoi vous me posez des questions comme si je la connaissais, je la connais pas. Lâchez-moi, je ne vous permets pas. »

Le type se débattait, mais Hurricane le tenait fermement.

– Qu'est-ce que tu fabriquais à fouiller dans sa voiture ?

– Je vous l'ai déjà dit, je venais récupérer une revue que…

– T'es sûr que c'était pas sa culotte, par hasard ? »

Hurricane repensait au vol dont elle avait accusé son voisin lors de leur première rencontre.

Arthur Labrue cessa de s'agiter, sidéré par la question.

« Sa culotte ? Vous êtes aussi fou qu'elle, ça m'étonne pas que vous soyez copains. Entre tarés on se comprend… »

Hurricane le faucha d'un coup de pied circulaire. Arthur Labrue partit lourdement en arrière. Son crâne heurta le sable dur et tassé par le passage des camping-cars. Le petit homme gueula de douleur et se replia sur lui-même en se frottant la nuque vigoureusement.

« Vous êtes dangereux. »

Hurricane n'avait pas terminé. Il le repoussa du talon et l'étala par terre sans ménagement. Arthur, bloqué par le pied qui l'immobilisait, se tortillait pour se libérer. Malgré ses tentatives, il resta prisonnier, rivé, le dos contre le sol, malheureux comme une tortue renversée.

« T'arrêtes tes conneries. Maintenant, tu m'expliques.

– Je… je… »

Hurricane se frotta le poing dans la paume de son autre main pour le prévenir que les choses sérieuses allaient bientôt commencer.

« Des mecs dans ton genre, j'en ai corrigé plus d'un. Si tu l'ouvres pas rapidos, je t'écrase comme un cloporte. »

Il accentua sa pression sur le torse du petit homme qui blêmit de terreur.

« Cette fille, c'est…

– C'est quoi ?

– Si je vous le dis, vous allez me faire du mal… », trembla-t-il en tapant sur le sol avec le plat de la main.

« Parle, tu verras bien ce qui t'arrive. »

Labrue resta muet.

« Alors, cette fille c'est quoi ? »

Il encastra son talon contre le sternum du misérable, assez pour le faire crier, pas suffisamment pour le briser.

« Une pute… »

Ce qu'avait prédit le gnome arriva. Hurricane décala son pied sur le côté et lui meurtrit les côtes. Labrue se défendit dans un souffle.

«Je dis pas ça… » Il avait du mal à respirer.

« C’est pas pour l’insulter… Cette fille, elle faisait… des trucs contre de l’argent. »

Le nabot disait la vérité, Hurricane en était certain. Il relâcha la pression. Arthur empiffra un litre d’air en sifflant, puis s’assit tant bien que mal sur les fesses. Une quinte de toux épouvantable l’empêchait de parler.

Michel avait perdu le contrôle, et y était allé fort. Ce gugusse n’en valait pas le coup. Le corps sali de poussière, il lui sembla tout à coup pathétique. L’adrénaline retombée, le bonhomme lui faisait pitié.

« Tu m’as l’air bien au courant. Me dis pas que tu en as profité ? »

Arthur se mit à parler tout doucement en jetant des coups d’œil apeurés vers son précieux Titanium.

« C’est pas moi, je vous le jure, c’est elle qui est venue me chercher. Elle me tournait autour. Elle passait son temps à m’allumer à se balader en culotte ou sans… Je suis qu’un homme, moi. Qu’est-ce que vous croyez ? J’ai tenté ma chance, et puis voilà…

– Voilà quoi, qu’est-ce qui est arrivé ? »

Michel refusait d’y croire. Lou aurait pu être sa fille.

« Moi qui croyais qu’elle faisait ça parce que je lui plaisais… Tu parles, à peine rhabillée, elle m’a réclamé de l’argent. C’est une pute, je vous dis. Si j’avais su qu’elle se faisait payer, j’aurais rien fait… »

Michel essayait de chasser les images de sa tête. Lou et ce gnome répugnant

«J'aurais tellement voulu que ce soit pour moi…

– Allez, dégage ! »

Michel n'allait pas continuer à le martyriser. Son voisin s'épousseta, et se lissa le crâne. Il se retourna une dernière fois avant de rentrer chez lui.

« Surtout vous dites rien… »

Inconsciemment, Hurricane s'avança.

Arthur Labrue fit un pas en arrière en restant sur ses gardes.

« Dis-donc, toi, tu m'as dit toute la vérité ?

– Oui… oui… me frappez pas !

– C'est pas parce que tu voulais remettre le couvert qu'elle a foutu le camp ?

Arthur Labrue se figea en le fixant de ses petits yeux chafouins. Hurricane attendit qu'il réponde, mais le gnome ne dit rien et fonça dans son énorme bahut.

C'est un homme triste et révolté qui repoussa la portière du Ford sur lui.

Lou se prostituait sur l'aire de stationnement.

« Ils faisaient ça où ? », s'interrogea Michel en s'affalant sur le canapé-lit ouvert. « Dans la Volvo, dans les dunes ? » Il n'approfondit pas. Ses forces le lâchèrent d'un coup. Lou avait disparu sans venir le saluer ni récupérer son herbe ; en plus, elle faisait la pute.

« Il a eu de la chance que je ne sois pas son père, je l'aurais tué », lâcha-t-il tristement, sans croire un mot de ce qu'il venait de penser.

Et Cécile, qui elle aussi, l'avait abandonné.

Sale matinée, ça ne lui valait rien de dormir plus que d'habitude. Qu'allait-il devenir maintenant que sa compagne l'avait laissé tomber comme une chaussette sale ?

Il s'aperçut qu'il tenait toujours sa lettre, sacrément chiffonnée dans la bagarre, pelotonnée dans sa main. Il la déplia minutieusement en la lissant sur la nappe en toile cirée auréolée des marques des bols du petit déjeuner.

Michel aspira une longue bouffée d'air pour se donner le courage de la lire. Les mots de Cécile lui faisaient peur.

Il devait comprendre pourquoi elle l'avait laissé seul.

Il se lança :

« *Michel, je suis partie ce matin tôt en te laissant dormir. Je n'ai pas eu le courage de te réveiller, tu semblais si serein… Je suis désolée pour hier soir, je me suis comportée comme une vieille jalouse d'une jeunette. Je suis pathétique. Cette nuit, c'est moi qui ai mal dormi, j'ai été tracassée. Je ne vois pas qui je suis pour te juger, et cette histoire de voisine est parfaitement ridicule. Je crois que je suis jalouse parce que vous vous êtes trouvés dès le premier regard. Ne pas avoir d'en-*

fant te fait terriblement souffrir. Je comprends que cette fille ressemble à celle que tu n'as pas eue. Tu me connais, et tu sais comment je peux m'emballer sur un sujet qui me tient à cœur et qui implique les gens que j'aime, et toi, je t'aime plus que tout.

«J'ai réagi comme une imbécile et je te demande pardon.

«Autre chose, je te dois la vérité, et la vérité c'est que je ne crois que ce que je vois. Et je t'ai vu nous sauver de la noyade. Je suis désolée, mais je n'accepte pas à ton histoire de sorcier. C'est toi le héros, mon héros.

«Quand je cherche à te protéger, je le fais mal.

« Voilà, ce que je voulais te dire pendant que tu dormais, tu vois ça ne valait pas la peine que je te dérange, toi qui a tant de mal à trouver le sommeil. Je voulais que tu le saches avant mon retour pour que tu ne passes pas une mauvaise journée sur cette magnifique île.

«Je prends le vélo électrique et je vais rejoindre Marie-Louise de Cussy, la grande bourgeoise que m'a présentée Jeanne. Elle me raconte une histoire extraordinaire qui s'est passée à Noirmoutier, il y a presque un siècle, et que je te raconterai sans rien oublier, car elle me fait penser à nous.

«Je t'embrasse, je t'aime, ta Cécile pour toujours.

« PS. – Je viens de me relire et tout cela est très confus ; ne retiens qu'une chose ; je suis heureuse avec toi et je suis impatiente d'être à ce soir pour te retrouver. »

S'il avait eu l'idée de se contempler dans le miroir accroché entre le calendrier de la poste et le casque audio qu'utilisait Cécile quand elle conversait sur Skype, Michel aurait surpris une larme ramper sur sa joue rugueuse couverte d'une barbe de trois jours d'ours mal léché.

Cécile ne s'était pas volatilisée, elle s'excusait. De quoi au fait, d'être jalouse ? Michel se sentait flatté, même s'il n'avait pas tout compris en parcourant sa missive.

Contrairement à sa compagne, les mots l'impressionnaient et le mettaient mal à l'aise.

Du vacarme vint de dehors, il repensa au traitement qu'il avait fait subir à son voisin. N'y était-il pas allé un peu fort ? Ces quelques mots de Cécile l'avaient requinqué et mis de bonne humeur.

Un instant plus tard, il tapait contre la porte du Chausson Titanium.

Il perçut des cliquetis puis des glissements sourds. Une voix cassée, détimbrée, comme si elle s'exprimait à travers un filtre, grésilla de l'autre côté :

« Qui est-ce ?

– Le voisin. »

Un silence s'ensuivit, suffisamment long pour que Michel culpabilise. Et s'il avait trop forcé sur la cage thoracique d'Arthur Labrue, provoquant des lésions irréversibles.

« Mon… mari… pas là. »

Michel mit un moment à comprendre cette inquiétante façon de s'exprimer.

« C'est rien, ne vous dérangez pas »

Tandis qu'il s'éloignait, la portière s'ou vrit.

« Vous me… déran…gez… pas.

– Je repasserai »

La femme, qu'il découvrit en se retournant, souffrait d'un sérieux handicap moteur. Elle voulut lever la main pour lui faire signe de revenir, mais son geste avorta. Elle resta bloquée à balbutier :

« Vous… vous… »

Michel, désarmé, ne savait que faire devant la femme paralysée en plein mouvement.

« Solange… »

Arthur Labrue, qui arrivait dans son dos, le bouscula en courant rejoindre sa femme.

« Je t'ai dit de ne jamais répondre quand je ne suis pas là, rentre au chaud. » Il se retourna vers Michel.

Si son regard avait eu le pouvoir de tuer, il l'aurait fait.

« Qu'est-ce que vous voulez encore ? »

C'était au tour de Michel de bégayer.

«Je… je… voulais m'excuser.» Il baissa la tête : « Rien ne justifie la violence.

– Ouais, c'est ça, il fallait y penser avant, mon pote.»

– 13 –
Lou a disparu

« Elle n'est pas là, ta petite serveuse, qu'est-ce qu'il lui arrive, elle est souffrante aujourd'hui ?

– Elle a dû bouffer tes moules marinières, faut des tripes en béton pour digérer ça.

– Ah ah ah… »

Les habitués du bar s'en donnaient à cœur joie et gorge déployée, eux qui d'habitude suspendaient leur respiration dès que Lou les frôlait, et qu'ils devinaient l'odeur douceâtre et excitante de sa transpiration filtrer à travers son chemisier de coton.

Ce matin, ils se laissaient aller.

La jolie serveuse n'était pas venue.

Lou ne pouvait ni les entendre ni les reprendre, alors ils en profitaient et se lâchaient, mais en réalité un immense sentiment de tristesse les dévastait. Elle n'était pas là pour prendre soin d'eux et les délester du poids de leur quotidien misérable.

« J'en sais rien ce qu'elle fout, elle pourrait

prévenir, en attendant c'est moi qui me colle tout le sale boulot. »

Max, le patron, ne trouvait pas ça drôle.

Les habitués du bar, encore moins.

« C'est sûr qu'on y perd au change », siffla, entre ses dents jaunies par d'épaisses plaques de nicotine, un marin-pêcheur à la retraite qui roulait une cigarette toute cabossée à l'image de sa vie passée sur la mer déchaînée.

Le spectacle du cafetier ventru, coulant laborieusement sa panse comprimée entre le dossier des chaises, n'avait rien d'attrayant, comparé au corsage tendu de la jolie serveuse. Lou ne ratait jamais une occasion de se pencher pour ramasser la petite monnaie qu'ils laissaient tomber sur le carrelage. Elle n'était en aucun cas dupe de leurs combines à deux balles, c'était juste un moyen de se faire un peu de pourboire. Tant qu'ils se contentaient de toucher avec les yeux, elle s'en moquait allègrement.

« Je ne vois pas ce que tu peux apprécier vu que tu ne quittes pas le fond de ton verre de blanc des yeux quand elle te tourne autour ?

– Elle me tourne autour, tu déconnes ? » s'étouffa le fumeur en allumant sa clope.

« Tu le saurais si t'avais le courage de la regarder en face.

– C'est parce que tu la mates avec des yeux de vicieux qu'elle a foutu le camp ! », le provoqua le type, en lui soufflant sa colonne de fumée en pleine figure.

Dans la salle, ils étaient plusieurs à partager le même sentiment. « C'est à cause de zigotos dans ton genre qu'on la voit plus. »

Cette affirmation avait tout d'une accusation que Max n'aima pas entendre.

« Qu'est-ce que tu veux dire par là ?

– Rien... Monte pas sur tes grand chevaux, je constate juste qu'on se retrouve tout seuls entre mecs, comme des vrais cons qu'on est

– Moi, j'viens pour boire un coup de blanc, reluquer des greluches, y a des endroits faits pour

– Y'a pas de mal à joindre l'utile à l'agréable. »

Des grognements épars confirmèrent cet avis. L'enthousiasme manquait, le moral n'y était plus.

Le temps passait.

Il fallut bientôt se rendre à l'évidence : Lou ne viendrait pas.

Une demi-heure plus tard, quand Michel entra dans le café, une lourde et surprenante léthargie l'attendait. Les esprits divaguaient en silence tandis qu'il s'installait à la même table que la veille.

La place était restée libre, personne ne s'y était assis. Hasard ou prémices d'une habitude ?

Le cafetier fit un pas vers lui :

« Je vais finir par la virer », ronchonna-t-il en épongeant la sueur qui perlait de tous les pores de son front.

« Qui ça ? »

– Lou, ma serveuse.

– Pourquoi vous voulez la mettre dehors ?

– Parce qu'elle n'est pas venue bosser, voilà pourquoi je vais lui foutre mon pied au cul. »

Michel profita de la proximité de l'aubergiste pour lui demander :

« Et ça lui arrive souvent de disparaître comme ça ?

– C'est la première fois qu'elle me fait faux bond…

– Vous ne savez pas où elle pourrait être ? », demanda Michel au cas où.

« Pas la moindre idée, si je commence à vérifier l'emploi du temps de mes serveuses, j'ai pas fini…

– Moi, j'l'ai vu hier soir qui fonçait vers les dunes », affirma un gaillard en reposant son bock sur le comptoir.

« Ah ouais, c'est vrai ça. Cette nuit on a eu droit au sabbat des cornus, quelle fiesta ! J'en connais un qui a dû bien se cailler sur la plage ! »

L'assistance ria sous cape et se focalisa sur Michel qui suivait la conversation d'une oreille attentive en faisant semblant de ne pas comprendre l'allusion. Il n'était encore qu'un étranger qu'on prenait plaisir à bizuter.

« Un demi, s'il vous plaît », commanda-t-il à Max qui le laissa pour aller tirer sa bière à la pression.

L'assemblée l'oublia rapidement, et revint au cas de Lou.

« Elle doit avoir une sérieuse gueule de bois, la petite chérie », reprit celui qui surveillait les dunes.

« Pourquoi, t'étais avec elle ? », le jalousa un moustachu.

«J'aurais bien aimé, mais non», avoua-t-il déçu, « mais vu les cadavres de bouteilles qui traînent sur la plage de Luzéronde, je me dis que ce ne sont pas les Lutins qui se sont foutus toute cette bibine derrière la cravate.

– Y a des balais qu'ont pas dû voler droit ! »

L'assemblée pouffait encore du bon mot quand Kevin, la mine des mauvais jours, fit irruption en poussant la porte avec fracas. Michel remarqua les traits tirés du garçon qui dénonçaient le fêtard. Il était évident qu'il n'avait pas assez dormi et beaucoup trop éclusé la veille. Il s'écroula sur l'un des tabourets face au bar.

Max lui servit un verre de blanc sans attendre qu'il passe commande ; comme tous les autres ici, il avait ses manies.

Kevin en avala une lampée par réflexe, plus que par soif. Il s'étrangla en recrachant le vin sur le comptoir.

« Qu'est-ce qui t'arrive, tu fais ta chochotte ? Il a un goût, mon merlot ?

– Je suis barbouillé, ce matin », se justifia Kevin en se raclant la gorge comme si on lui avait administré un violent poison.

« Tu ne serais pas allé traîner dans les dunes, toi aussi ? », persifla Max d'un ton accusateur.

« Qu'est-ce que je serais allé y foutre ? »

Michel savait qu'il mentait. Pourquoi faisait-il ça ?

Le cafetier continua.

– C'est comme si personne s'était aventuré sur la plage la nuit passée. » Il prit l'assistance à témoin : « Tout ce petit monde a passé sa soirée à la maison, bien pépère à roupiller devant sa télé, c'est ça ? Te fous pas de ma gueule, c'est dans les dunes qu'on a vu ta copine pour la dernière fois… Tu devais pas être bien loin, tu baves toujours derrière comme son gentil chien-chien. »

Kevin ne broncha pas sous l'assaut, il se contenta de poser la question que tous s'étaient déjà posée ce matin en arrivant :

« Lou n'est pas là ?

– Tu devras te satisfaire du patron pour le service », annonça Max en se servant une lichée de blanc qu'il engloutit d'un trait. « Je vois pas ce que tu lui trouves, il est parfait. » Du coup, il s'en accorda un nouveau ballon, en affichant l'air satisfait du connaisseur comblé.

« C'est pas que j'aime pas le torchon tout pourri qui te serre les hanches, mais je trouve que Lou la porte mieux que toi, sa tenue de soubrette.

– Faudra t'y faire », rétorqua le bistrotier en passant le tissu limite propre sur le Formica à proximité.

« Pourquoi tu l'as virée ?

– C'est ce que je devrais faire. Quand tu la verras, tu lui rappelleras qu'elle a un boulot... » Il fit claquer son torchon sur le bord de la table. « Bon, c'est pas que je m'ennuie, faut que je passe aux fourneaux pour nourrir ces messieurs, si y a rien de prêt pour midi pile, j'ai pas fini de les entendre gueuler. J'y vais, si la lâcheuse rapplique, prévenez-moi », conclut Max avant de passer en cuisine.

Kevin venait de repérer Michel. Il se faufila contre la table collée au fond de la pièce.

« Lou m'a dit que vous aviez votre camping-car au Morin », affirma Kevin en vérifiant, du coin de l'œil, que le patron avait entièrement disparu dans son arrière-salle.

« Vous l'avez vu ce matin ?

– Non, et sa voiture non plus. »

Michel n'avait aucune raison de cacher la

disparition de la Volvo. Si ce joli cœur avait rendez-vous avec elle, il serait temps qu'il réfléchisse à organiser sa journée autrement. La petite était partie vivre d'autres aventures. Il allait falloir qu'il s'y fasse, et qu'il se trouve une nouvelle chérie.

« Comment ça plus de voiture ? Elle laisse sa Volvo exprès pour qu'on lui vole pas son emplacement face à la mer. Elle n'arrêtait pas de répéter qu'elle avait pas envie qu'on lui pique son spot aux premières loges.

– Hier soir, elle était encore garée à côté de mon fourgon, et ce matin plus rien, disparue sans même dire au revoir. »

Michel n'avait toujours pas avalé que Lou soit partie sans le saluer.

Kevin s'assit sous le choc de la nouvelle.

Michel termina sa bière en se raisonnant pour ne pas en commander une autre. L'environnement lui donnait soif mais il fallait qu'il se contrôle : il avait fait une promesse à Cécile.

Devant lui, le garçon se perdait dans ses réflexions. Le manque de sommeil lui gonflait les yeux ; s'il continuait à boire, fumer et vivre sans changer ses mauvaises habitudes, les murs de ce bar risquaient de délimiter son horizon rabougri à plus ou moins long terme.

Hier soir, Michel avait surpris le couple dans les dunes. Kevin venait de mentir à Max. Il allait lui demander comment s'était terminée leur soirée quand le jeune homme, pris de court, lança passablement énervé :

« Une fille s'évapore et tout le monde s'en tape… Ça, si elle avait été du coin, ils auraient déjà organisé une battue. »

Le peu que Michel avait pu côtoyer Lou lui faisait penser qu'elle pouvait très bien être partie à la suite d'un coup de tête. Elle semblait trop éprise de liberté pour végéter indéfiniment dans le même secteur. Michel conclut, en dévisageant celui qui avait dû être son amant, qu'elle ne perdait rien au change. Il se mit à rêver. Elle rencontrait un amoureux, beau et riche, affectueux et intelligent, un prince charmant en voie de disparition qui n'existait plus que dans les contes de fées.

Puisque ici on avait l'air de croire aux sorciers, elle avait toutes ses chances.

« Vous semblez être proches, vous ne l'avez pas vu depuis hier ? », essaya Michel. Le garçon le regarda d'un air songeur :

« Non… », mentit-il.

C'était pourtant bien Kevin qu'il avait vu la rejoindre dans les dunes. Qu'est-ce qu'il voulait cacher ?

« Vous n'êtes pas allé au sabbat ?

– Ces histoires de sorciers, c'est bon pour les touristes », rigola-t-il.

Michel savait qu'il n'en tirerait rien par le dialogue et, comme il n'allait pas le secouer devant tous ces témoins, il choisit de se débarrasser de lui :

« Vous m'excusez, mais j'attends Édouard, le paludier, je dois lui donner un coup de main. Il devrait pas tarder.

– Je vous souhaite bien du courage…

– Pourquoi ?

– Le bonhomme est un peu spécial », s'esclaffa Kevin, tandis qu'une idée faisait son chemin dans sa tête.

« Attendez, vous avez rendez-vous avec l'autre taré… et il n'est pas là. Justement, le jour où Lou disparaît. C'est quand même un drôle de hasard, vous trouvez pas ? »

Il n'en fallut pas plus pour relancer l'imagination débordante du petit peuple du bistrot. Une première réflexion fusa :

« Elle est partie faire la java avec le débile, je vois que ça »

Encouragés par l'ambiance générale, les habitués du bar enchaînèrent les blagues sur les deux absents :

« Moi, je laisserais pas ma petite copine se tirer avec une andouille

– Tu crains rien, le pauvre a rien en magasin pour lui faire du mal. »

En suivant les considérations qui s'entrecroisaient, les plaisanteries plus ou moins douteuses qui fusaient, les allusions à mots de moins en moins couverts, Michel en apprit beaucoup sur Lou et Kevin. Il comprit qu'elle travaillait au noir et que le patron la payait tous les soirs en liquide, en fonction de la recette… et de son bon plaisir.

«Pas de contrats, pas de tracas», affirmait, haut et fort, ce dernier, qui ne perdait rien du fil de la conversation, en passant, de temps à autre, la tête du côté de la salle. Lou pouvait partir quand elle le désirait, rien ne les liait, et, évidemment, Max pouvait s'en débarrasser de la même manière.

«Petites combines bien pratiques», conclut Michel.

«Elle n'arrêtait pas de me dire qu'elle trouverait mieux quand elle le voudrait», annonça Max, en élevant la voix pour se faire entendre au beau milieu de la mêlée verbale. «Elle a dû trouver son bonheur ailleurs.

– Elle avait peut-être plus envie de te voir risqua Kevin.

– Je la paie bien assez pour ce qu'elle fait, qu'est-ce que tu crois ? Les filles de cet acabit, c'est comme l'oiseau sur la branche, un coup ici, un coup là-bas. Un coup par-ci, un bon coup par-là, si tu vois ce que je veux dire.»

Kevin n'avait pas besoin qu'il lui répète son allusion graveleuse, il avait parfaitement compris.

«Elle en avait peut-être bien assez de supporter ta tête de con… ou alors, elle en avait marre que tu la pelotes dans ton arrière cuisine», cracha le jeune homme d'un ton vindicatif.

«J'ai jamais touché une de mes employées», protesta Max, outré par les insinuations. Il remonta ses manches et se pencha sous son comptoir en quête de son nerf de bœuf :

Kevin, peu impressionné par la manœuvre, se rapprocha du zinc.

« Bah, tiens, c'est pas ce qu'on raconte par ici !

– Qui colporte ce genre de mensonges ? Un des abrutis avec qui tu traînes la nuit dans les dunes ?

– Toute l'île en parle, et tu le sais bien.

– C'est des conneries…

– On le saura jamais, la seule qui pourrait nous dire la vérité n'est plus là pour parler… »

C'est comme si Kevin avait balancé une allumette allumée dans un baril gavé de poudre. Max contourna le comptoir en tapant le nerf de bœuf sur le zinc.

Kevin continua sur sa lancée. Il ne craignait pas le patron qui maintenant détachait son tablier, caricaturant l'attitude bravache d'un boxeur qui ôte son peignoir avant de grimper sur le ring.

« Si c'est d'une branlée dont tu as envie, viens, je me sens en superforme. »

Michel assistait à la scène en regrettant de ne pas avoir commandé une autre bière quand il était encore temps. Maintenant c'était trop tard.

Hurricane allait-il intervenir ? Il avait promis juré à Cécile de ne pas se retrouver à distribuer des coups de poings au milieu d'une empoignade. La longue estafilade qui lui barrait le ventre était là pour lui rappeler les risques encourus quand on sépare deux individus résolus à en découdre. Il repensa à la blague qu'adorait raconter le blédard avec qui il avait partagé le gîte et le couvert pendant de longues années : « Le plus dangereux quand on castre un chameau, c'est quand on se coince les doigts entre deux briques. »

Il adorait cet adage, et y faisait appel à chaque fois qu'il avait besoin de se convaincre de ne pas se mêler de ce qui ne le regardait pas, ce qui lui arrivait un peu trop souvent.

Hurricane choisit de rester neutre le temps d'apprécier comment les choses allaient tourner. L'attitude des deux lascars le surprenait. Kevin se comportait comme s'il n'avait pas vu Lou la nuit dernière et Max comme si on l'accusait d'avoir assassiné sa serveuse. Chacun en savait plus que ce qu'il voulait bien montrer.

Hurricane entrevit la main de Kevin plonger dans la poche arrière de son jean. Il frémit en découvrant l'éclat de la lame tranchante d'un Opinel se tendre vers la bedaine flasque de Max qui fit promptement un pas en arrière en avisant le couteau.

Ces deux-là ne rigolaient plus.

« Tu veux jouer mon gaillard ? »

Dans le bar, l'ambiance s'était brusquement dégradée. Les nuages annonciateurs d'un méchant grain s'amoncelaient. Les spectateurs, qui se trouvaient trop près de l'arène, entamèrent un repli stratégique contre le mur du fond pour éviter les mauvais coups.

Tant qu'ils en restaient aux poings, à la loyale… mais une lame ? Hurricane ne pouvait pas laisser faire ça. Il poussa une gueulante en renonçant aux promesses faites à Cécile.

« Range ça, petit, ça vaut pas la peine.

– Toi, l'étranger, mêle-toi de tes oignons, ça se passe entre le gros porc et moi.

– C'est moi que tu traites comme ça ? »

Hurricane réfléchissait à ce qu'il allait pouvoir entreprendre sans se mettre en danger, quand un événement inattendu mit fin à cette agitation.

– 14 –
On a marché sur l'herbe de la détourne

En franchissant la porte du bar, Édouard attira toute l'attention sur sa personne. Hébété, du haut de ses quasi-deux mètres, le colosse ne repéra même pas Kevin et le cafetier qui s'apprêtaient à en venir aux mains.

« Dis-donc, Max, sers-moi un coup de blanc, il fait soif », commanda le géant.

Sans s'en rendre compte, le mastodonte venait de dégager Kevin d'un puissant coup de reins qui l'envoya rejoindre sa place habituelle au comptoir. Les pieds du jeune abandonnèrent le sol ferme, et le garçon virevolta deux mètres sur le côté en agitant vainement les bras pour retrouver son équilibre. Il lâcha son couteau au cours de cette inutile tentative. L'arme percuta le carrelage dans un bruit métallique avant de riper, et de conclure sa course sous une chaise. Dans un geste réflexe, Hurricane bloqua le manche du bout du pied pour empêcher Kevin de s'en saisir. De son côté, Max s'imagina qu'il allait profiter de la situation pour prendre le dessus sur son adversaire, mais le regard mauvais de Hurricane refroidit rapidement ses ardeurs.

Une voix éraillée par le tabac et l'alcool rompit le silence attentif de l'assemblée. On pouvait passer à autre chose, l'arrivée d'Édouard permettait l'ouverture d'un nouveau chapitre.

« Dis donc, c'est quoi ces fringues, tu fais les poubelles maintenant ? »

Au début, Édouard n'avait pas compris qu'on s'adressait à lui, mais quand le type, avec son bonnet rouge enfoncé jusqu'aux sourcils, réitéra sa question, il préféra botter en touche. Il n'allait pas expliquer qu'en cette nuit de sabbat il avait couru tout nu dans le marais en hurlant à la pleine lune. Retrouvant ses esprits, de nombreuses heures plus tard, grelottant de froid, hagard et terrifié par les ombres qui ondulaient au-dessus des étiers, il avait dépouillé un épouvantail de sa veste. Celle-ci se décorait de fientes de mouettes, tandis que son caleçon mité était rongé par les multiples attaques du sel.

« Sers donc un coup de blanc », répéta-t-il à Max.

Édouard trembla de froid en se remémorant la nuit à la belle étoile qu'il venait d'endurer sur la lande.

« Qu'est-ce que tu fous, bordel ? Je meurs de soif . »

Max, qui brandissait encore son nerf de bœuf, disposé à l'abattre sur le crâne de Kevin, ne savait que décider. L'étranger, qui le toisait avec autorité, avait non seulement pas l'air commode, mais, de plus, affichait la détermination d'un type qui a envie de distribuer des coups. Le couteau de Kevin, qu'il tenait prisonnier sous sa semelle, ne présentait plus de danger. Sa colère apaisée, Max, pour montrer ses bonnes intentions, balança sa matraque dans l'évier et contourna le comptoir pour remplir le verre qu'on lui réclamait.

« J'arrive, tu peux bien attendre deux secondes. Merde, fais chier, faut que je fasse tout dans cette turne ! »

Édouard siffla son poison d'une goulée et ordonna qu'il lui en serve un autre avant que le bistrotier n'ait le temps de pousser le bouchon dans le goulot de la bouteille.

« Dis, l'Édouard, c'est la petite Lou qui t'a mis dans un état pareil ? » Max venait de relancer la machine.

« Faut pas lui en promettre à la tigresse », envoya un autre.

Édouard, déprimé et fatigué, aurait donné n'importe quoi pour faire une sieste.

« C'est qu'elle a du répondant. »

Qu'ils se taisent…

« C'est des traces de griffures que t'as dans le dos ? » D'un geste réflexe, il réajusta le col râpé de la veste qu'il avait empruntée à l'épouvantail. Il cherchait à dissimuler les zébrures que lui avaient tatouées les ronces de la lande.

Un irrépressible sentiment de panique l'envahit en découvrant la dizaine de paires d'yeux qui se concentrait sur lui. Les commentaires s'intensifièrent, forts de leur multitude.

« Pense aux copains, à ceux qui te paient des tournées.

– Quand y en a pour un… »

Édouard ne ressentait plus le froid. Il ne savait pas si c'était l'effet des deux verres de blanc qu'il venait d'ingurgiter, coup sur coup, ou le souvenir de ce qui s'était déroulé dans les dunes, la nuit passée, qui lui faisait affluer le sang aux joues.

« Je… je… » bredouilla-t-il, sans même cher cher à terminer sa phrase.

Kevin, qui se tenait à ses côtés, amorça un geste pour l'encourager à se confier, mais le colosse le repoussa violemment.

« J'ai… j'ai… rien fait… C'est pas moi…

– C'est pas toi quoi ? »

Michel, comme tous dans la pièce, se tut en appréhendant la suite.

Ils attendaient qu'il parle.

« C'est pas ma faute. »

Édouard, affolé par ce tribunal populaire, poussait des hurlements. « Laissez-moi tranquille, qu'est-ce que vous me voulez ? Puisque je vous dis que je ne lui ai rien fait ? »

Personne n'osa plus prendre la parole.

Quand Édouard montait sur ses grands chevaux, il perdait le peu de raison qu'il possédait. On craignait ses réactions imprévisibles et violentes.

Michel décrypta ce petit théâtre avec la plus grande attention. D'un côté du bar, Max, le patron, détestable, sanguin, prompt à manier le nerf de bœuf ; de l'autre, Kevin dans le rôle de l'amoureux abandonné, sûr de lui, jaloux et vindicatif, et là… tout à côté, Édouard, la bête de foire, impulsif, imprévisible sans oublier ; les autres, tous les autres, la collectivité en manque de spectacle.

L'interrogatoire et ses réponses singulières reprirent à belle allure :

« Qu'est-ce que tu lui as fait ?

– C'est pas moi, je le jure.

– Où est Lou ?

– Je sais pas…

– Qui t'a dit qu'elle avait disparu ?

– Bah, toi, c'est toi qui viens de me le dire !

– Quand ça ?

– Là maintenant… quand je suis arrivé.

– J'ai rien dit, tu mens, comment tu le savais ?

– C'est toi qui me l'a dit, je te dis.

– Tu le savais parce que c'est toi qui l'as…

– C'est pas vrai.

– D'où tu viens, attifé comme ça ?

– J'étais tout nu. »

Kevin, qui n'avait pas oublié que lui et ses copains étaient à l'origine de cette situation, mit brusquement fin à ce déluge en levant le bras vers le plafond :

« Taisez-vous... Laissez-le reprendre son souffle. » Il fixa Édouard d'un air compatissant : « Tu veux encore boire un peu de vin ? »

Le saunier ne dit pas non. Il allait crever si on ne lui servait pas un autre coup de blanc. Kevin l'avait compris, il fit signe à Max, qui tenait encore le merlot en main, de remettre une tournée. Malgré toute l'animosité qu'il lui portait, le patron obéit.

Édouard avala sa boisson et, d'un geste sec, en quémanda une autre.

« D'accord, mais tu t'expliques », négocia Kevin en faisant miroiter la bouteille dans la lueur tremblante du tube de néon mal fixé au plafond. Pour seule réponse, Édouard avança son verre.

L'alcool lui dénoua la langue. Il se lança dans de nouvelles déclarations, renouant avec cette drôle de façon d'avaler les syllabes, de susurrer les consonnes, de siffler, les lèvres quasi jointes, comme si un ventriloque s'exprimait de l'intérieur de son corps.

« La... la... la barque des morts... » accoucha-t-il d'un air funèbre, « Ils sont venus pour me chercher... Leur voix de spectres perçait la brume... Viens... viens... Rejoins-nous, nous t'attendons... qu'ils chantaient de leur voix d'outre tombe. » L'assemblée, qui, il y a une seconde encore, se déchaînait contre le paludier, sirota religieusement ses paroles.

« Ils voulaient t'emmener en Gallowais ? », se renseigna une voix captivée par son récit.

« Tu pèses comme un âne mort, avec ton poids t'aurais foutu la barque en l'air », rajouta un autre pour détendre l'atmosphère.

« Et tes fringues, qu'est-ce que t'as foutu de tes fringues ? Pourquoi t'es attifé comme ça, c'est pas carnaval ? », s'enquit un troisième.

« Parce que j'étais tout nu », répéta Édouard.

Kevin, qui n'avait aucune envie qu'il s'étende, le coupa net :

« On s'en fout de tes histoires de spectres à la con, c'est Lou qui nous intéresse. Qu'est-ce que tu lui as fait ?

– Rien, j'ai rien fait… sanglota le grand échalas.

– Mens pas !

– Je lui ai pas fait de mal, je lui ferai jamais de mal. »

L'averse de questions se remit à tomber, encore et encore, drue comme les grains d'automne qui foudroyaient l'île.

L'accusé resta muet pendant un long moment. Il fixait son ballon vide comme s'il allait trouver une solution dans le reflet déformé de son visage que lui renvoyait la paroi graisseuse du verre. Il se décida enfin et attaqua, de sa voix si particulière :

« On devait se marier, confessa-t-il en reniflant bruyamment.

– Dis pas n'importe quoi, tu ferais mieux de nous dire la vérité.

– Si, on allait se marier, puisque je te le dis, se rebella Édouard.

– Jamais elle ne se serait collée avec toi ! »

Kevin, blessé dans son amour-propre, s'était mis à gueuler :

« Qu'est-ce qu'elle aurait foutu d'un pauvre déb ? C'est avec moi qu'elle devait partir !

– C'est pas vrai, elle t'aime pas, s'insurgea Édouard.

– Qu'est-ce que t'en sais ?

– C'est moi qui vais être son homme. On va se marier à l'église devant tout le monde.

– Mon pauvre, mais regarde-toi, t'es un espèce de monstre, une bête de foire qui survit dans son cloaque perdu au milieu de nulle part.

– Je ne suis pas un monstre…

– Je ne fais que répéter ce qu'elle m'a dit. »

Elle ne pouvait avoir affirmé ça, pas la Lou qu'il aimait par-dessus tout. Bien sûr, il savait qu'il n'était pas un ange, mais il n'était pas une bête non plus.

Kevin se dressa sur la pointe de ses orteils pour marmonner, à l'oreille du géant :

« Depuis qu'elle sait ce que tu fabriques dans le blockhaus quand elle se baigne à poil, tu lui fous les jetons. »

Le garçon fit volte-face pour prendre la foule à témoin :

« Monsieur se tripote à la plage.

– C'est même pas vrai, c'est faux », gémit Édouard en laissant échapper un gros bouillon de larmes.

« Vas-y, chiale tout ce que tu veux. Avoue, qu'est-ce que tu lui as fait ? Satyre ! »

Michel avait la nausée. Cette assemblée digne de l'Inquisition l'écœurait et, en même temps, comme tous les spectateurs présents, il éprouvait une curiosité malsaine à écouter le pauvre bougre s'emmêler dans ses pathétiques explications.

Michel avait honte de contribuer à ce simulacre de procès, il s'en voulait de ne pas intervenir, de ne pas leur dire de cesser cet interrogatoire grotesque.

Aujourd'hui, Lou n'était pas venue travailler, sa voiture avait disparu. Et alors ? Elle avait droit de choisir de vivre comme elle le voulait. Ils en étaient déjà à imaginer le pire parce qu'elle les avait laissé tomber.

Comme si on ne pouvait pas se passer d'eux.

Ils tenaient le coupable idéal capable de s'accuser de n'importe quoi. Il satisfaisait tout le monde. La condamnation prenait forme, presque palpable, en suspension dans l'air.

« Faut appeler les gendarmes », conclut avec

fermeté un homme qui s'imaginait que le port d'une casquette de capitaine lui donnait de l'importance et de l'autorité.

« Qui a eu cette idée imbécile de convoquer la maréchaussée ? »

Même s'il ne l'avait entendue qu'à une seule reprise, Michel reconnut immédiatement le ton, criard et rauque à la fois.

Il n'était pas le seul à avoir posé un visage sur ce rugissement qui faisait vibrer les verres et les bibelots poussiéreux alignés sur les étagères.

Une litanie bourdonnait dans le dos de Michel :

« La Grolle, La Grolle… »

Le fameux sorcier se dressait devant lui, bien vivant, resplendissant la forme. Michel aurait voulu que Cécile soit là, qu'elle le voit et comprenne qu'il n'avait rien inventé. Il ne lui avait pas menti.

Celui qui les avait sauvés pendant la traversée du Gois venait d'apparaître. Fait de chair, d'os et de sang, il soignait la mise en scène de son entrée en profitant du contre-jour qui surexposait la rue derrière lui. L'individu avait le visage à moitié caché par son large chapeau sombre, aux bords mous qui pendaient et lui dissimulaient les joues. Une affreuse balafre lui séparait le visage en deux blocs et, émergeant de ses plis, affleurait un globe blanchâtre et laiteux – le reste de son œil gauche – tandis que l'autre, d'un bleu opalescent, embrochait l'assistance de son regard singulier de borgne.

« Qui a eu cette idée à la con de déranger la maréchaussée ? », glapit sa voix stridente.

Le capitaine ôta sa casquette et grommela une vague justification.

« C'était juste une idée comme ça mais… on ne l'a pas encore fait. »

L'irruption de La Grolle avait fait tomber la pression qui pesait sur Édouard. Le pauvre bougre ne retint pas sa joie et salua l'entrée du sorcier. Il entourait La Grolle de ses deux bras et l'enlaçait comme il l'aurait fait avec un tronc d'arbre.

Comparé au sorcier, Édouard, lui, parut chétif.

Les effusions passées, il le repoussa avec une extrême douceur, comme s'il avait peur de le briser en mille morceaux. Il se mit à faire les cent pas, les mains jointes dans le dos, le corps voûté, songeur.

Michel l'observait qui tournait en rond, un fauve dans sa cage, attentif au moment propice pour dévorer sa proie. En le voyant évoluer, souple et raide à la fois, il comprit pourquoi ils s'étaient tous tus. Ce colosse était tout simplement impressionnant, brutal, massif, bestial. Il prit la parole et mit une telle puissance dans sa voix caverneuse que même Hurricane, qui avait pourtant bourlingué, sentit une décharge glaciale lui parcourir l'échine de haut en bas.

La Grolle dressa sa canne vers son audi toire copiant la gestuelle d'un avocat qui cherche à impressionner un parterre de jurés.

Après le temps de l'accusation venait celui de la défense.

« Vous connaissez la petite plante bulbeuse aux mignonnettes fleurs blanches odorantes qui forme des spirales dans les pâturages ? »

Michel ne savait pas à quoi s'attendre mais il n'aurait jamais pensé à ça. La Grolle dissertait sur la botanique. L'air perplexe affiché par ses interlocuteurs incita le sorcier à les taquiner davantage :

« Vous savez, ce sont les charmants lutins, mes amis, et les mignons farfadets, des potes à moi, qui plantent les bulbes dans les landes et les pâturages. » Tous se dévisageaient, incrédules : où voulait-il en venir ? « Les personnes savantes la désignent sous le nom de Spirathès… », continua-t-il.

Max, retourné se planquer derrière son comptoir, trouvait le temps long et le signifia.

« Et alors, qu'est-ce que ça peut nous foutre tes histoires de salades, t'es devenu végétarien ?

– Max, ce cher Max. »

Michel se demanda si le cafetier n'allait pas

ressortir sa trique. Il était curieux de voir comment La Grolle réagirait devant la matraque, mais Max ne tenta rien, conscient du caractère hasardeux d'un tel geste.

« Tu la connais toi, la Spirathès ? »

Max se renfrogna, ses épaisses moustaches se confondirent avec les poils qui jaillissaient de ses larges narines.

« Non… et si tu savais ce que je m'en branle de ta plante à la con !

– Hé bien, tu as tort. Beaucoup, comme toi, ne connaissent pas son nom savant. Mais sache que, dans notre belle région, elle est appelée, avec une justesse toute populaire : l'herbe de la détourne ou des trois tournes, c'est selon. Vous savez bien, vous ne connaissez qu'elle. Allez, un effort, on cogite là-dedans, on se retourne le ciboulot, un peu d'exercice ne pourra pas faire de mal à votre cervelle ramollie par la vinasse. » Dans l'assistance, les visages arboraient un masque d'intense perplexité. « Voyons, c'est la seule qui reste debout dans les terrains labourés par les sabots des vaches, des moutons et des ânes. Les animaux la connaissent et la respectent

– Je suis bien content pour elle, si les bestioles ne chient pas dessus, mais moi, tu vois, je m'en tape grave », lança Max qui cherchait à mettre de son côté l'assistance parsemée de quelques rires audacieux.

« Réfléchis une seconde, gros couillon », lui

répondit familièrement l'immense échalas, « Édouard a foulé l'herbe de la détourne. Comme vous le savez tous, celui qui marche dessus perd son chemin et, comme si ça suffisait pas, change d'avis sans raison, affirmant le contraire de ce qu'il vient de dire... Ce qui nous amène au dicton populaire : Sur quelle herbe es-tu donc monté que tu n'es plus le même ? Tu vois, mon bon Édouard, tu as bêtement écrasé une Spirathès et perdu ta route et ton bon sens. Alors, cessez votre réquisitoire imbécile et laissez ce gentilhomme tranquille. Vous voyez bien que vos questions se mélangent dans sa tête, lui qui a déjà du mal à savoir qui il est. »

La Grolle n'avait pas encore conclu son laïus. « C'est pas le tout, mais causer ça donne soif. Aubergiste, sers-moi à boire. »

Max ne montra guère d'empressement à lui obéir.

« T'as de quoi payer ?

– Mets ça sur la note d'Édouard, grand-maman s'en chargera... », fit le sorcier en clignant de son unique œil.

L'explication proposée par La Grolle s'était imposée à tous les esprits : Édouard avait foulé l'herbe de la détourne, voilà tout. Dans l'assistance, les langues reprenaient vie, ils se rappelaient tous un ami, une connaissance qui avait perdu son sens commun en foulant la plante magique semée par les lutins.

« Tiens, j'me rappelle le grand Guy qui devait rentrer chez lui, et qu'on a retrouvé perdu devant le Bain de la Sirène, sans savoir plus rien de ce qu'il avait fait au juste.

– Et l'autre, l'André, qu'on a vu, nu comme un ver, perdu sur l'île du Pilier, alors qu'il n'avait même pas de bateau, ni quoi que ce soit qui flotte par chez lui. En plus, il savait pas nager. On a dit qu'il avait pris la route découverte à marée basse, un genre de Gois qu'il y aurait par là-bas, et que nous autres, les gens normaux, on peut pas voir. Y a que les ventres rouges qui peuvent. Les femmes blanches le prennent pour aller prier sur l'île, au large de Luzéronde, qu'on dit. Il a marché dans l'herbe de la détourne, lui aussi, y a pas d'autres explications. Pour une fois, faut croire ce que dit La Grolle ; l'Édouard, il a fait pareil. »

Le colossal sorcier savourait sa victoire, satisfait de les voir se griser de leurs anecdotes, enchanté qu'ils en oublient le paludier à moitié débile, et qu'ils le laissent enfin tranquille.

Content de lui, La Grolle poussa son verre vide sur le comptoir :

« Sur ces bons mots, messieurs, on vous laisse. »

Il attrapa Édouard par le bras et l'entraîna à l'extérieur sans que personne ne fasse le moindre geste pour les retenir.

« Vous les laissez foutre le camp comme ça ?

– Tu manques pas de culot, vas-y, rattrape-les si tu veux. »

Max se gaussait de Kevin qui n'avait pas moufté tant que La Grolle déblatérait son speech et qui aboyait maintenant qu'il était parti :

« Me faites pas croire que vous allez avaler ses délires sur l'herbe de la détourne sans broncher. La Grolle couvre Édouard, c'est cousu de fil blanc, et quand c'est pas lui, c'est sa grand-mère qui se charge de réparer les conneries de son petit-fils demeuré. La Marie-Louise de Cussy et ses grands airs de bourge du Bois de la Chaise, elle sait y faire, et elle a des relations, la vieille bique. »

Marie-Louise de Cussy…

Michel avait déjà entendu ce nom quelque part, il se rappelait maintenant. « *Je vais rejoindre Marie-Louise de Cussy, la vieille dame que m'a présentée Jeanne, qui me raconte une histoire extraordinaire qui s'est passée ici, il y a presque un siècle, et que je te raconterai, car elle me fait penser à nous.* »

Cette de Cussy n'était autre que la vieille que Cécile visitait pour son blog. La quasi-centenaire qui vivait seule dans sa grande baraque perdue au cœur du bois, au nord-est de l'île.

Marie-Louise était la grand mère d'Édouard.

La salle bruissait de multiples conversations qui se faisaient écho. Michel ne savait plus vers qui tendre ses oreilles, les informations s'accumulaient, se croisaient, se contredisaient parfois. La Grolle à peine parti, certains ralliaient Kevin et remettaient en cause la théorie du sorcier et de son herbe de la détourne, d'autres relataient d'horribles histoires, qui avaient traumatisé l'île autrefois. Une série de viols avaient été perpétrés dans les dunes, meurtres commis il y a plus de dix ans, affaires dans lesquelles Édouard avait été impliqué, et qui s'étaient soldées par… rien du tout suite à l'intervention tardive, mais déterminante, de Marie-Louise de Cussy, sa grand-mère.

« Comme d'habitude, elle a couvert le monstre. On ne peut pas laisser faire ça encore une fois, on n'est plus à l'époque où les aristos du Bois de la Chaise faisaient la pluie et le beau temps sur l'île, c'est terminé tout ça. »

« Messieurs dames… »

Michel, accaparé par les pièces du puzzle qu'il essayait de démêler et de reconstituer, ne les avait pas vus arriver.

Les deux gendarmes soignèrent leur entrée. Un grand portant le képi de travers et un autre, en retrait, moins charpenté, plus effacé, son couvre-chef à la main.

Kevin les apostropha sans ménagement.

« Qu'est-ce que vous faites, rien comme d'habitude ? »

Les gendarmes ne comprenaient pas ce qui leur était reproché, et même s'ils avaient l'habitude que leurs compétences soient mises en doute, ils aimaient comprendre pourquoi. Max leur exposa les faits à sa manière, sans rentrer dans les détails qui fâchent. Il oublia opportunément tout ce qui aurait pu le mettre en position délicate avec la légalité :

« Ma serveuse ne s'est pas présentée au travail ce matin, et sa voiture a disparu. Voilà toute l'histoire.

– En effet, c'est l'affaire du siècle », plaisanta le pandore.

« Vous attendez quoi, qu'il soit trop tard ? »

Pour Kevin, la faute en revenait à Édouard. Le garçon l'accusait, mais de quoi au juste ?

Les gendarmes avaient besoin de faits, de preuves, ils n'avaient reçu aucune plainte, aucun signalement de disparition, pas un coup de téléphone, même pas la moindre lettre anonyme – ce qui ne manquait pas d'arriver habituellement –, et s'ils y réfléchissaient, avec calme et logique, ils en concluaient que Lou devait être partie ailleurs, dans une autre ville. Pourquoi pas dans un autre pays, rien ne lui interdisait de faire ce qu'elle désirait. Elle était libre de ses mouvements.

« Les filles comme ça, ça a la bougeotte », conclut le plus baraqué des deux.

– C'est ce que je me tue à lui dire », fayota Max qui détestait les ennuis.

Voir la maréchaussée traîner ses guêtres dans son établissement lui filait des angoisses, avec ces zigotos il y avait toujours quelque chose qui n'allait pas – un prix mal affiché, un alcool de contrebande interdit à la vente. Quand ils s'en donnaient la peine, ils savaient débusquer le détail qui les intéressait.

Max leur servit un coup à boire tout en sachant qu'ils le refuseraient :

« Non merci, on est en service. »

Et qu'ils finiraient par l'accepter, et qu'ils ne le paieraient pas.

Au final, la concorde régna dans l'établissement. Ils se mirent d'accord sur la même version : Lou vivait sa vie de débauchée sous d'autres latitudes, à la recherche de sensations nouvelles et d'aventures.

Grand bien lui fasse.

Cette solution arrangeait tout le monde, sauf Kevin qui rongeait son frein en tirant la gueule dans son coin.

Michel sortit sans payer ses bières. Dehors la pluie tergiversait, lâchant de fines gouttelettes, ne sachant pas si elle allait se transformer en averse digne de ce nom.

Hurricane n'eut pas besoin de courir comme dans sa jeunesse. Il savait que personne ne le poursuivrait pour ses consommations impayées.

Max avait blindé l'ardoise d'Édouard.

Michel l'aurait parié.

C'est fou, comme il ne l'aimait pas celui-là.

– 15 –
Le bain de la sirène

Cécile profitait de la douceur du rayon de soleil qui lui caressait la peau en perçant à travers le plafond de branches d'arbres.

Postée sur la terrasse de « L'Équinoxe », le chalet de Marie-Louise de Cussy, elle observait la houle qui se formait au large. Aussi loin qu'elle pouvait voir, la mer se creusait, ornée de crêtes d'écumes moussues. Dans quelques heures, les chalutiers qui ne seraient pas rentrés à temps se mettre à l'abri dans le port de haute mer de l'Herbaudière, à l'extrémité nord-ouest de l'île, allaient être secoués.

Depuis que Marie-Louise de Cussy avait disparu, s'effaçant au bout du couloir, après l'évocation douloureuse du naufrage du Saint-Philibert et de son coup de foudre avec Gaby l'ouvrier des chantiers de Saint-Nazaire, Cécile ressassait ces dramatiques événements sans pouvoir s'empêcher de faire le parallèle avec sa propre histoire. Sacrée coïncidence, ne venait-elle pas de parcourir des centaines de kilomètres pour recueillir l'émouvant témoignage d'une femme qui avait fait table rase des différences de classe pour aimer celui qu'il ne fallait pas, à l'époque où il ne fallait surtout pas le faire ? Le destin avait fait payer très cher le désir de liberté de Marie-Louise. Cécile admirait le courage de la vieille femme qui n'avait pas laissé l'occasion passer, alors qu'elle-même s'était défilée et avait choisi le confort et la facilité. La tragique et romantique aventure des amoureux du *Saint-Philibert* ramenait Cécile à ses choix récents et encourageait sa prise de risque.

Pourquoi Cécile ne s'était-elle pas décidée plus tôt ? Les années qu'elle avait gâchées, à force de compromis et d'accommodements, appartenaient à son passé.

Depuis qu'elle avait déposé ses valises dans le camping-car de fortune de son compagnon, elle renaissait. De temps à autre, dans les périodes de déprime, elle se demandait si les moments qu'ils leur restaient à partager seraient suffisamment intenses pour rattraper le temps perdu.

Cécile regrettait son départ aux aurores, une matinée de gâchée, des heures qu'elle ne passerait pas en sa compagnie. Ses regrets surfaient sur le dos d'une déferlante quand la sonnerie de son téléphone l'extirpa de ses méditations.

Surprise, elle fouilla dans sa poche. Aucune

trace du maudit appareil. Rien de plus normal, puisqu'elle l'avait enfoui au plus profond de son sac après avoir reçu ce maudit texto auquel elle n'avait toujours pas pris la peine de répondre. Comme toujours, c'est quand elle l'eut enfin attrapé que retentit la dernière sonnerie. C'était mieux ainsi : si son interlocuteur avait envie de lui laisser un message, elle entendrait bientôt le bip sonore qui la préviendrait.

Michel ne possédait pas de téléphone. « Juste bon à vous apporter de mauvaises nouvelles », avait-il déclaré le jour où Cécile lui avait proposé de lui en offrir un. Il trouvait toujours une bonne raison pour refuser ses cadeaux. Elle aurait dû lui donner sans rien lui demander. Il n'aurait pas osé la vexer en refusant son présent.

Si ce n'était pas Michel, qui pouvait l'appeler ?

Elle s'interrogeait, grelottant dans le vent frais d'automne qui avait chassé le téméraire rayon de soleil derrière les nuages épais et sombres qui s'amoncelaient. Le bip prenait son temps : soit son interlocuteur avait de nombreuses choses à lui raconter, soit il avait raccroché sans laisser de message.

Cette attente, et ce suspens dérisoire, contrariaient Cécile qui ne raffolait pas de cet engin, ultime vestige qui la reliait à une vie qu'elle avait décidé de gommer de sa mémoire.

« Ah, vous êtes là, j'ai cru que vous m'aviez faussé compagnie sans me saluer… ce qui m'aurait étonnée venant d'une personne aussi bien élevée que vous. »

Cécile sursauta, surprise par Marie-Louise de Cussy qui engageait sa chaise roulante sur la terrasse :

« Vous êtes comme les jeunes, vous ne pouvez pas vous en passer ? »

L'index de la vieille femme, torturé par l'arthrose, noueux comme un cep de vigne, désignait le téléphone au moment où le bip tant attendu se fit entendre.

« Je ne suis pas particulièrement au fait de cette technologie… mais je ne suis pas irrémédiablement sotte non plus. Vous venez de recevoir un message, si je ne m'abuse ? »

Pour la première fois depuis leur rencontre, Marie-Louise avait l'air de s'amuser.

« Oui », répondit simplement Cécile, irritée d'avoir été surprise son téléphone à la main comme une adolescente.

« Jeanne me casse suffisamment les oreilles avec le sien, son maudit engin n'a de cesse de carillonner. Elle n'a rien trouvé de mieux qu'une trompette qui claironne pour l'avertir de ses appels… Vous parlez d'un goût. Quand son horrible machin se met à brailler, elle s'arrête, et elle décroche en laissant en plan l'ouvrage qu'elle avait entamé. Je ne supporte pas ça, de mon temps on se serait fait mettre à la porte sur-le-champ. Tenir des conversations personnelles au travail, mais où va notre société ? »

Cécile, qui avait décidé de ne pas réagir quand la vieille femme la prenait à partie au beau milieu d'un de ses monologues, se contenta de la fixer pour signifier son intérêt.

« Et pourquoi donc répond-t-elle dès que ça sonne ? Pour subir les jérémiades de son fainéant de mari. Je ne sais pas ce que pourrait entreprendre son crétin d'Étienne sans elle ! Allez, répondez à votre maudit bidule, si vous ne le faites pas maintenant vous n'allez penser qu'à ça, et vous ne m'écouterez pas avec l'attention nécessaire. Il n'est pas dans mes principes de me répéter. »

Cécile l'avait bien compris, la de Cussy n'était pas femme à se laisser contrarier, ni à dire deux fois la même chose sous prétexte que l'on ne l'avait pas écoutée avec suffisamment d'attention la première fois. La vieille dame remonta le plaid sur ses genoux, l'humidité refroidissait la terrasse.

« Vous aussi, vous avez un Étienne de rangé quelque part qui ne sait pas ce qu'il a fait de ses clés et qui ne trouve rien de mieux que d'appeler sa femme pour qu'elle lui vienne en aide à distance ? »

Cécile sourit, elle aurait été très étonnée que Michel la contacte pour une affaire de trousseau égaré.

«Je l'écouterai plus tard, ça ne doit pas être urgent», dit-elle en replaçant l'objet de la controverse dans son fourbi.

«Si ce n'est pas important, à quoi bon se promener avec ces ustensiles du diable?», s'emporta Marie-Louise avant de forcer sa chaise roulante à faire demi-tour pour accéder à l'intérieur de la maison.

Cécile se retrouva seule sur la plate-forme sans savoir si elle devait la suivre.

«Ne restez pas dehors, c'est un coup à attraper la mort.»

«Comme vous vous en doutez, la fin des vacances 1931, sur l'île de Noirmoutier, fut des plus sinistre. Tous les matins, je me levais en me lamentant de ne pas avoir embarqué sur ce fichu bateau. Je m'en voulais de ne pas avoir suivi mon amour sur le *Saint-Philibert* pour périr à ses côtés, façon naufrage du *Titanic* dans la baie de Bourgneuf. Le prolétaire et sa bourgeoise engloutis par la tempête, dévorés par les crabes, unis par la mort, se tenant par la main jusqu'au dernier souffle… Je ne suis pas certaine que ma famille aurait apprécié l'ambiance.

«Après toutes ces années, je regrette encore de ne pas avoir suivi mon grand amour. Quand on aime quelqu'un, si on ne partage pas sa vie, à quoi bon continuer à respirer ?»

Résistant à l'impérieuse envie de lui donner raison, Cécile tourna sa cuillère dans sa tasse de thé. Pourquoi n'avait-elle pas suivi Michel quand elle aurait dû le faire ? Marie-Louise se lamentait de ne pas avoir embarqué sur le *Saint-Philibert*, alors que cette décision lui avait sauvé la vie… Cécile avait fait le même choix. Elle avait laissé son amoureux partir. Elle aussi le regrettait amèrement.

Mais, contrairement à la vieille femme, la destinée lui avait octroyé une seconde chance, Cécile l'avait saisie sans hésiter.

Marie-Louise de Cussy s'était rapprochée de la fenêtre comme si elle avait voulu masquer sa gêne. Elle souleva le rideau de lin brodé d'une ancre bleu marine. Sur les bords de l'ouvrage, les mites avaient semé de minuscules traces de leur passage.

Dehors, il s'était mis à pleuvoir, la rincée dessinait un deuxième rideau qui estompait le contour des arbres du parc.

Marie-Louise de Cussy recommença à par ler :

« Nous nous serions enlacés, fiers de nos sentiments, faisant fi du tumulte et du "qu'en dira-t-on", dressés à la proue du navire qui disparaîtra bientôt dans les profondeurs de l'océan…

« C'est tellement plus romantique de mourir jeune, plutôt que croulante et à moitié handicapée. »

Marie-Louise de Cussy abandonna le spectacle de l'averse et se retourna soudainement vers Cécile comme si elle avait voulu la surprendre par sa réaction.

Après un bref instant, où elle la jaugea du regard, Marie-Louise reprit ses confidences.

« L'envie de vivre m'avait quittée. Je venais d'avoir dix-sept ans, ma vie était foutue et pourtant, un matin, sans autre signe avant-coureur, mon désir absolu de mourir laissa sa place à une banale envie de vomir.

« Le merveilleux et funeste après-midi de ce printemps ensoleillé avait réussi à me rendre femme, puis veuve, et finalement mère.

« J'étais enceinte de Gaby.

« Cette nouvelle me comblait d'une joie infinie, cet enfant était la preuve et le résultat de notre amour, mais, de la même manière que notre passion s'était révélée inconcevable, son existence n'était pas envisageable.

« Qu'allions-nous devenir ? Si j'en parlais à mes parents, le déshonneur les terrasserait. J'imaginais la tête de mon père : qu'aurais-je pu lui raconter, que j'avais été violé par un de ces chiens de bolcheviks qui avaient envahi notre merveilleuse île ? M'inventerais-je un petit copain qui m'aurait abandonnée une fois son forfait accompli ? Quoi que j'aurais pu décrire à ma famille, la conclusion n'aurait pas varié. Ils m'auraient obligée à avorter ou à abandonner l'enfant. Dans les pires moments, je m'imaginais prisonnière des quatre murs d'un couvent, une coiffe sur la tête pour mieux me consacrer à une vie monacale au service de Dieu. Il était hors de question que je me laisse faire.

« Je voulais, de toutes mes forces, que cet enfant vive. Je rêvais de le voir grandir, sourire, rire et pleurer.

« Je désirais me souvenir de son père à chaque fois que je le regarderais.

« Les premiers mois, je parvins aisément à dissimuler ma grossesse à mon entourage. Un grand merci à la mode vestimentaire de cette époque qui m'aida bougrement à cacher mon ventre arrondi. Que pouvait-on deviner du corps d'une jeune fille camouflé sous un épais millefeuille d'étoffes ? Je prenais garde de ne me confier à personne, de fréquenter le moins possible mes camarades de classe. Je renonçais à mes cours de danse adorés, et je passais mes journées libres enfermée dans ma chambre sous le prétexte d'étudier.

« Le temps s'écoulait trop lentement à mon goût. Quand les fêtes de fin d'année vinrent enfin, je m'en réjouissais car cela signifiait que nous allions retourner sur l'île de Noirmoutier. Tous les Noëls, mes parents organisaient une réunion familiale dans notre chalet du Bois de la Chaise et, à cette occasion, mon père réactivait le personnel de maison qui officiait à notre service en été.

« À peine avais-je posé les pieds sur la terre acide du sous-bois de mes vacances que je retrouvais ma fidèle Léontine, l'unique personne à qui je pouvais confesser mon état, la seule à connaître mon union interdite avec l'ouvrier de Saint-Nazaire.

« Coïncidence merveilleuse, elle aussi était tombée enceinte de son amoureux : un marin pêcheur du Vieil, à peine plus âgé que nous. Pourtant, la pauvre Léontine avait eu moins de chance que moi. Sur une île, un secret, quel qu'il soit, était plus compliqué à garder que dans une grande ville. Les îliens n'ont de cesse de se croiser, de se côtoyer, de s'observer et, au final, les langues se laissent aller aux confidences.

« Malheureusement pour ma servante, une tradition, en cours à l'époque, voulait que si une jeune fille avait fauté avant le mariage, et causait du scandale dans son voisinage, la populace menait un "charivari" sous les fenêtres de l'infortunée pécheresse.

« Au courant de l'indélicatesse de Léontine, les villageois se précipitèrent pour manifester leur mécontentement en soufflant à pleins poumons dans une trompe de brume. À l'époque, la pression sociale était si forte qu'il était irréalisable d'échapper à cette mise à l'index. On disait que ces filles fêtaient "Pâques avant les Rameaux" : qu'elles étaient enceintes avant le mariage, pour faire moins imagé. L'unique solution pour calmer les voisins furibards fut de marier la pauvre Léontine au plus vite.

« Mes parents, découvrant le ventre replet de leur jeune bonne à tout faire, furent outrés. Elle dégringola du statut d'adorable jouvencelle à celle de "putain qui ne savait que satisfaire ses pulsions malsaines". Mon père, qui n'oubliait en aucune circonstance qu'il était patron d'usine, en rajouta sur l'hérésie d'accorder des congés payés "à ces animaux qui en profiteraient pour forniquer et agrandir leur déjà trop importante populace de morveux mal élevés qui finiraient au Parti communiste."

« Je passais la semaine des festivités à étudier les maigres et sombres possibilités qui s'offraient à moi. Nous devions revenir pour les fêtes de Pâques, et la seule idée, à peu près cohérente, qui me vint à l'esprit était que j'accouche en secret sur l'île et que j'abandonne l'enfant sur les marches de l'église de Noirmoutier. Il serait, selon toute vraisemblance, placé chez les sœurs, et je pourrais, avec un peu de malice, le voir grandir un été après l'autre. Cette perspective ne me plaisait guère, mais je n'avais pas trouvé de meilleur épilogue à cette funeste aventure quand un événement tragique m'apporta la solution.

« Léontine, la pauvre fille, qui, voulant faire pardonner son état, n'avait pas ménagé son labeur durant toute cette semaine de festivités de fin d'année, fit une fausse couche. Trop jeune ou trop fatiguée, ce sont certainement les deux causes cumulées qui provoquèrent l'effroyable événement.

« Nous nous promenions dans le Bois à la recherche du pin sous lequel mon enfant avait été conçu quand Léontine se plia en deux de douleur. Elle se sentit mal. Je l'allongeais à même les épines de résineux.

« Quand nous vîmes sa robe se teinter de sang, nous comprîmes toutes les deux ce qu'il venait d'advenir. Il n'y avait plus rien à faire, sinon pleurer à chaudes larmes, ce que nous fîmes sans retenue.

« Son infortune fut mon salut. La voyant désespérée devant la perte de son cher enfant, je compris que cette tragédie serait ma chance. Je lui proposais de n'en rien dire à personne, et de continuer à faire croire à sa grossesse. Un coussin bien placé et quelques couches de tissus supplémentaires lui feraient le ventre adéquat. De mon côté, je laisserai ma grossesse se poursuivre jusqu'à son terme. Le moment de la délivrance arrivé, il lui suffirait de faire croire que mon bébé était le sien. En contrepartie, je lui promettais de l'aider à élever son enfant, en subvenant à ses besoins, grâce à l'aisance conséquente de ma famille.

« Léontine, très pauvre, accepta ma proposition, autant parce que ces fonds lui permettraient de mener une existence moins difficile, que pour me rendre le sourire et l'envie de vivre. Ce choix s'avéra déterminant car la pauvre n'eut pas la chance d'avoir d'autre bébé, et ce fils, qu'elle allait élever et aimer comme le sien, fut le seul qu'elle n'eut jamais.

« Nous prêtâmes serment de ne jamais trahir notre secret, enterrèrent le malheureux fœtus dans le Bois, sous un tapis de fougères jaunies par le froid, et dîmes une rapide prière pour son âme.

« Notre subterfuge fonctionna à merveille, et même son mari marin pêcheur ne se douta jamais de rien.

« Il ne faut pas oublier que les hommes, à cette époque, et aussi sur cette île reculée du monde – le pont n'avait pas encore été construit, et certains n'avaient jamais foulé la terre du continent – n'y comprenaient rien aux affaires de femmes. Le moins ils s'en mêlaient, le mieux ils se portaient. Dans ces circonstances particulières, leur ignorance nous arrangeait bien.

« Comme prévu, je revins sur l'île aux vacances de Pâques. J'accouchais en secret avec l'aide de Léontine, à l'abri de la grotte de Saint Philibert, cachée dans les profondeurs du Bois de la Chaise. Léontine jeta les oripeaux qui figuraient son bébé à la mer, et revint au village portant mon enfant, nouveau-né, au creux de ses bras, comme si c'était le sien.

«Je laissais, j'abandonnais, mon fils aux bons soins de la jeune fille de maison. Elle le prénomma Gaby, comme son père, en mémoire de mon amour à jamais disparu.

«À part nous deux, personne d'autre ne partagea ce douloureux secret.

«Plus tard, je me mariais avec Grégoire, mon assidu prétendant de l'été, bien évidemment fils de propriétaires au Bois de la Chaise. Il ne s'agissait pas d'une union par passion car je n'ai chéri qu'un seul homme, et il était mort, mais, contrairement à mes autres prétendants, celui-ci se montra doux et gentil, cela me suffisait amplement pour retrouver le courage de vivre.

«De cette association, marquée par la raison, naquirent deux enfants : d'abord une fille, Bérengère, en 1936, puis vint Émile, mon garçon, en 1938.

«Léontine continua son service auprès de ma famille, ce qui me permit de voir mon fils grandir à chacune des vacances que nous passions systématiquement dans le Bois. Plus il se transformait pour ressembler à un homme, plus il me rappelait son père, Gaby l'ouvrier, dont le souvenir prenait corps sous mes yeux.

«Le temps s'écoulant, je me demandais s'il n'était pas plus le rejeton de ma servante que le mien. Léontine l'avait adopté, il était le seul descendant qu'elle n'aurait jamais.

«Parfois, en le voyant survivre aux côtés de ses parents, dans leur masure, loin de tout confort, se vautrant dans la crasse et la pauvreté alors qu'il avait un fort potentiel pour suivre des études, je regrettais d'avoir fait ce choix. Avais-je d'autres solutions ? Je ne pouvais pas l'imaginer finir marin pêcheur comme son alcoolique de père. J'essayais de l'aider, mais il ne voulait rien entendre. Fier de sa famille et de la vie qu'il menait à leurs côtés, il s'entêtait à vouloir suivre les traces de son paternel, et rêvait de finir matelot. Pour le satisfaire, son père l'embarquait sur le chalutier où il travaillait à chaque fois qu'il le pouvait. Léontine et moi n'avions plus qu'à attendre le retour du fils prodigue comme deux mères angoissées.

«Je ne pouvais pas laisser faire, et le laisser vivre dans cette saleté inimaginable. J'imaginais un subterfuge en réactivant une vieille légende qui avait cours au siècle dernier.

«On racontait qu'un jour ou l'autre, au cours d'une pêche à pied ou d'une promenade, on risquait de surprendre, sur l'estran, une femme tentatrice, mi-poisson, mi-déesse. Une sirène qui, à la suite d'une forte marée, se serait échouée. En attendant que la mer la remette à flot, elle prendrait son mal en patience, en pataugeant au creux de rochers, disposés en forme de baignoire, situés au large du cimetière marin de l'Herbaudière.

« Avec un peu de chance, on pouvait surprendre la somptueuse créature en pleins ébats aquatiques en compagnie d'une confrérie de lutins. La légende contait que celui qui remettrait une sirène à l'eau, et lui permettrait de retrouver sa liberté de mouvement, serait recouvert d'or. Le seul danger résidait dans la chevelure de la belle. Si le marin maladroit lui touchait les cheveux, immédiatement ses mains s'y colleraient et il deviendrait propriété de la belle tentatrice qui l'entraînerait dans les flots tumultueux de la marée montante.

« Louis, le mari de Léontine, avait, comme beaucoup de ses comparses marins, la fâcheuse manie de boire au-delà de la soif.

«Je profitais d'un soir, alors qu'après une sortie en mer il rentrait chez lui, non sans avoir dépensé la plus grande partie de sa paie au café, pour l'attirer près du cimetière marin et lui faire croire qu'une sirène réclamait la présence d'un homme courageux pour la remettre à flot.

« Bravant le froid et les bourrasques salées d'embruns, je me déshabillais, enfilais la fausse queue de poisson que j'avais cousue dans le plus grand secret, et commençais à geindre, et à appeler en utilisant les trois phrases de patois que j'avais apprises par cœur auprès d'une fermière de la Madeleine.

"Met moe a l'o ariverat boune aventure", lui lançais-je en espérant que mon subterfuge fonctionne.

« Le marin, ivre à souhait, baigné depuis sa plus tendre enfance dans ces légendes que l'on contait dans les veillées, ne fut pas difficile à berner. En plus de ma fausse queue, je portais une perruque bleue, que je relevais par-dessus mon épaule et ramenais sur ma poitrine dénudée. Le marin, qui connaissait la légende, car il l'avait entendue de nombreuses fois, passa ses mains autour de mon corps de poisson en prenant garde de ne pas toucher mes cheveux.

« "Merci", lui dis-je, quand je sentis l'eau glacée engourdir mes fesses, "Tu seras récompensé de ta bonne action. Chaque nuit à marée basse tu trouveras l'argent dont tu auras besoin."

« Chaque soir, il fut ponctuel au rendez-vous, et ramassa l'argent qu'il voulait. Seulement, au lieu de le dépenser pour l'éducation de mon fiston, ce que j'espérais sottement, il se mit à boire encore plus qu'à son habitude.

« Lors d'une de ses soûlographies, il se vanta d'avoir accès au trésor d'une sirène qu'il avait remise à l'eau. Ses copains, crédules et pochtrons comme lui, l'accompagnèrent pour profiter de l'aubaine.

« À partir de ce moment, je renonçais, jugeant que je jetais inutilement mon argent au fond d'un puits sans fond. Le pauvre bougre passa pour un menteur et devint la risée du port. Il se réfugia dans la boisson et but, encore et encore, pour finir par passer par-dessus bord une nuit de tempête où il était complètement aviné.

« La tentative rocambolesque de subvenir à l'éducation de mon fils avait tourné court. Ce fut un double échec car Gaby junior, comme je le nommais, mythifiait désormais son père disparu en mer.

« Rien ni personne au monde n'aurait pu le faire changer d'avis, à mon désespoir il devint marin pêcheur.

« Échanger son fils avec une autre n'est pas sans conséquences.

« Mon fils, Émile, qui n'avait ni les capacités ni les facilités de son demi-frère, devint jaloux de l'attention que sa propre mère portait à ce vulgaire fils d'employée de maison. Il ne se passait pas un moment sans qu'il fît une remarque désobligeante, où sans que nous fûmes obligés de les éloigner pour ne pas les voir se battre.

« Léontine, quand nous revenions sur l'île pour les vacances, et que j'accordais trop d'importance à Gaby, s'arrangeait pour que j'en profite le moins possible. Jalouse, elle craignait que je lui vole son unique et adorée progéniture.

« Heureusement que j'avais gardé secrète ma grotesque transformation en sirène, car elle m'aurait jugée responsable de la mort de son mari… et elle aurait eu raison.

« Gaby junior, lui-même me trouvant condescendante à son égard, refusa qu'une "grosse bourge" comme moi s'intéresse à lui.

« Je ne le vis plus qu'occasionnellement.

« La Seconde Guerre mondiale s'abattit sur le monde, ce fut comme une parenthèse de plomb. Nous allions moins à Noirmoutier. Un matin d'hiver, on vint m'annoncer que Grégoire, mon gentil mari, était mort au front.

« À son enterrement, je fis semblant de pleurer : le pauvre homme n'y était pour rien. »

– 16 –
Une Anglaise dans la brume

L'heure de la renverse approchait. La marée allait bientôt se retourner, et le froid vif, qui piquait au travers de sa veste gavée d'humidité, se renforçait de minute en minute. La fine bruine s'était progressivement transformée en tornade de gouttelettes glacées qui faisaient frissonner le marcheur solitaire perdu dans les éléments hostiles.

Pour réchauffer sa vieille carcasse et s'activer le sang, Michel accéléra le pas. Il avait d'autres préoccupations que de se tourmenter du froid.

Tout à l'heure, en quittant le café, il avait attendu la sortie de Kevin, caché derrière un abribus. La veille, il l'avait vu embrasser Lou. Depuis, elle avait disparu. Il était certainement l'un des derniers à l'avoir fréquentée avant son départ.

Pourquoi affirmait-il ne pas l'avoir rencon trée ?

Une autre chose chiffonnait Michel : dès son arrivée dans le bar, Kevin avait immédiatement mis en accusation Édouard, le paludier. Pour quelles raisons ? Que savait-il ?

Michel avait surveillé le garçon qui sortait du café quelques minutes après les gendarmes. Il l'avait pris en filature jusqu'à ce qu'un chien, en se précipitant contre la clôture du pavillon qu'il surveillait, aboie et le démasque. Kevin, le découvrant, avait sprinté. Hurricane avait tenté de le suivre mais avait dû abandonner sa course au bout d'une centaine de mètres. Plié en deux, terrassé par un point de côté, il avait regretté sa jeunesse sportive passée.

« Quel cirque ! » marmonna Michel, qui ne se gênait pas pour parler tout seul quand il jugeait nécessaire de se remettre les idées en place.

Ce matin, sous le ciel plombé de cumulonimbus qui inondaient Noirmoutier, il en avait terriblement besoin.

Trottinant au milieu de la route départementale qui le conduisait vers le port du Morin où l'attendait le confort rudimentaire de son camping-car, il tentait de faire le point, et se remémorait les événements dont il avait été le témoin involontaire dans la matinée. Il était passé de juré d'un tribunal populaire, qui devait statuer sur le sort d'un accusé passible de la peine de mort, à spectateur d'une pièce de boulevard où l'on comptabilise les claquements de porte.

Les acteurs étaient grimpés sur scène les uns à la suite des autres, interprétant chacun leur rôle avec enthousiasme et passion.

En premier lieu, Lou, magnifiée par son absence, celle que l'on regrettait à chaque minute, le fantasme des habitués du bar. C'est fou ce qu'ils en avaient des choses à évoquer sur cette marginale qui leur servait leurs cafés, vins, et autres rincettes, tout en les faisant rêver dans sa panoplie de soubrette. Elle était trop ceci, trop cela. Que lui était-il arrivée de si important pour qu'elle manque à l'appel, qu'elle oublie qu'elle travaillait à leur service, qu'elle les abandonne à leur banale et triste vie ? L'avait-on enlevée, violée, tuée ou avait-elle simplement pris la poudre d'escampette vers un monde meilleur ?

Michel regrettait de ne pas avoir passé plus de temps en sa compagnie. Peut-être aurait-il percé les raisons de son départ précipité : un parent malade à visiter, une proposition de travail plus intéressante et mieux rémunérée, ou juste le désir de croiser de nouvelles têtes ? Michel aurait aimé la rencontrer une dernière fois, rien que pour la remercier de l'avoir mis en relation avec Édouard. Il ne savait pas encore s'ils allaient faire affaire, et s'il l'aiderait dans le marais, mais le contact était établi avec un éventuel travail et une possible rémunération à la clé.

Sans le connaître, sans le harceler de questions, sans lui demander quoi que ce soit en retour, elle l'avait aidé. En l'espace d'un couple d'heures partagées ensemble, Lou avait pris la place de la fille qu'il n'avait jamais eue. Il n'arrivait pas à l'expliquer, mais dès leur première rencontre, à leur premier échange de regards, il l'avait considérée comme faisant partie de sa famille.

Une généalogie virtuelle qu'il se constituait au gré des rencontres et du hasard ; des proches de cœur, et non de sang.

Hurricane n'imaginait pas que Lou ait pu disparaître sans venir lui réclamer son sac d'herbe. Ce genre de denrée n'était pas bon marché et souvent difficile à se procurer. Lou n'avait pas suffisamment d'argent pour sacrifier un pochon de Marie-Jeanne. Il aurait fallu qu'il se passe quelque chose de grave pour qu'elle oublie de venir le chercher.

« Où es-tu fourrée, satanée gamine ? », gueula-t-il, le poing levé en prenant les nuages à témoin ?

Dans tous les drames, il faut un méchant. Max incarnait ce rôle avec brio. Le cafetier, prompt à dégainer son nerf de bœuf et à l'exhiber sous le nez des imprudents qui osaient exprimer une opinion différente de la sienne, assumait parfaitement sa partition d'individu abject qu'on adore détester. Il la payait mal, oubliait de la déclarer, profitait de la précarité de Lou pour peaufiner sa caricature d'exploiteur soupçonné d'avoir la main baladeuse, et davantage si on portait crédit aux racontars des piliers de son établissement.

Michel gambergeait, Max ne gagnait rien à la disparition de sa serveuse ; au contraire, il se retrouvait le premier embarrassé par son absence, ses clients râlaient, il était contraint de faire le service de salle lui-même. La défection de Lou provoquait une somme de désagréments dont il se serait bien passé.

Michel n'oublia pas Kevin qui venait de lui filer entre les pattes. Qu'avait-il de si important à cacher, celui-là ? Ses allusions avaient fait sortir le cafetier de ses gonds et leur face-à-face de machos aurait pu mal finir sans l'arrivée impromptue d'Édouard. La pièce maîtresse, le colosse incontrôlable, dur dehors et doux dedans, le demeuré amnésique, l'abruti, le parfait suspect à la nuit parsemée de trous aussi larges que ceux de la veste dont il était affublé. Le suspect désigné par la vindicte populaire. Lou n'aurait pas fait le poids prise dans ses pattes. Édouard la vénérait, pourquoi lui aurait-il fait du mal ? Les enquêteurs amateurs l'avaient interrogé avec ténacité, lui faisant cracher ce qu'ils voulaient. Ils auraient pu lui faire avouer l'assassinat de J. F. Kennedy s'ils avaient insisté.

Lou et lui allaient se marier, affirmait le paludier sans la moindre conscience du ridicule de cette union. Si elle s'était refusée ou avait repoussé ses avances, il aurait été capable de piquer une de ces colères homériques. Inconscient de sa force, il aurait pu faire n'importe quoi sans le vouloir, ni s'en rappeler.

Pourquoi le paludier était-il réapparu vêtu d'habits qui n'étaient pas les siens, sales et puants, se saoulant à peine amarré au comp toir ?

Les questions se pressaient dans la tête de Michel, aussi nombreuses que les impacts des gouttes d'eau qui crépitaient à la surface de la mare qu'il enjambait prestement.

Si La Grolle n'avait pas jailli, à point nommé, comment la situation aurait-elle évolué, qu'auraient-ils fait d'Édouard ? Par expérience, Hurricane n'accordait aucune confiance aux hommes, particulièrement quand ils se regroupaient en meute pour traquer leur proie. Heureusement, le sauveur du Gois était apparu, couvert de son éternel chapeau et de sa veste, droite sortie d'un western spaghetti des années 1970. Le croquemitaine contant son improbable fable d'herbe de la détourne, un recueil des légendes et des traditions insulaires à lui seul.

La Grolle épouvantait, mais pas seulement. Il n'était pas que force, il savait flatter, embobiner. Michel l'avait vu et entendu à l'œuvre. Il avait retourné l'assemblée pourtant convaincue, faisant croire et affirmer à celle-ci le contraire de ce que ses membres venaient de dire.

« Édouard ne se souvient de rien car il a marché dans l'herbe de la détourne. Tu leur as fait avaler ça, t'es vraiment un sacré bonimenteur, mon gars », se gondola Michel, mouillé jusqu'aux os, en traversant le village de L'Épine vidé de ses habitants.

Tout à coup, il prit conscience du grotesque de la situation. Seul, au milieu de la route déserte, il avait crié fort. Maintenant, il craignait que, derrière les murs des maisons, quelqu'un l'ait entendu et se demande : qui était ce malade, hurlant sous la pluie ?

À part un dément, qui aurait eu l'idée farfelue de se promener sous les trombes d'eau qui se déversaient sur l'île ?

Michel avait tracé sa route, la tête bouillonnante, au bord de l'implosion.

Quand il revint sur terre, celle-ci avait disparu sous une épaisse couche de brume qui l'empêchait de distinguer où se posaient ses pieds. Malgré son sens de l'observation développé, Michel ne savait plus exactement où il se trouvait.

La mer ronflait toute proche, son odeur lourde et salée lui emplissait les narines. Il entendait grincer les cordages et les bouts qui retenaient à quai, à la limite de la rupture, les bateaux du port Morin. Son Ford Transit l'attendait, stationné quelque part à une centaine de mètres face à l'océan, mais dans quelle direction devait-il aller ?

Une corne de brume beuglait dans le lointain. Il choisit de suivre son appel.

Il en fallait plus pour affoler Hurricane, mais l'ambiance poisseuse faisait naître une sorte d'inquiétude diffuse accentuée par la sensation de déambuler dans un monde sans image où le son ouaté prédominait.

En l'absence d'ombres, Michel se repérait mal. Le relief effacé par la brume étirait l'espace jusqu'à l'infini. Le gaillard approchait de son but, mais le brouillard, qui se dressait en une muraille infranchissable, le retardait dans sa progression.

Soudain, Michel heurta un obstacle qu'il n'avait pas vu.

« Merde. »

Il passait la main sur le bas de sa veste, pour éjecter les perles d'eau qui s'y accrochaient, quand une forme jaillit du nuage humide et se jeta sur lui.

Il venait de bousculer une femme.

Elle non plus ne l'avait pas remarqué.

« Lou ? »

Le nom de la marginale lui était venu par réflexe. Tout s'arrangeait, elle était de retour au campement.

« Tu es revenue, tu sais que ta disparition a déclenché un sacré bordel ? », s'offusqua Michel sans vraiment réfléchir.

« Excuse-me, I don't understand », répondit la voix sans visage, « fucking smog ».

En scrutant la purée de pois, Michel discerna une silhouette trapue, protégée par un ciré jaune canari. En s'appliquant encore davantage, il parvint à distinguer une femme d'une quarantaine d'années qui se débarrassait de ses sacs d'ordures dans un container à roulettes.

À force de désirer le retour de Lou, il l'avait rêvé.

Michel, déçu de ne pas avoir retrouvé la fugitive, cala ses pas dans ceux de la mystérieuse Britannique qui fondait vers un point lumineux qui scintillait avec la ténacité d'une étoile engloutie par les nuages.

Le cercle de lumière éclaircissait le brouillard sur quelques mètres carrés et permettait de discerner le contour d'un gigantesque camping-car immatriculé outre-Manche.

L'impressionnante et volumineuse machine avait pris ses aises sur les deux places hier encore occupées par la Volvo de la serveuse et par le fameux Titi 89 des Labrue.

Lou n'avait pas réintégré le campement et le camion de l'étrange couple était parti, libérant les deux places de stationnement.

Précédant Michel, l'Anglaise accéléra le pas, affolée par la présence de cette ombre silencieuse qui la pourchassait.

« John. John. », se mit-elle à crier en sprintant.

L'homme, qui sortit la tête du mastodonte décoré aux couleurs de l'Empire britannique, incarnait la parfaite caricature du « British ». Il arborait des rouflaquettes qui lui dévoraient les joues, et une tignasse rousse s'échappait du béret basque qu'il avait acheté, pensant faire local.

Michel ralentit la cadence et montra son Ford Transit, ridicule cloporte garé en parallèle du géant anglais.

« Nous sommes installés là, avec Cécile… mon amie », expliqua Michel pour rassurer le couple de touristes.

Il se sentait penaud d'avoir effrayé sa nouvelle voisine, et tentait de se rattraper à grand renfort de sourires forcés.

L'Anglais s'écarta pour laisser sa moitié se mettre à l'abri, puis descendit l'escalier de fer escamotable de son engin en tendant la main à Michel qui la saisit pour le saluer et le rassurer sur ses intentions.

« Désolé, je crois que je lui ai fait peur... », s'excusa Michel en montrant la porte derrière laquelle la femme venait de s'engouffrer.

L'Anglais rétorqua, avec un fort accent :

« Hello mister, nous Simpson, from England.

– Michel. Je suis désolé mais avec le brouillard je ne l'avais pas vu arriver et je... l'ai prise pour quelqu'un d'autre. »

Son interlocuteur hocha la tête poliment pour donner le change, mais Michel aurait parié qu'il n'avait rien compris.

« Wonderfull weather, isn't it ? »

Cette fois, c'était à Michel de ne rien saisir, la barrière de la langue allait rendre la communication malaisée. Un grincement aigu mit fin à cette entame de dialogue de sourds.

Les deux hommes tournèrent simultanément la tête vers le barrage de brume d'où s'échappait le crissement. Une seconde plus tard, ils eurent la surprise de voir Cécile débouler à pleine vitesse, chevauchant son vélo électrique. Le sifflement assourdissant s'amplifia encore quand elle bloqua les freins pour s'arrêter, roue arrière bloquée, dérapant, levant une gerbe de sable et de graviers.

D'un puissant geste réflexe, Michel l'attrapa par les épaules et l'empêcha de s'étaler à ses pieds.

« Holà, ma belle, va pas me foutre par terre ! »

Cécile, tétanisée, arc-boutée sur la cocotte de freins, les phalanges bleuies par le froid, commença à raconter avec le débit d'une mitraillette :

« Je croyais que je n'y arriverais pas. Le brouillard est tombé d'un coup. Je traversais le marais et… c'était comme un autre monde. Je ne reconnaissais plus rien. Il n'y avait plus rien, plus de route, plus d'étier, plus d'oiseaux, plus de bruit. Le néant. Un silence oppressant comme si les habitants avaient été décimés par une épidémie fulgurante. »

Michel lui frotta le dos autant pour la réchauffer que pour la réconforter.

« Je suis là, t'inquiète pas, tout va bien, on va manger une bonne soupe pour se revigorer. »

Maintenant qu'elle était arrivée à destination, Cécile retrouvait de sa superbe :

« Si seulement t'avais un téléphone…

– Qu'est-ce que ça aurait changé ? » s'étonna-t-il.

– J'aurais pu t'appeler », pesta-t-elle la voix cassée, au bord des larmes. Elle avait vraiment eu peur en traversant l'île, elle ne bluffait pas.

Michel avait maintes fois entendu ses arguments. Il s'attendait à ce qu'elle l'accable des reproches habituels. Il savait aussi que sa mauvaise humeur ne durerait pas, que très vite elle retrouverait son caractère enjoué. Elle ne pouvait lutter contre sa nature profonde.

« Rien qu'un coup de téléphone, pour que tu viennes me chercher », éclata-t-elle en se mettant à sangloter.

Témoin de la scène, l'Anglais, qui ne comprenait pas les subtilités de la conversation, ne savait comment réagir devant la détresse de cette curieuse lady à bicyclette. Michel la serra dans ses bras en la rassurant du mieux qu'il pouvait :

« C'est fini, tu es arrivée à bon port. Tu vas rentrer te réchauffer, viens, je vais ranger ton vélo. »

L'Anglais profita de la confusion pour se présenter :

« John.

– Cécile », dit-elle en séchant les larmes qui roulaient sur ses joues rosies par l'effort et le froid.

La pluie se mit à redoubler d'intensité. Ils se saluèrent en se promettant, dans un franglais de circonstance, de prendre le temps de faire connaissance, dès que la météo se sera améliorée.

Cécile et Michel se réchauffèrent autour d'une soupe au potiron qu'elle avait préparée, puis congelée pour les jours, comme ce soir, où elle n'aurait pas le temps de cuisiner.

Depuis l'espace confiné du camping-car, le coup de vent qui s'abattait sur le front atlantique prenait des allures de tempête tropicale. La camionnette tanguait sous les rafales. Dans les bols, le breuvage chaud ondulait au rythme du roulis au risque de passer par-dessus bord.

Le potage était délicieux et pourtant Michel le boudait. Il était contrarié :

« Elle ne m'a même pas dit au revoir. »

Michel n'admettait toujours pas que Lou soit partie sans le saluer. Cécile lapa son bouillon sans broncher.

« C'est pas son style », insista-t-il.

Cécile fit du bruit avec son bol en le posant sur la table pour accentuer sa réaction.

« Parce que c'est quoi son genre, explique-moi ? »

Céline, malgré ce qu'elle affirmait dans la gentille lettre qu'elle avait laissée à son compagnon, n'acceptait pas que son homme se soit si rapidement lié avec cette inconnue.

« Pourquoi tu ne l'aimes pas, qu'est-ce qu'elle t'a fait ?

– Elle ne m'a rien fait, et je ne l'aime ni plus ni moins qu'une autre. Je ne sais pas qui c'est.

– Abstiens-toi de dire du mal des gens que tu ne connais pas. »

Piqué au vif, il devenait agressif. Le ton montait entre eux, et ça ne plaisait pas du tout à Cécile qui n'avait pas envie qu'ils recommencent à se disputer.

Elle prit sur elle de s'expliquer avec douceur :

« Écoute, j'ai bien compris que tu t'étais entichée de cette petite, je ne sais pas pourquoi, et ce n'est pas mon problème. Permets-moi juste de penser que tu fais une bien grande affaire de son départ. Tu n'es pas idiot et tu as compris, aussi bien que moi, qu'elle avait la bougeotte, que c'était sa liberté qui comptait le plus pour elle. Alors, je pense tout simplement qu'elle en avait assez d'être ici et qu'elle est partie se garer ailleurs. »

Michel entendait ses arguments. Il n'était pas loin de les partager, mais il subsistait des détails qui le chagrinaient. Particulièrement cette histoire d'herbe qu'elle avait laissée avant de disparaître. Il se demandait s'il allait lui en parler, quand Cécile aborda le sujet.

« Tu la trouves sympa parce que vous avez fumé un pétard ensemble ?

– Justement.

– Justement quoi ? »

Michel s'était trop avancé pour reculer.

« L'herbe… elle ne l'a pas emmenée avec elle.

– Comment ça ? »

Hurricane dut tout raconter à Cécile qui l'écouta attentivement en hochant la tête.

« … et tu conclus qu'elle n'a pas pu partir sans venir te réclamer son sac. Tu la crois accro à ce point ?

– Elle n'a pas pu l'oublier, au prix où ça coûte… surtout si elle n'a pas d'argent.

– Elle en a peut-être ?

– Quand on vit dans sa voiture, c'est qu'on n'a pas les moyens de faire autrement. »

Cécile n'insista pas. Ils restèrent silencieux un instant, puis Michel lui parla de Labrue, le voisin de parking qui avait profité de ses charmes contre rémunération. Cécile s'étouffa avec sa soupe.

« Cette fille se prostituait avec Labrue.

– Quand on n'a pas le sou, il faut bien se débrouiller », la défendit Michel

« Mais est-ce que ça transforme Labrue en suspect pour autant ? » Cécile n'y croyait pas. « Et ce sac d'herbe, tu l'as jeté, évidemment ? » Hurricane rougit comme un gosse.

« Je le garde, si elle revient je lui rendrai. »

– Si c'est aussi important que tu le penses, elle reviendra. »

Michel aurait aimé en être totalement convaincu.

« Terminons sereinement notre dîner, dit-elle, je dois recopier l'incroyable histoire que m'a racontée Marie-Louise, la vieille dame du Bois de la Chaise.

– C'est sa grand-mère…

– Marie-Louise de Cussy ?

– Oui…

– Qu'est-ce que tu racontes ? Marie-Louise, la grand-mère de cette fille ? C'est une grande bourgeoise et l'autre une zonarde qui…

– Non, c'est pas de Lou dont je te parle, la coupa-t-il.

– Qui alors ? »

Cécile ne comprenait plus rien.

« La femme que t'interview, la Marie de Machin Truc à particule, c'est elle la grand-mère d'Édouard, le paludier un peu… comment dire, retardé avec qui je vais travailler ?

– Qu'est-ce que tu racontes, que vient faire ce paludier dans cette histoire ? »

Cécile, abasourdie, ne suivait plus du tout. Il était temps que Michel lui narre sa journée.

Quand il vint à bout de son récit, la soupe au potiron n'était plus qu'un souvenir.

Cécile, particulièrement attentive, avait posé de multiples questions, et froncé les sourcils durant toutes ses explications.

Il avait insisté sur les réactions hostiles du petit peuple du bar quand Marie-Louise, la grand-mère d'Édouard, avait été évoquée. La vieille de Cussy représentait, à elle seule, le pouvoir occulte des riches et des puissants installés sur l'île, et plus particulièrement ceux du Bois de la Chaise.

La vieille bourgeoise était détestée. On lui reprochait d'avoir, par le passé, couvert son petit-fils accusé dans une série de viols.

L'heure avançant et la fatigue aidant, Mi chel avait manqué d'oublier d'évoquer la cavalerie arrivée après la bataille. Cécile s'était félicitée que les gendarmes aboutissent à la conclusion la plus logique qui soit : il n'y avait, pour l'instant, aucune raison de s'inquiéter.

Pour Cécile, cette disparition n'était que fantasme d'olibrius portés sur la chopine, qui n'avaient rien d'autre à faire de leur journée que s'inventer des feuilletons rocambolesques.

« Quelle histoire pour une fille qui vit dans sa voiture !

– C'est parce qu'elle vit dans sa bagnole qu'on doit pas s'inquiéter ? », recommença Michel qui n'acceptait décidément pas que sa compagne trouve la situation normale.

« Non, absolument pas, ne me fais pas dire ce que je n'ai pas dit », se fâcha Cécile. « Si je ne m'en inquiète pas, c'est que je trouve qu'il n'y a rien d'illogique à ce que cette fille soit partie. Vu ce que tu viens de me raconter, ça me semble tout à fait cohérent. Elle était mal payée, probablement harcelée par un patron aux mains baladeuses, elle couchait dans une voiture décatie en plein vent… À sa place, il y a belle lurette que j'aurais pris mes cliques et mes claques. Les habitués de ton bar ont trouvé un moyen d'occuper leur journée. Demain, ils trouveront un sujet de conversation plus intéressant et ils oublieront leur charmante serveuse dès que le patron leur aura présenté sa remplaçante. »

Une fois couché, Michel ne parvint pas à

trouver le sommeil. Son pitoyable voisin était-il parti parce qu'il lui avait avoué la vérité sur ses relations avec Lou ou parce qu'il avait quelque chose à voir avec sa disparition ? Pourquoi, hier soir, La Grolle rôdait-il autour de la voiture de Lou ?

Il n'avait quasiment pas parlé du sorcier devant Cécile, de peur de réactiver son courroux, ce qui le fit repenser à la lettre, il n'avait pas évoqué le gentil mot qu'elle lui avait écrit. Il renonça à se relever en la voyant, son casque audio posé sur les oreilles pour ne pas le gêner, taper la retranscription de l'entretien qu'elle avait eu avec Marie-Louise de Cussy.

Qu'est-ce que cette aristo pouvait bien lui raconter qui la passionnait à ce point ?

En fait, Cécile ne tapait pas la conversation qu'elle avait eue avec Marie-Louise, elle aurait bien le temps de le faire plus tard, elle surfait sur Internet en quête d'informations sur le fait divers dont on avait parlé à Michel.

Il ne fallut pas bien longtemps à cette ex-documentaliste en collège-lycée pour mettre la main sur un article de la presse locale qui retraçait les disparitions mystérieuses de deux jeunes femmes dans les dunes de la plage de Luzéronde. On ne retrouva des victimes, –la première, une touriste espagnole ; et l'autre, employée comme saisonnière au camping de la Butte – que les habits dispersés dans la lande. Leurs corps ne furent jamais découverts et l'organisation d'une gigantesque battue n'y changea rien.

Édouard fut un temps accusé puis innocenté grâce à un témoignage de dernière minute de sa grand-mère, Marie-Louise de Cussy, qui confirma son alibi. On classa l'affaire et, depuis, les rumeurs allaient bon train.

Et si les craintes de Michel étaient fondées ?

– 17 –
Tarzan 85, à l'écoute. Over

Il se mit à faire beau, le coup de vent avait lavé le ciel et il ne restait plus, au cœur de cet univers céruléen, que deux ou trois nuages discrets et épars pour venir troubler ce splendide tableau monochrome.

Malgré les généreux efforts du soleil, il faisait frisquet. Michel enfonça son chapeau le plus possible pour qu'il ne s'envole pas avec le vent. La mer s'était enfin apaisée, oubliant sur la plage les vestiges de la tempête qui s'amoncelaient dans un joyeux fatras de déchets. Il enjamba des bouteilles de plastique, contourna un empilage de caisses, sauta par-dessus les restes d'un filet de pêche. Devant lui, l'ourlet blanc d'écume s'écroulait, chargé de coquillages broyés.

Métamorphosée en île méditerranéenne à la moindre éclaircie, l'île de Noirmoutier se rêvait sous des latitudes plus clémentes.

Les mouettes dérangées dans leur sieste s'envolaient en s'égosillant, frôlant en rase-mottes le couvre-chef du marcheur pour lui rappeler qu'il n'était qu'un intrus toléré dans leur univers.

Tôt ce matin, Michel s'était rendu au bar où il avait attendu en vain Édouard, le paludier. Il avait eu le temps d'avaler deux cafés arrosés d'une petite goutte revigorante avant d'admettre que le colosse ne viendrait pas, et de s'enquérir, auprès d'un habitué, du chemin qui conduisait au marais du géant.

L'autochtone lui avait recommandé d'abandonner le rivage au niveau du blockhaus à moitié dévoré par le sable, et d'escalader les dunes pour plonger au cœur de l'île.

Une demi-heure plus tard, il grimpait l'obstacle, dopé par le cocktail détonnant de caféine et d'alcool fort qui roulait dans ses veines.

Longeant le blockhaus, il bloqua sa respiration, incommodé par l'odeur d'urine aigre et pestilentielle qu'exhalait la ruine de béton armé.

Michel cheminait d'un pas lourd, solitaire dans ce paysage désertique, composé d'herbes sèches et de dunes. Ses pieds s'enfonçaient jusqu'aux mollets, le sable dégoulinait par-dessus ses chaussures et emplissait ses chaussettes. Il peinait et sa progression ralentit.

Aller sur place était le seul moyen de savoir si l'offre de travail du paludier tenait toujours.

Michel ne s'y rendait pas uniquement pour ça. Il avait bien l'intention de le faire parler, et cette proposition de boulot tombait fort à propos pour lui servir d'alibi.

Grimpé au sommet du mamelon, il admira, en contrebas et à perte de vue, un paysage quadrillé en parcelles quasi rectilignes façonnées par l'homme. Le panorama contrastait, par la forme de son tracé et sa régularité, avec l'aspect sauvage et anarchique des salines.

C'était donc ici, dans cet univers sauvage et préservé, que soleil et mer œuvraient pour engendrer l'or blanc.

Michel s'octroya une pause pour reprendre sa respiration. Qu'il lui semblait loin le temps où il pouvait courir de nombreux kilomètres sans risquer l'asphyxie ! Le poing compressé contre son aine douloureuse, il profitait du spectacle dans l'attente que son cœur retrouve une allure rassurante.

Une escouade d'oies bernaches traçait un « V » dans le ciel tandis qu'un autre groupe se reposait sur les bosses qui délimitent les marais. Il admira leur croupion blanc qui frémissait sous les caresses du vent. Les bernaches venues de la lointaine toundra nord-sibérienne perpétuaient l'habitude de leur lignée de faire escale à Noirmoutier pour y prendre leurs quartiers d'hiver.

Michel dévala la dune et fondit sur la

calorge de bois noir, surmontée d'une antenne flexible brisée en forme d'éclair, que lui avait indiquée son guide du bar.

« Tu peux pas la rater, cet idiot a planté un panneau, juste devant sa cabane, avec, écrit dessus, "Je connais les voleurs". C'est, pour ainsi dire, sa boîte aux lettres. S'il connaît si bien les voleurs, il a qu'à les dénoncer, puis j'vois pas qui irait lui piquer du sel à Noirmoutier, c'est pas ça qui manque. »

Les pieds de salicornes, – haricots verts de mer appréciés des gourmets–, poussaient en rangs serrés le long d'un réseau de canaux qui permettait à la mer de se propager dans le marais. Les teintes violettes de l'alchimie du sel irisaient la surface des salines abandonnées.

Il suivit la progression de l'eau salée qui filait tranquillement son chemin pour se déverser dans les bassins de cristallisation inondés par les tempêtes et les hautes marées en cette fin d'automne.

Il remarqua de suite la silhouette massive posée sur une caisse en plastique rouge, floquée au nom de la coopérative du port de pêche de l'Herbaudière.

Édouard se tenait courbé, la tête posée dans les mains, perplexe devant le squelette d'un moulin à vent artisanal désossé.

« Fais beau aujourd'hui. »

Michel n'avait rien trouvé de plus original pour signaler sa présence. Le colosse sursauta, se leva d'un bond et, le reconnaissant, se rassit pour reprendre sa position initiale comme si rien ne s'était passé. Finalement, comme s'il avait longuement réfléchi quoi répondre, il parla.

« Ouais, ça va tenir jusqu'à la renverse ; après, au changement de marée, va falloir sortir les cirés. »

Michel ne savait pas si Édouard avait fait des efforts pour articuler, ou si c'était lui qui s'habituait à son étrange façon de s'exprimer, mais il avait parfaitement compris ce qu'avait dit le géant. Michel ne renchérit pas, lui laissant l'occasion de poursuivre la conversation à son compte.

Édouard se racla la gorge pour se lancer. Il montrait les pièces mécaniques éparpillées sur l'herbage humide.

« Y a mon "Boucard" qui s'est emballé avec le coup de vent d'hier soir. Le vent a soufflé trop fort pour ses ailes de bois à moitié pourries. Les pales se sont affolées comme les vaches du père Soulard quand y a un clebs qui leur court après. Un jour, y en a une qu'a fini dans l'étier, les quatre sabots en l'air. T'aurais vu le spectacle, on a été obligé d'amener un tracteur pour la sortir de là. Le moulin, j'ai bien cru qu'il allait faire pareil. Il a tourné dans le vide, et pis plus rien, bloqué, il a plus bougé depuis, complètement coincé. J'ai démonté le machin, et me v'là l'air fin. J'arrive plus à rien. Y a bien trop de pièces. C'est comme un puzzle de gamin, sauf qu'y a rien qui va plus avec rien. »

Édouard balança un coup de pied rageur dans ce qui tenait encore debout.

« Fais chier. »

Il se mit à marcher de long en large, et ses gigantesques enjambées l'amenèrent vers une sorte de râteau à long manche, terminé par une planche de bois rectangulaire biseautée, qui traînait au milieu du passage. L'outil, une ételle, servait, en pleine saison, à tirer le gros sel pour former un tas : le mulum, sur lequel les cristaux allaient sécher. Il attrapa l'instrument de bois et disparut dans la cabane en laissant Michel en plan.

Michel n'y connaissait rien à la culture du sel mais il avait compris que, s'il assemblait les morceaux éparpillés sur le sol, il reconstituerait un moulin à vent qui devait servir à actionner la pompe de vidange qu'il apercevait affleurant dans le bassin.

Le paludier ne ressortant pas de l'abri dans lequel il avait disparu, il prit sa place sur la caisse en plastique.

Il n'y connaissait rien au monde des sauniers ; par contre, c'était un excellent mécanicien.

Un peu plus tard, Édouard réapparut de la calorge, tenant une bouteille de blanc et deux récipients disparates : un verre à moutarde fêlé, moyennement propre, qu'il tendit à Michel, et un gobelet en fer blanc, patiné par le temps, pour lui-même. Il servit une large portion de vin en grognassant :

« En hiver, quand la nature se repose, faut entretenir tout ce bordel. » Le colosse embrassait les alentours en écartant les bras de sa gigantesque envergure pour montrer l'ampleur de la tâche. « Après la récolte d'été, continua-t-il, je rentre le sel dans les salorges, mais ça ne s'arrête pas là, avec le froid et la pluie qui nous dégringolent dessus dès octobre, faut entretenir la vasière et les digues.

« Quand le printemps arrive faut recommencer le nettoyage des œillets et des réserves, c'est du boulot. C'est pour ça que j'ai besoin d'aide. »

En découvrant l'état délabré de la saline, Michel avait compris pourquoi Lou lui avait présenté Édouard, un sacré coup de main serait le bienvenu.

« Le nettoyage, ça doit être dans mes cordes », pérora-t-il en ajustant une pièce du moulin. « Tenez, ça devrait à peu près fonctionner maintenant. C'est provisoire mais si j'y passe un peu de temps ça devrait tenir. »

Le paludier, estomaqué, sautait littéralement de joie devant le mécanisme reconstitué du « Boucard ».

«Si tu fais tout comme ça, je t'embauche de suite.»

Michel aurait pu questionner le paludier directement mais il voulait éviter d'effaroucher son interlocuteur. Édouard adorait boire, il suffisait de prendre son mal en patience en attendant que l'alcool lui délie la langue.

Au cinquième verre de cabernet, il s'assit en tailleur à même l'herbe détrempée qui n'avait pas eu le loisir de sécher avec le timide soleil d'automne.

Au milieu d'eux, la caisse rouge de la criée de l'Herbaudière, en équilibre précaire sur le flanc, faisait office de table. Michel s'était levé et s'octroyait une cigarette tandis qu'Édouard répondait à sa question:

«L'alchimie du sel ? Tu parles, c'est bon pour les touristes ce genre de phrases à la con. J'ai pas besoin d'expliquer comment ça marche. Je veux pas de promeneurs, ils vont tout me bousiller. Il faut faire visiter, faut causer, ça prend du temps, ils te demandent un tas de trucs que même toi t'aurais pas idée d'y penser. "Et ça sert à quoi ce truc-là, et celui-là ?" Faut leur expliquer. Tout ça pour leur piquer quatre sous en leur refourguant des petits sachets de sel aussi chers que si c'était de l'or pur. J'ai pas besoin de ça pour vivre, moi. La technique, les vieux, ils la savaient pour nous, alors on a fait pareil, on va pas écrire des dictionnaires là-dessus. L'oiseau, quand y naît, sa mère lui montre comment voler, et il fait la même chose. Il a pas besoin d'être ingénieur et de s'y connaître en aérodynamique machin-chose. Quand c'est le temps pour ça, y vole, c'est tout. Moi, j'y connais rien en chimie, le sel y naît du soleil et de la mer, ça me suffit pour faire mon boulot, y a pas besoin de se prendre la tête. »

Le vin commençait à œuvrer et Michel se dit qu'il allait bientôt pouvoir orienter la conversation sur la disparition de Lou. Édouard tenta de se resservir, mais rien ne voulait plus sortir de la bouteille. L'attrapant par le goulot, il la balança dans l'étier. La gerbe d'eau saumâtre leva une poule d'eau affolée qui traça sur la berge.

« Les autres paludiers, ils se foutent de ma gueule, eux ils font ça pour bouffer, à ce qu'ils bavassent partout. Comme si moi je faisais ça pour m'amuser… comme si ça me faisait rigoler de patauger dans la gadoue du soir au matin. Tout ça parce que ma grand-mère est châtelaine au Bois de la Chaise. J'y peux rien si elle c'est une richarde, j'en profite pas de son château, moi je vis dans ma cabane sans eau potable et sans électricité. S'ils veulent venir visiter, la porte elle ferme pas à clé. Y verront bien que c'est pas un palace mon nid, mais c'est à moi. »

Édouard avait débusqué une bouteille dans la calorge, Michel refusa un nouveau verre, ce qui n'arrêta pas l'élan du paludier qui se servit à ras bord. Il paraissait capable de picoler toute la journée sans trop tituber. Michel considéra que c'était le moment d'aborder les questions qui pouvaient le contrarier et déclencher sa redoutable colère.

« Lou vient te voir de temps en temps ? », essaya-t-il.

Édouard le fixa d'un regard mélancolique. L'alcool l'avait rendu triste. Il inclina la tête, perdu dans ses pensées. Il resta longtemps silencieux avant de confesser, les yeux débordant de larmes :

« Le marais, je voulais le garder pour elle, tu vois. Elle adore venir se balader par là. Elle vient me rendre des visites dès que l'autre gros con la laisse tranquille. Un bar d'obsédés, ils radinent pour mater son cul. »

Le colosse s'était levé et se penchait sur Michel, ses immenses battoirs posés sur les hanches. Il continua, enthousiaste, revivant la situation :

« Elle vient et puis elle me regarde travailler, c'est vrai que je sais la manier la "lousse". Pour cueillir la fleur de sel je suis un cador, si y avait un concours du genre celui qu'ils font avec les gobeurs d'huîtres de Bouin, je serais champion toutes catégories. C'est pourtant pas facile à faire, faut avoir le coup de main, parce que la fleur de sel c'est comme les jolies filles, c'est pas facile à attraper, et on peut pas faire ça n'importe quand.

« Faut d'abord qu'il fasse chaud, qu'il y ait du soleil, mais pas seulement, faut du vent en même temps, mais pas trop, pour que ça s'évapore, mais faut pas que ça s'envole partout, tout ça pour choper les satanés cristaux à la surface de l'eau. Après, faut récolter sans tout foutre en l'air, mais moi, je sais faire, je suis un cador. »

Michel avait de nouveau du mal à le comprendre ; sous l'effet du vin, sa voix retrouvait des sonorités graves et étouffées. Édouard s'énervait, se resservait et en renversait partout. La deuxième bouteille vidée, balancée dans l'étier comme les autres, faisait effet sur son comportement de plus en plus incohérent.

« Le marais, il sert à quoi maintenant ? » ,se demanda-t-il d'une voix pleurnicharde. « Jamais elle se mariera avec moi, c'est trop tard, elle a foutu le camp, elle reviendra plus, rien à foutre. »

Michel sauta sur l'occasion pour demander :

« Tu sais où elle est partie, elle te l'a dit ?

– Tiens, regarde le cheval, là-bas. »

Édouard, qui détournait habilement la conversation, n'était peut-être pas aussi saoul que Michel le supposait.

Dans l'herbage voisin, un magnifique pursang, gris-blanc, s'approcha et baissa la tête en hennissant pour les saluer. Il s'ébroua et se mit à brouter les pissenlits qui poussaient en bordure de l'étier.

«Je te présente Cochise, le cheval de Lou. Elle disait que c'était la bête d'un Indien, un sauvage qui serait venu avec un cirque, et puis qu'aurait oublié de le ramener avec lui. Elle le montait sans selle, en amazone, et lui faisait sauter l'étier pour venir me dire bonjour. T'aurais vu ça, ça avait encore plus de gueule qu'un coucher de soleil sur l'océan.»

Michel visualisa la scène. La sauvageonne devait avoir fière allure, sur son destrier, le vent éparpillant ses cheveux.

«Son cheval, elle l'a acheté où ?»

Michel avait beau avoir gardé une âme d'enfant, il ne croyait pas à ce peau-rouge circassien abandonnant son pur-sang dans le marais.

«T'es con, toi, elle n'a jamais eu de fric. Comment tu veux qu'elle se paie un cheval ? Le bourrin c'est celui du voisin, qu'est-ce que tu crois ?

– Et l'Indien ?»

Pour toute réponse, le paludier lui tapa sur le bide avec une telle force que Michel manqua de vomir.

«T'es trop con, mon bonhomme.»

Le colosse l'avait bien eue, pas aussi débile qu'il en avait l'air, le gaillard.

Plus il l'écoutait évoquer Lou, moins il

le soupçonnait de lui avoir fait du mal. Impossible.

Michel observa le géant hypnotisé par "Cochise", planté de l'autre côté de l'étier, qui tapait des sabots en les fixant tristement, comme s'il voulait leur faire comprendre quelque chose.

« Tu vois, il est triste comme nous, Lou lui manque. »

D'un seul coup, Édouard courut rejoindre le cheval sans se préoccuper du fossé boueux qui les séparait. Il s'enfonça jusqu'à mi-cuisse dans le cloaque pour aller flatter l'animal et lui faire une messe basse.

De l'autre berge, Michel ne pouvait pas entendre ce qu'il lui murmurait à l'oreille. Quand il eut terminé, Cochise releva le museau, souffla deux traits de vapeur par les naseaux, puis les deux solitaires se frottèrent, front contre front, comme s'ils voulaient mutuellement se réchauffer le cœur.

« Hercule pour Tarzan 85, Hercule pour Tarzan 85 Over. »

Une voix nasillarde, comme échappée d'un mauvais poste de radio, retentit sur la saline. L'étrange interlocuteur prononçait "over" comme « aux verres ». Michel se demanda si ce n'était pas une invitation codée pour se remettre à picoler. Il ne ressentait pas d'ivresse, il avait cessé d'écluser après le deuxième verre de blanc et pourtant… il entendait des voix. Pas saoul, mais légèrement pompette à cause des deux calvas matinaux qu'il avait avalés, il se devait d'être vigilant. Il avait une promesse à honorer. Il avait juré.

« Hercule, t'es en gastro liquide ou quoi ? Over. »

Michel chercha aux alentours et ne découvrit personne d'autre que le paludier qui retraversait l'étier en levant des éclaboussures de vase.

« J'arrive », s'écria-t-il, en émergeant du fossé, les pantalons patinés d'une boue grasse et verdâtre.

De l'autre côté, Cochise recommençait à brouter paisiblement.

« Branche le chauffe-plat… y a un cholestérol sur le Gois… »

Michel avait peut-être sous-estimé l'effet de l'alcool. Son abstinence le rendait plus sensible. Il fallait qu'il fasse attention.

« Je répète, y a un cholestérol sur le Gois. Over. »

Que pouvait bien signifier ce charabia ?

« Les sauterelles ont retrouvé la voiture de ta Young Lady. Over. »

Édouard s'était précipité dans la calorge.

Michel fonça à sa suite. Le temps que ses yeux s'habituent à la lumière, il discerna, planté au centre de la pièce ténébreuse, encombrée d'un capharnaüm d'outils et de cartons gavés de bricoles improbables, une vieille CB, probablement démontée d'un camion, qui trônait sur une table de camping pliante.

Il tenait la solution de l'énigme, le paludier était tout simplement membre d'un club de cibistes, ou tout du moins pratiquait-il les ondes courtes en amateur.

Édouard arracha le micro de son socle et le posa contre ses lèvres en gueulant à pleins poumons.

« Qu'est-ce que tu racontes ? répète.

– Hercule, c'est toi ? Over.

– Ouais, c'est moi.

– Tarzan 85, à l'écoute. over.

– Arrête avec tes conneries, putain. Over.

– T'étais barré où ? Over.

– Qu'est-ce que ça peut te foutre ? Ils ont retrouvé la voiture ? »

Comme l'autre ne mouftait pas, il rajouta le « Over » manquant pour clore sa phrase.

« Une Volvo, le nez dans la vase, à marée basse, pas très loin du Gois. Elle a été prise par le courant dans le goulet de Fromentine. Over.

– Over », termina Édouard qui balança un furieux coup de botte dans une pile de clayettes qui s'effondrèrent avec la même désinvolture qu'une barre d'immeuble qu'on dynamite.

– 18 –
Le dernier roi du « tir du coq »

« J'avais confié la destinée de Gaby junior à Léontine, parce que la tragédie d'avoir perdu l'enfant qu'elle portait m'avait donné l'opportunité de sauver le mien. J'étais persuadée que voir grandir mon fils m'apaiserait et m'apporterait la sérénité et la paix qui manquaient à mon existence amputée de ce bonheur simple.

« Toutes les occasions m'étaient bonnes pour fuir la région parisienne et rejoindre l'île de Noirmoutier, ses plages, son Bois, mais aussi pour retrouver mes domestiques avec, parmi eux, mon amie Léontine, et surtout son enfant unique et adoré, Gaby junior, mon fils.

« Mes parents récemment décédés et mon mari mort au front me laissaient seule avec mes deux enfants, Bérengère et Émile, qui, jour après jour, se transformaient en splendides adultes. La fortune dont j'avais soudainement hérité, ajoutée aux revenus de fructueux placements, ainsi que la propriété de plusieurs immeubles de rapport me permettaient de mener une existence bourgeoise sans avoir à me soucier de travailler. La perspective d'une vie de rentière me satisfaisait pleinement.

« C'est au cours d'une de ces villégiatures que la tragédie survint.

« Nous avions été stupides de croire qu'échanger un enfant serait sans conséquences sur notre futur. J'en portais seule la responsabilité, car j'avais profité du désespoir de ma servante pour imaginer un scénario qui allait se retourner contre moi et faire mon malheur… notre malheur à tous.

« Je m'étais crue intelligente, alors que j'avais agi comme une idiote.

« Tout était de ma faute, j'en étais la seule responsable.

« Ce n'est pas parce qu'on donne le jour à un enfant qu'on en devient nécessairement sa mère, la maman du chérubin sera toujours celle qui l'élève.

« Léontine s'était occupée de Gaby junior jour après jour, alors que je ne l'apercevais qu'aux trop brèves vacances et, quand la chance daignait me sourire, lors des grands week-ends que je passais dans le Bois de la Chaise.

« Le temps passant, les occasions se firent plus rares car Gaby junior avait remplacé à bord du chalutier Le *Trompe-la-Mort*, celui qu'il pensait être son géniteur : ce père de substitution dont j'étais indirectement responsable de la disparition.

« En grandissant, Gaby junior ressemblait, à s'y méprendre, à son vrai papa, l'ouvrier de Saint-Nazaire. Physiquement, il dégageait le même allant, le même charme et la même puissance corporelle. Je redécouvrais dans chacune de ses mimiques et de ses attitudes l'homme que j'avais aimé et que j'aime encore.

« À la différence de son père, Gaby junior me fuyait. Il est vrai que j'étais la patronne, la « châtelaine », la rentière… et, plus grave encore : la Parisienne qu'on aime détester.

« Le temps passant, ma fille Bérengère, l'héritière de la grande bourgeoise, se métamorphosa en une délicieuse jeune femme et Gaby junior, le rejeton de la bonne et du marin pêcheur alcoolique, en séduisant garçon.

« À force de passer leurs vacances ensemble, de se taquiner lors de jeux de moins en moins enfantins, de nager dans les eaux troubles de la séduction, ce qui devait arriver arriva.

« Comme s'il y avait une part de moi en elle, et beaucoup de Gaby en lui, la sœur et le frère succombèrent à leurs désirs, dévorés qu'ils étaient par la passion, sans savoir qu'ils s'engageaient dans une aventure sans issue.

« Malgré leur discrétion, l'amour que les deux tourtereaux se portaient fut mis au jour par Émile, mon fils, le propre frère de Bérengère, qui jalousait depuis toujours l'aisance, l'aura et, surtout, le charme et la beauté de Gaby junior, dont lui-même était fort injustement dépourvu. Mon fils ne supportait pas que sa sœur s'amuse avec les autochtones, ces demi-sauvages comme il aimait les désigner avec mépris. On dit parfois que les ressemblances sautent les générations ; c'était le cas pour Émile qui, grandissant, se rapprochait terriblement de ce que fut son grand-père : l'industriel réactionnaire qui n'avait pas hésité à faire tirer la troupe sur ses ouvriers en grève. Émile ne supportait pas que les paysans, les pêcheurs ni même les simples villageois profitassent du Bois qu'il considérait comme sa propriété personnelle. Il ne souffrait guère que la populace puisse jouir de son « petit paradis ».

« À cette époque, pas si lointaine, les différences de classes se portaient comme des marques gravées au fer rouge. Pour certains, les acquis du Front populaire n'étaient que blessures suintantes, à chaque fois douloureusement ré ouvertes, quand de nouveaux venus, attirés par les congés payés, considéraient « leur » Bois comme but de promenade, d'excursion et de pique-nique.

« Pour Émile et ses amis jusqu'au-boutistes, c'en était trop, ils voulurent en fermer l'accès aux Noirmoutrins en obstruant les allées avec de lourdes chaînes et en interdisant aux véhicules d'y pénétrer.

« Mon fils naturel partageait ce pathétique état d'esprit quand se déroula, autour de Mardi gras, la dernière représentation d'une tradition barbare, heureusement disparue aujourd'hui : « Le tir du coq ».

« Avec le 14 juillet, et certaines commémorations religieuses, « le tir du coq » constituait une des plus importantes fêtes du pays.

« Il s'agissait de sacrifier une vulgaire volaille.

« Après l'avoir décoré de rubans et habillé de tissus multicolores, on promenait le coq dans les rues du village au rythme du tambour et au son des trompettes. La foule se gonflait au fil des haltes fréquentes dans les débits de boissons ; à chanter et marcher, il faisait vite soif. Allez savoir pourquoi, les festivités aboutissaient systématiquement dans le Bois de la Chaise.

« La tradition le voulait, paraît-il.

« Au final, la pauvre bestiole, après avoir été brinquebalée toute la journée au bout d'une perche, se retrouvait, la tête à l'envers, ficelée par les pattes à l'extrémité d'une planche enfouie dans le sable de la plage des Dames.

«On jouait à courte paille ceux qui tireraient les premiers parmi plusieurs dizaines d'hommes armés, encouragés par une population de badauds pour la plupart éméchés. Il s'agissait que le massacre dure suffisamment longtemps pour satisfaire le voyeurisme des spectateurs. Pour être certain que cela se prolonge, on traçait une ligne derrière laquelle les participants se rangeaient pour faire feu. À chaque salve, on rapprochait la cible du peloton d'exécution, et ainsi de suite, jusqu'au dénouement.

«Quand le vacarme effroyable des détonations, mêlé aux cris hystériques de la foule, se taisait enfin, il était temps d'aller achever à coups de triques ce qui restait du malheureux volatile.

«Ce stupide jeu ayant trouvé sa conclu sion, il restait au jury la délicate responsabilité de trouver celui qui avait occis la volaille pour le désigner vainqueur.

«Le glorieux champion endossait le titre de roi. On le portait en triomphe et l'acclamait comme un monarque de haut rang. Privilège supplémentaire, à l'image du bienheureux élu qui découvre la fève lors de la galette, il avait le loisir de désigner une reine à sa convenance sans que celle-ci puisse refuser, ni personne s'y opposer.

«Comme si cela avait été écrit, en ces

pâques funestes Gaby junior tua le coq et fut couronné souverain. Quand vint le moment de nommer sa reine, son choix se porta, sans l'ombre d'une hésitation, sur ma fille Bérengère, sa demi-sœur. La journée se prolongea autour d'un banquet dressé sur le front de mer, puis dans des danses éclairées par une lune rousse.

« La communauté du Bois de la Chaise, alertée par mon fils Émile, bien que rudement choquée par cette union d'un soir, ne put rien entreprendre à l'encontre de ce "mariage symbolique". Les grands bourgeois, même s'ils rejetaient viscéralement cette idylle anachronique qui unissait torchons et serviettes, ne pouvaient intervenir, en ce jour de fête païenne et traditionnelle, sans déclencher la révolution qu'ils craignaient tant.

« Dès le lendemain, dans l'intimité des chalets, il fut décidé d'y mettre fin. »

Marie-Louise cessa là son récit et porta son bol de thé à ses lèvres. La vieille dame ne le but pas et resta immobile. Cécile attendit patiemment qu'elle reprenne le cours de son histoire, mais rien ne vint. On aurait dit qu'elle venait de « bugger », comme cela arrivait parfois à son ordinateur qui ne voulait rien savoir tant qu'elle ne l'avait pas redémarré.

« Madame de Cussy, vous allez bien ? », s'alarma Cécile.

Enfin elle bougea et lui renvoya un fin sourire de chat. Marie-Louise posa délicatement son breuvage intact sur la table et reprit son monologue, sans adopter le ton dramatique qui aurait pourtant convenu à la suite de son évocation.

« Émile prit la tête des opérations. Dès que sa sœur réapparut, c'est-à-dire aux aurores le lendemain matin, car ma fille n'était pas rentrée de la nuit, il s'occupa de la faire escorter jusqu'à la gare de Nantes où elle fut mise, malgré ses vives protestations, dans le premier train qui filait vers la capitale.

« Personne ne se doutait que ce serait là son dernier séjour sur l'île de Noirmoutier. »

Cécile, qui pourtant avait pour principe de ne jamais interrompre ses interlocuteurs, ne put, là, s'empêcher d'intervenir :

« Et vous, qu'avez-vous fait ?

– Que vouliez-vous que je fasse ? »

La voix de Marie-Louise avait retrouvé les intonations hautaines et cassantes qui avaient accueilli Cécile lors de sa première visite. La vieille châtelaine n'appréciait pas d'être coupée dans son élan. Cécile s'en fichait, révoltée par ce qu'elle venait d'entendre.

« Vous avez laissé faire ça, sans… » Elle ne trouvait pas ses mots.

– Sans quoi ? »

Cécile le savait, il lui fallait prendre son mal en patience et attendre que Marie-Louise décide, ou non, de lui répondre.

La vieille dame lapa une gorgée de thé, puis reprit, sur un ton mélancolique :

« Que pouvais-je faire ? Je n'allais pas laisser ma fille répéter la même erreur que moi des années auparavant ? J'étais accablée, j'avais la décourageante sensation que l'histoire m'humiliait, qu'elle rejouait le même scénario, doté d'une distribution inédite, pour aboutir à la même conclusion tragique. Leur aventure les menait droit dans le mur. Aucune échappatoire ne les sauverait. La situation s'annonçait sans exutoire, comme le fut la mienne.

« En plus de la différence de milieu, qui posait un sacré handicap, comment oublier qu'ils étaient frère et sœur ? Il fallait réagir avant que l'irréparable ne soit commis. J'ai endossé mon rôle de mère indignée, sans failles ni pitié. Cette amourette ne pouvait durer, et c'est moi, en personne, qui accompagnai Bérengère dans le train pour m'assurer qu'elle ne nous joue pas un mauvais tour. Elle pleura, me supplia de la laisser retrouver son amant, mais je tins bon, la crise d'hystérie qu'elle me jouait ne me fit pas changer d'avis.

« Il était hors de question qu'elle remette les pieds à Noirmoutier après ce qui s'était passé la nuit où l'on avait couronné le dernier roi du "tir du coq".

La sonnerie bourdonnante d'un téléphone surprit Cécile qui trouva incongrue la présence d'un appareil moderne dans cette demeure qui échappait au temps.

« Quoi encore ? », tempêta Marie-Louise, en poussant sa chaise vers un guéridon caché dans l'ombre d'un vaisselier ouvragé.

Aidée par le haut-parleur du téléphone qui fonctionnait en permanence, Cécile ne rata rien de la conversation.

« Marie-Louise ? », hésita la voix féminine amplifiée par l'appareil.

« Qui voulez-vous que ce soit ?

– C'est Jeanne.

– Je vous avais reconnue. Qu'est-ce qu'il se passe encore, vous savez bien que je suis occupée ? », répliqua la vieille dame sans cacher son irritation.

« Je ne sais pas si cela va vous intéresser... », tenta timidement la voix. « Voilà, bon, bah, on a retrouvé la voiture de la serveuse sur le Gois... Je pensais que vous voudriez savoir. »

Pas de réaction.

« J'ai eu raison de vous prévenir ?

– Et la fille ? »

La voix de Jeanne retrouva son assurance habituelle, son interlocutrice portait enfin attention à ce qu'elle lui rapportait.

« Je ne sais pas... Les gendarmes ont demandé à Étienne vous savez, mon mari de venir avec son tracteur pour dégager la bagnole… je veux dire la voiture… de la vase. Il était pas loin dans son champ. C'est pour ça qu'il m'a appelé de suite. Il me téléphone toujours quand il se passe quelque chose, même si c'est pas important, mais là c'était important, vous ne trouvez pas ?»

Elle ne le sut pas.

«Et… quoi d'autre ?»

Il s'ensuivit un blanc que Jeanne ne laissa pas perdurer.

«J'en sais pas plus. J'ai bien fait de vous appeler ? Vous ne m'en voulez pas de vous avoir dérangée ?

– Vous avez eu raison, Jeanne. Je vous remercie de votre sollicitude», répondit-elle, avec bienveillance, avant de raccrocher.

Elle lui parut presque aimable, mais ce n'était qu'une impression, car, quand elle se retourna, Cécile découvrit le masque mélancolique qui ravageait son visage terreux et plissé comme une terre aride où ne poussera plus jamais rien.

Il se passa un long moment avant qu'elle ne lance :

«Allez-y, posez-la votre question, vous en mourez d'envie.»

Cécile ne s'attendait pas à ça, mais, puisqu'elle lui proposait, elle ne se le fit pas répéter deux fois :

«Êtes la grand-mère d'Édouard, le paludier… un peu… ? »

Elle ne savait pas comment le décrire, elle ne l'avait jamais rencontré, et ne savait de lui que ce que Michel avait bien voulu lui dire.

« Simplet ? N'ayez pas peur des mots, c'est ce qui le caractérise le mieux. Vous avez fait la connaissance d'Édouard ?

– Non, non, pas personnellement, mais mon… elle hésita, mon ami l'aide dans son marais, et comme ils passent leur journée ensemble, il m'en a beaucoup parlé.

– Votre ami ? »

Cécile discerna une pointe de moquerie dans son intonation. Elle passa outre.

« Oui, Michel sera très utile dans sa saline, c'est un formidable bricoleur, il est capable de tout réparer », s'enthousiasma un peu trop vivement Cécile.

Marie-Louise réitéra son attaque sans perdre un seul instant :

« Votre ami… vous voulez dire, votre mari ?

– Si vous voulez », concéda-t-elle.

Marie-Louise la prit au mot.

« Je ne veux rien du tout, chacun vit comme il veut. Tout se perd, même les liens sacrés du mariage. Je pourrais vous demander pourquoi vous portez une alliance, par exemple ? » Cécile se figea la bouche grande ouverte sans qu'aucun mot ne sorte. « Vivement que je quitte ce monde que je ne comprends plus et qui, il faut bien l'admettre, ne fait pas le moindre effort pour m'aider non plus.»

Cécile ressentit une énorme gêne, cette femme venait de lui livrer les détails de sa vie sans aucune retenue ni pudeur; devait-elle faire de même avec les siens en retour, et lui raconter les secrets qui la liaient à Michel?

«Votre ami, comme vous dites, vous a beaucoup parlé d'Édouard mais que vous a-t-il raconté de réellement intéressant?»

Cécile se retrouvait piégée sous le feu des questions de la vieille bourgeoise. Elle n'avait pas l'intention de se laisser manipuler et décida de reprendre la main:

«Plus que l'histoire d'Édouard, c'est celle d'une jeune serveuse qui n'est pas revenue dans le bar où elle travaillait depuis…

– Une fille de salle», la coupa Marie-Louise avec son vocabulaire suranné. «Quel rapport avec Édouard?

«On raconte toutes sortes de choses… que mon ami m'a rapportées. On pense que…»

Décidément la châtelaine ne voulait pas la laisser parler:

«On pense quoi? Qui pense quoi? Quelqu'un a raconté ce qu'un autre avait entendu dire, et c'est comme ça que vous vous retrouvez à accuser des gens que vous ne connaissez pas», s'agaça Marie-Louise.

«Je n'accuse personne…», s'excusa Cécile avec douceur pour calmer la fureur de son interlocutrice.

« Noirmoutier est plus qu'un village, c'est une île. Tout se sait, tout se transforme, ça n'a pas changé depuis que j'y viens, et ça ne changera pas après ma mort.

– Ce paludier, Édouard, est-il vraiment votre petit fils ?

– Vous voyez, il n'y a jamais de fumée sans feu. Les ragots que l'on colporte dans les bars de pêcheurs finissent dans les demeures bourgeoises du Bois de la Chaise, les commérages profitent de l'air du temps. Vous me décevez, je ne vous croyais pas aussi friande de ragots. »

Cécile, vexée, rongea son frein en silence. Son intuition lui dictait de la laisser vider son sac des ultimes zones d'ombre de sa vie mouvementée.

« Faites preuve de patience et attendez, au moins, que je finisse de vous conter ma vie. Vous êtes là pour ça, non ? Rallumez votre gadget qui enregistre, et vous connaîtrez la fin mot de ce dramatique feuilleton. »

Marie-Louise de Cussy savait se montrer extrêmement désagréable et ne s'en privait pas quand elle l'avait décidé.

« Comme Bérengère menaçait de se suicider si on la séparait de son amoureux, je fus dans l'obligation de lui avouer l'incroyable vérité. Ce fut le moment le plus détestable de ma vie, croyez-moi. Avec Léontine, nous nous étions jurées de ne jamais avouer la réalité à qui que ce soit, mais là, je fus dans la nécessité de me parjurer.

« En toute logique, ma fille ne crut pas le moindre de mes mots.

« "Toi amoureuse d'un ouvrier ? ", me cracha-t-elle en se tordant de rire. "Te faisant trousser contre le tronc d'un chêne vert, j'aurais voulu voir ça, strictement invraisemblable, te fous pas de moi. "

« Bérengère ne pouvait admettre que la châtelaine, sèche et autoritaire, aux principes de vie épouvantablement stricts, qu'était sa mère, pouvait être tombée amoureuse et enceinte, à dix-sept ans, d'un syndicaliste en goguette sur une île vendéenne.

« Elle m'accusa d'inventer n'importe quelles sornettes pour contrarier son bonheur.

« Finalement, devant mon sérieux et mes arguments, alors que je lui narrais mes tristes exploits par le détail, et lui montrait les coupures de presse de l'époque que j'avais soigneusement conservées, elle finit par écouter ma version avec attention. Elle admit sans contestation que son bien-aimé n'avait hérité d'aucun trait physique, ni de caractère, de notre gouvernante, pas plus que de son alcoolique de père.

« Bérengère savait maintenant que Gaby junior, son amoureux depuis l'enfance, n'était en aucun cas le fils de Léontine et d'un marin pêcheur de la Madeleine, mais qu'il était la conséquence de mes amours interdites avec un ouvrier des chantiers navals de Saint-Nazaire.

« En acceptant l'invraisemblable évidence, elle décida de ne plus jamais retourner à Noirmoutier. Elle ne pouvait être amoureuse de son propre frère.

« Pour expier cet acte contre nature et se venger de moi, elle se mit à sortir tous les soirs pour faire la nouba. Au cours d'une de ces folles nuits parisiennes, elle rencontra un chanteur russe, de vingt ans son aîné, fantasque et alcoolique, dont elle tomba folle amoureuse. J'étais contre cette relation, et évidemment, plus je m'y opposais, plus elle s'intensifiait. Je voyais ma fille sombrer et à chaque fois que je tentais quelque chose j'amplifiais sa volonté de me faire payer mes errements de jeunesse qui sacrifiaient sa vie.

Bérengère avait gagné. Je pensais avoir souffert plus qu'il n'était permis dans une seule existence, j'avais tort. Un petit matin, rentrant d'une de ces javas qui lui donnaient l'allure d'une folle, d'une droguée, d'une putain..., elle m'annonça fièrement qu'elle était tombée enceinte de son Russe, et que celui-ci continuait sa tournée en Europe sans savoir qu'il allait bientôt être père.

« Le scandale fut à la hauteur de ma surprise. On se mit en quête du chanteur, et c'est comme ça qu'on apprit qu'il était mort en jouant à la roulette russe, saoul comme un cochon, sans savoir qu'il avait mis mon adorable petite fille enceinte.

« Les malheurs se déclinent en cascade. La tragédie alla crescendo jusqu'à son paroxysme : Bérengère mourut en accouchant… comme si elle l'avait fait exprès, pour réparer ce qu'elle pensait être sa faute.

« Elle est enterrée, ici, dans le jardin, au calme, face à la mer, et à notre Cob.

« Pour répondre à votre question : oui, Édouard est le fils légèrement débile de ma fille Bérengère, et d'un père russe dont je n'ai jamais pris la peine de me souvenir du nom.

« Édouard, le paludier, est, de ce fait, mon petit fils, et j'en prends grand soin comme toutes les grand-mères qui se soucient du bien-être de leurs petits-enfants, encore plus quand ceux-ci ne sont pas tout à fait comme les autres.

« Gaby Junior, resté sur son île, ne comprit pas pourquoi Bérengère s'était enfuie et refusait de le voir et de lui parler. Un ami bien informé, probablement par mon fils Émile, lui raconta que son amoureuse s'était immédiatement consolée dans les bras d'un vieillard cacochyme. Fou de tristesse, mon fils caché s'engagea sur un bateau et disparut à tout jamais. On n'eut plus de ses nouvelles jusqu'au jour où, presque par hasard, un marin profitant d'une escale au port de Noirmoutier nous apprit qu'il avait disparu dans les profondeurs d'une mer de l'autre bout du monde.

«J'avais perdu un fils et une fille…

«Mon petit-fils, Édouard, devint la seule raison de m'accrocher à la vie.»

Ainsi se concluait l'histoire de Marie-Louise.

Cécile coupa son magnétophone sans trouver la force de prononcer le moindre mot. Sa gorge la serrait et ses yeux la piquaient quand Marie-Louise, qui désirait que son histoire soit rendue publique après sa mort, mais pas avant, lui fit jurer de la retranscrire sur son blog.

À la mémoire de Gaby, son amoureux prolétaire.

Cécile jura.

«Il faut qu'Édouard connaisse ses origines. Ce n'est pas parce qu'il est différent qu'il ne peut pas comprendre, même si c'est bien trop compliqué… et triste», ajouta Marie-Louise en inclinant la tête sous le poids du fardeau qui s'abattit soudain sur elle.

«Madame de Cussy, je…», commença Cécile qui ne lui avait rien demandé sur l'alibi qu'elle avait fourni à son petit-fils pour l'innocenter des accusations de viols et de meurtres. Elle ne s'en était pas senti le courage jusqu'à maintenant.

«Laissez-moi, je suis fatiguée et vous avez ce que vous vouliez», bredouilla la quasi-centenaire à bout de forces.

Cécile n'insista pas.

Les pneus de la chaise roulante émirent une plainte déchirante en effectuant leur demi-tour. Cécile se demanda qui, de la gomme ou de la vieille dame, geignait quand son ombre disparut dans le couloir.

Cécile abandonna Marie-Louise recluse dans son chalet sans avoir eu le temps de la saluer une dernière fois.

Elle enfourcha son vélo et traversa le bois de la Chaise qui, à cette heure, n'était plus peuplé que de pins tristes et d'yeuses mélancoliques, aux troncs tordus, au feuillage noir profond, un bois dans lequel une princesse s'était à tout jamais perdue et faite dévorer par les loups affamés.

– 19 –
Les Braillards de la baie de Bourgneuf

Les deux hommes avaient utilisé la mobylette d'Édouard pour traverser l'île.

En débouchant sur le rond-point qui marquait la bifurcation vers la route du Gois, Michel comprit la mystérieuse signification du terme "cholestérol" dans le langage imagé et crypté des cibistes. Un embouteillage s'était formé et empêchait les voitures de continuer vers le passage découvert, en provoquant un encombrement à l'heure où toute une population entendait profiter du raccourci ouvert par la marée basse.

Une fois qu'ils parvinrent à destination, l'engin leur permit de slalomer entre les badauds qui faisaient la queue en pestant. Michel, inconfortablement assis sur le porte-bagages, avait cru mourir cent fois pendant le trajet. Les bosses creusant la route du marais lui avaient tuméfié les fesses. Il ne sentait plus ses jambes ankylosées par sa position acrobatique, et ses pieds ne tarderaient pas à congeler sous les morsures du vent vif.

La situation empirait à présent que le deux-roues se faufilait entre les pares-chocs et les portières qui s'ouvraient intempestivement. Michel masquait son inquiétude en serrant les dents, tout en espérant ne pas conclure son périple sur un lit d'hôpital.

Coupant la route terrestre du gué maritime, un barrage de police les empêchait d'avancer. Derrière les képis de la maréchaussée, sur l'immensité plane de la baie de Bourgneuf asséchée, la vase fumait, chauffée à blanc par le soleil d'automne. Au loin, des silhouettes courbées, la plupart portant uniforme, avançaient de front, plantant de longs bâtons dans la boue, donnant l'impression d'une colonne de crabes progressant d'un même pas lent.

En dépit de ses véhémentes protestations, Édouard ne réussit pas à aller plus loin. Les gendarmes, qui l'avaient reconnu, l'écoutèrent, en prenant l'air intéressé, mais ne le laissèrent pas pour autant aller de l'avant.

« Vous allez entendre parler de ma grand-mère. »

« Les feux du bout du Pé, ils ont allumé les feux du bout du Pé. »

Michel identifia la si particulière voix de gorge dès la première intonation : La

Grolle était encore là où il fallait être. Il sauta de la mobylette, et laissa Édouard poser son engin contre un figuier émacié par les bourrasques.

Michel se mêla à la foule qui s'était constituée.

La Grolle, drapé de ses éternels habits noirs, haranguait l'assemblée du haut mur de picrre qui protégeait le polder Sébastopol des grandes marées et des tempêtes. Des tamaris plantés sur la digue fixaient la terre de leurs nombreuses racines.

Perché sur son talus, suffisamment incliné pour former un glacis étudié pour résister aux attaques frontales de la mer, l'original, déguisé en chouan, intriguait les badauds qui le détaillaient avec curiosité. Beaucoup le tenaient pour un olibrius qui jacassait tout seul, d'autres l'avaient reconnu, et le nom du sorcier se propageait dans la foule avec la fulgurance d'un bar affamé qui chasse au cœur d'un banc d'éperlans.

« La Grolle, c'est La Grolle », soufflèrent certains.

« Qu'est-ce qu'il fait là ? », s'inquiétèrent d'autres.

Une voix qui monta dans les aigus sermonna l'assistance :

« Taisez-vous, on n'entend pas ce qu'il dit. »

Le silence se fit peu à peu. Michel en profita pour s'approcher. Il avait beau essayer de se raisonner, il était fasciné par ce bonhomme.

« Les Braillards, vous les connaissez, les Braillards ? », tonna La Grolle de son improbable ton de crécelle.

La rumeur reprit. L'orateur la fit taire d'un geste cassant de la main.

« Je ne vous apprendrai rien en vous affirmant que les Braillards sont des gnomes qui vivent sous l'eau. Ils creusent leurs terriers et leurs grottes dans les bancs de sable du côté du goulet de Fromentine. Les pêcheurs s'en méfient comme du scorbut, car ils savent que si la mer tourne mauvaise les nains feignent d'appeler à l'aide pour les apitoyer et les noyer. »

Un murmure s'amplifia, puissant comme une houle d'hiver.

« C'est une légende de l'ancien temps, personne ne croit plus à ces balivernes », lança une voix téméraire.

« Au début, les moteurs des engins et des voitures les ont effrayés, ils ont foutu le camp, c'est pour ça qu'on n'en entendait plus parler », répondit La Grolle qui maîtrisait l'art de moucher les contestataires avec des arguments implacables. « Mais avec le temps, continua-t-il, ils se sont habitués et ils ont réintégré leurs pénates. Maintenant, si leur vient l'envie de nous jouer des tours, ils allument un feu de joie sur le haut-fond. C'est ça qu'on appelle le feu du bout du Pé. Les nigauds et les imprudents le confondent avec un phare.

– Arrête de nous bassiner avec tes âneries. Tu cherches quoi, à nous faire peur ?»

Michel ne comprenait pas où il voulait en venir. Qui étaient ces Braillards qui perçaient des tunnels dans la vase, des nains ? Le sorcier releva les bords affaissés de sa coiffe pour repérer son contradicteur.

«Parce qu'hier, au cœur de la tempête, sais-tu mon ami, quand le vent de noroît arrachait les nids des arbres pour les disperser dans l'azur, une voiture s'est perdue sur le Gois et...» Il reprit son souffle dans un bruit d'aspirateur bouché: «Je suis certain que les Braillards sont derrières ce mauvais coup.

– Comment tu le sais ?»

Perdu, anonyme dans la foule, l'audacieux, n'avait pas dit son dernier mot.

«Je le sais parce qu'ils me l'ont avoué

– Tu les connais ?

– Je les ai fait parler.

– N'importe quoi», fit une voix qui n'était pas encore intervenue.

Michel devina qui venait de s'exprimer, même s'il lui montrait son dos, il identifia Kevin qui s'en allait, escorté d'une bande de jeunes de son âge, dégoûté par ce qu'il venait d'entendre.

Dans l'assistance, les avis étaient partagés.

«C'était donc à cause de ça l'embouteillage, une bagnole qui se fait prendre par le Gois.

– Pas de quoi fouetter un chat, ça arrive plusieurs fois par an.

– Encore un con de touriste qui s'est cru plus malin que les autres. »

Cet ultime commentaire occasionna quelques lazzis, çà et là. Michel, qui les prit pour lui, inclina la tête pour ne pas croiser de rictus condescendants. Quand il la releva, la foule se dispersait sans lui prêter la moindre attention.

Le temps qu'il fasse le tour du mur de protection d'où La Grolle avait tenu son discours, le sorcier avait disparu.

Michel retrouva la route qui menait au Gois à l'instant où un tracteur remontait la pente d'accès rendue aussi glissante qu'un toboggan par la consistante et pâteuse couche de boue. Il sentit une morsure dans l'estomac en reconnaissant l'antique Volvo de Lou qui reposait sur la plate-forme tractée par l'engin. Il profita de l'arrêt de l'attelage, au niveau du barrage de la gendarmerie, pour s'en approcher et jeter un coup d'œil rapide à l'épave. Une couverture d'algues et de vase envahissait la voiture, des crabes verts claudiquaient sur le siège avant où Lou s'était assise. Une laminaire pendait, emmêlée dans les branches du sapin désodorisant fixé au rétroviseur. La marée avait noyé et emporté la majeure partie du bordel qui, autrefois, s'entassait à l'arrière du véhicule. Michel s'inclina sur le pare-brise, espérant déceler des indices, mais son inspection ne releva rien de tangible, la vitre n'avait subi aucun choc. Il continua son exploration sans déceler la moindre trace d'impacts ni de rayures récentes qui seraient visibles sur la carrosserie. Il savait qu'il ne pouvait rien conclure de définitif, sa revue de détail ne pouvant être parfaite. La Volvo avait bourlingué aux quatre coins de la France, sinon du monde, avant d'accomplir son dernier plongeon dans la baie de Bourgneuf, en Vendée. La consistante pellicule de boue qui l'habillait aurait pu masquer n'importe quelle preuve.

Michel se rapprocha du conducteur. L'homme, aussi rougeaud que la peinture de son engin tirait sur un brûle gueule calé contre son menton cagneux.

À chaque fois qu'il inhalait sa dose de goudrons et de nicotine, des cendres incandescentes s'échappaient du fourneau et se consumaient, trouant sa veste de quart, comme les flammèches perdues d'un feu d'artifice.

Cet homme venait de désembourber la voiture de Lou.

« Saloperie de Gois, moi aussi j'ai manqué de me faire avoir », confessa Michel en guise d'introduction.

« Vous avez pourtant pas une tête de touriste », observa le chauffeur en le dévisageant bizarrement.

Michel esquiva la remarque sans savoir s'il

devait la prendre comme un compliment ou non. Il sortit une cigarette de son paquet tout chiffonné par le voyage sur le porte-bagage d'Édouard et quémanda du feu.

Il essaya une question plus précise tandis qu'il plongeait le bout de sa clope dans le fourneau de la pipe.

« Il est passé où, le chauffeur ?

– Mystère et boule de gomme…

– On sait qui c'est ? »

Le type souffla une longue bouffée qui rampa le long des parois de Plexiglas de l'habitacle ouvert du tracteur. Michel attendit en silence. Le conducteur ne tint pas sa langue bien longtemps ; perché sur le siège de son engin, il se courba en murmurant comme s'il livrait un secret de la plus haute importance.

« Les Bleus cherchent une femme… mais y avait personne dans la voiture, ni autour. Pas la moindre trace de la fille… que dalle. Ils ont retourné le Gois comme les touristes quand y pêchent la palourde, un vrai chantier. Ils ont creusé partout, planté des perches, sorti les chiens, mais n'ont rien trouvé… À la montante, si la fille a pas eu le temps de grimper s'abriter sur une balise, elle est partie avec le courant, c'est comme ça que ça se passe d'habitude.

– Ho, l'Étienne, tu le bouges, ton engin ? On a rouvert la route. »

Un gendarme moustachu lui fit signe de

circuler en moulinant des bras au-dessus de son képi.

« Bon, moi ce que j'en dis », hurla le conducteur en faisant patiner l'embrayage de sa machine.

Michel se recula pour ne pas se faire aplatir par les énormes pneus crénelés du tracteur.

Il demeura pensif tandis que l'attelage s'enfonçait vers l'intérieur de l'île.

« Faut circuler, monsieur, le trafic va reprendre. »

Il se retrouva nez à nez avec le gendarme. Voir un uniforme de si près lui fila la chair de poule. Surmontant son malaise, Hurricane se força à le questionner, l'occasion était trop belle :

« On sait qui a disparu ?

– Vous êtes de la famille ? »

Hurricane n'allait pas lui dire qu'il se considérait un peu comme son père, cette filiation ne supportait pas l'à-peu-près.

De retour devant la mobylette, qui attendait toujours, couchée contre le tronc du figuier torturé par les colères de la météo, Michel balaya le décor à la recherche d'Édouard. Aucune trace du paludier. Le colosse s'était évanoui sans le prévenir de son départ.

Michel décida de rentrer à pied. Une balade au grand air lui ferait le plus grand bien. Il savourait sa chance de ne pas avoir à remonter sur l'engin de torture dont le souvenir de l'horrible trajet aller lui mortifiait encore les fesses.

Michel cheminait sur le sentier, entre terre et mer, qui longeait, d'un côté, la baie de Bourgneuf, et de l'autre la Réserve naturelle du Polder de Sébastopol, baptisé ainsi parce qu'il avait été asséché pendant la guerre de Crimée.

Il déboucha au niveau d'une dépression qui formait l'étang du Vide. Tout autour de lui, s'étendait le paradis des oiseaux. Dans une vasière limitrophe, une avocette gambadait à grands pas gracieux quand, tout à coup, elle bascula vers l'avant pour happer un poisson. La nature est un champ de bataille.

Sternes, chevaliers, gambettes tournoyaient autour de Michel qui restait imperméable au spectacle de la faune. Ses préoccupations le rendaient sourd et aveugle au décor extérieur. Il gambergeait, s'oxygénant le cerveau de sa marche rapide. Perpétuant sa burlesque habitude, il parlait tout seul pour se faciliter la réflexion.

Ici, il ne craignait rien. Qui, mis à part les oiseaux migrateurs, aurait pu l'entendre ?

« Si on a retrouvé sa voiture enlisée dans le passage du Gois », gueula-t-il en prenant un goéland à témoin, « c'est que Lou a voulu déguerpir en vitesse. Dans sa fuite, elle a eu un accident comme ça nous est arrivé en débarquant sur l'île. Cette vacherie de Gois est dangereuse de jour comme de nuit, et par mauvais temps c'est encore pire. Pourquoi elle est partie comme ça, sans dire au revoir ? C'est quand même pas à cause de ce qu'elle a fait avec Labrue ? »

Michel mit à profit quelques enjambées rapides.

« Elle ne serait pas partie sans son herbe, ni sans réclamer sa paie à l'horrible Max. »

Michel crapahutait et gueulait dans les bourrasques depuis une bonne heure quand il déboucha sur le port du Bonhomme, qui n'était pas à vraiment parler un port, mais plutôt une cale de mise à l'eau typique avec ses cabanes de pêcheurs bigarrées. L'abri marin, protégé des vents d'ouest, permettait aux ostréiculteurs d'accéder aux nombreux parcs à huîtres installés dans la baie de Bourgneuf et de proposer des crustacés et des coquillages à la vente au détail.

En poursuivant son chemin vers le nord de l'île, Michel fut alerté par les hurlements qui provenaient d'une vaste salorge désaffectée. Intrigué, il fit un détour pour se rapprocher du bâtiment qui servait autrefois à entreposer les stocks de sel dans l'attente d'être expédiés.

Cette fois encore, il reconnut les voix.

Kevin braillait et Édouard suppliait.

Hurricane s'approcha en catimini et, quand il écarta prudemment les lourdes portes de bois de l'ancien abri, il découvrit un bien triste spectacle. Au milieu du hangar, Kevin, aidé de ses sbires, ceux qu'il avait vus en sa compagnie à l'entrée du Gois, tenait Édouard prisonnier. Ils le forçaient à boire au goulot d'une bonbonne de verre ventrue, couverte de rafia, qui ne contenait certainement pas d'eau. Le colosse se tortillait comme une anguille pour se délivrer, mais sa force était insuffisante pour se dégager des nombreux bras qui le tenaient captif.

L'alcool débordait, et coulait à flot, de la bouche du paludier qui suffoquait. Ses tortionnaires arrêtèrent enfin pour lui laisser le temps de respirer.

Kevin menait l'interrogatoire et distribuait les gifles.

« Tu trouves pas ça bizarre que cet épouvantail de La Grolle déboule toujours au bon moment pour donner une explication à la disparition de Lou ? Il te couvre, y a pas de doute là-dessus. Qu'est-ce que tu lui as fait, à la petite ? »

Le géant, hagard, n'était plus en état de comprendre ses questions. Il dodelinait du chef comme un type sur le point de s'évanouir ou de vomir.

« J'ai ai en a marre de ses légendes à la con, poursuivit Kevin, elles ne servent qu'à effrayer les vieux et les débiles de ton espèce. La réalité, c'est que t'as tué Lou. »

Avant même qu'Édouard n'ait la possibilité

de réagir, Kevin lui balança un violent coup de pied en pleine figure qui lui explosa les lèvres. Une giclée de sang lui colora le menton et dégoulina le long de son cou de taureau.

« Parle, espèce de crétin… ou je te tue. »

Hurricane ne soupçonnait pas Kevin capa ble d'une telle violence.

Rien ne venant, sinon des plaintes et des pleurs, le tortionnaire ordonna à ses complices de reprendre leur supplice.

« Non, non, arrêtez, je vais crever, supplia le colosse entravé.

– Trop tard, fallait y penser avant de bousiller la gamine. »

Pour ne rien avaler, Édouard stockait l'eau-de-vie dans ses joues gonflées à bloc. Quand, sur les ordres de Kevin, ils stoppèrent enfin le supplice, il recracha un bon litre de gnôle en suffoquant.

Kevin était obsédé par les aveux du paludier, il ne le lâcherait pas avant qu'il avoue.

« Tu l'as violée, tu l'as tuée, et après tu l'as balancée dans le Gois avec sa bagnole. On va repêcher son corps à la pointe de la Fosse quand il aura dérivé et qu'on pourra rien prouver parce que les crabes l'auront becquetée. T'auras encore gagné parce que ta grand-mère va te sortir de là. Elle va aller raconter une de ses fables à la con aux flics, genre que tu jouais au Scrabble avec elle alors que tu sais à peine lire. »

Hurricane rongeait son frein, se retenant d'intervenir, lui aussi s'impatientait de savoir ce qu'avait fait le paludier. Attentif, il écoutait Kevin et réfléchissait à sa théorie. Édouard n'avait pas compris qu'elle n'était pas amoureuse de lui et, de dépit, il commettait l'irréparable… C'était tout à fait plausible.

Mais qu'est-ce qu'il faisait de La Grolle ?

Kevin ne pouvait pas savoir que Hurricane avait repéré le sorcier qui rôdait autour de la voiture de Lou, ce maudit soir.

Que venait-il fabriquer, là-dedans ? Soit c'était lui qui avait tué Lou ou alors il était venu pour finir le travail d'Édouard… et se chargeait de faire disparaître le corps en abandonnant la voiture sur le Gois. C'était envisageable, puisque à chaque fois, il apparaissait pour sortir le paludier d'affaire. Le premier coup au café, et aujourd'hui en accusant les Braillards d'avoir commis leur forfait.

« Tu t'en sortiras pas cette fois, La Grolle ne viendra pas te sauver, prends ça crevure ! »

Les coups redoublèrent d'intensité. Hurricane voyait les stigmates de plaisir sadique déformer le visage des comparses de Kevin. Ils s'amusaient, tandis qu'Édouard dégueulait.

Le colosse trouva, malgré tout, la force de marmonner :

« Le… le… sabbat de sorcières… la nuit dans la lande… en amazone sur Cochise….

– Délire pas, mec, ça marche pas avec moi. Pourquoi on t'a retrouvé avec des fringues dégueulasses… Tu les as volées à qui ?

– À un épouvantail…

– Te fous pas de ma gueule. On va venger toutes les filles que tu t'es tapées avant de les buter. »

Hurricane reconnut le mouvement caractéristique que Kevin avait déjà accompli dans le bar. Sa main venait de plonger dans la poche arrière de son jean pour sortir son Opinel.

« Non », hurla Édouard, en découvrant la lame du couteau tendue vers lui, c'est pas moi, je te jure. Je l'aime, pourquoi j'aurais fait une saloperie comme ça ?

– Elle t'aimait pas.

– Moi, si… »

« Range ton joujou. »

Les vitres en plastique de la salorge vibrèrent en répercutant la voix tonitruante de Hurricane. Kevin se retourna, menaçant et armé.

Le découvrant solitaire, alors que lui était associé à trois autres gaillards, Kevin se sentit en position de force.

Invincible.

« Toi, avec ta tronche de romano, tu vas retourner fissa dans ton camion pourri, direction le continent. Allez, dégage ! »

Hurricane devait trouver une arme pour se défendre… ou attaquer.

Vite.

Il jeta un coup d'œil circulaire à la recherche d'un instrument de circonstance. Un poteau de clôture abandonné, en équilibre contre une brande miteuse, devrait faire l'affaire. Il se précipita, l'attrapa et le prit en main, l'extrémité pointue du pieu tendu vers l'avant, capable de transpercer un homme.

Hurricane fit exprès d'ignorer Kevin et s'adressa aux énergumènes qui retenaient le saunier prisonnier.

« Lâchez-le, et dégagez avant que je me souvienne de vos visages, et que je raconte vos sinistres exploits à vos femmes et à vos enfants. »

Les types ne bougèrent pas un cil. Ils cherchaient leur chef du regard. Que devaient-ils faire ?

Kevin se retourna pour leur donner ses ordres :

« Chopez-le ! »

C'est ce qu'espérait Hurricane, qui profita qu'il lui offrait son dos pour lui écraser le poteau sur les épaules. Les poumons de Kevin se vidèrent d'un coup. Conséquence du choc, et de la douleur, le gaillard laissa tomber son arme. Hurricane la ramassa, la plia et la rangea dans sa veste.

Il contourna Kevin qui récupérait les genoux enfoncés dans la terre battue. Il n'eut pas besoin de frapper encore, les gardiens d'Édouard l'avaient lâché et s'enfuyaient par la porte opposée du bâtiment.

Une bande de poltrons.

Hurricane s'approcha du paludier qui le salua en bavant des bulles de sang.

« Si tu veux que je t'aide, va falloir me raconter ce qu'il s'est réellement passé.

– J'ai rien à voir là-dedans, cracha Édouard dans un bouillon répugnant. T'as pas un gorgeon de blanc ? »

Il le provoquait dans un gargouillis sinistre.

Une dévorante envie de le frapper submergea Hurricane qui se retint de justesse devant la tête tuméfiée du pauvre bougre qui en avait suffisamment encaissé pour aujourd'hui.

Cogner n'avait jamais servi à rien.

Il le savait trop bien, et pourtant, dans certaines circonstances, l'envie lui revenait de distribuer des coups pour faciliter la confidence.

« Merde, si tu veux que je t'aide, faut me dire si tu as fait du mal à Lou ? »

Édouard ne moufta pas, il venait de s'évanouir, et les claques qu'il lui administra pour le ramener à lui ne changèrent que la coloration de ses joues.

Il avait oublié Kevin.

Il se retourna.

Trop tard, la salorge était vide.

Le garçon en avait profité pour foutre le camp.

Foncer.

Hurricane n'allait pas le laisser se débiner une nouvelle fois. Il sprinta vers la sortie du hangar. Débouchant à l'extérieur du bâtiment, le soleil, qui jouait à cache-cache avec un immense nuage, l'éblouit.

En plissant les yeux, il distingua la silhouette de Kevin qui s'enfuyait.

Hurricane ne courut pas bien longtemps.

Terrassé, il se pliait en deux pour atténuer la douleur provoquée par sa pointe de côté qui se réveillait au plus mauvais moment.

– 20 –
Le gigolo de Cécile

Quand Cécile arriva sur l'aire de stationnement jouxtant le port du Morin, l'impressionnant camping-car des Anglais avait laissé ses places – car il en occupait deux – à un « Capucine Burstner Levanto » de taille nettement plus raisonnable. Elle n'aimait pas ce type de véhicule. L'appellation "Capucine" signifiait que la zone de couchage se situait directement au-dessus de la cabine de conduite. Grimper un mur d'escalade avant d'aller se coucher n'était pas la meilleure formule pour profiter d'un sommeil réparateur. Cécile préférait l'aménagement du Ford Transit que lui avait concocté Michel. Le coin séjour se transformait en un rien de temps. Cette modification impliquait de refaire le lit chaque soir pour bénéficier d'une « chambre à coucher » de plain-pied, c'était un inconvénient, mais moins contrariant que de se lancer dans des acrobaties nocturnes.

Cécile gara son vélo sans qu'aucun mouvement ne se fasse sentir à l'intérieur du véhicule des nouveaux arrivants probablement partis en balade. Elle contempla l'emplacement autrefois occupé par la Volvo de Lou. La voiture de la serveuse, prise au piège du Gois, lui rappelait leur propre arrivée mouvementée sur l'île. Avec le recul, elle prenait conscience de leur chance. Ils l'avaient échappé belle face à la marée montante qui inondait le passage immergé. Cécile ne savait plus quoi penser : devait-elle croire Michel et son invraisemblable histoire de sorcier déboulant sur sa barque pour les sauver ?

Cécile n'avait pas perdu de temps en traversant le marais. L'aide au pédalage de son vélo poussé au maximum, elle s'était laissé griser par la vitesse, somme toute raisonnable, développée par son assistance électrique. La tête bombardée par les multiples questions qu'elle n'avait pas osé poser à la vieille châtelaine, elle n'était plus suffisamment attentive à la route sinueuse.

Une fois ou deux, elle s'était fait peur en rasant l'étier qui courait en parallèle tout le long du trajet. Elle avait renoncé à prendre la piste cyclable, craignant de déraper et de s'étaler sur le revêtement sableux qui la recouvrait. Elle préférait profiter du semblant de sécurité que lui assurait le bitume.

Elle bouillait, impatiente de retrouver son matériel informatique. Elle se félicitait d'avoir négocié l'accès au code wi-fi de l'école de voile, installée à proximité du campement, pour profiter d'un débit de qualité qui lui permettait de surfer sans que son ordinateur ne rame.

L'épilogue concluant le récit de Marie-Louise sonnait faux, trop alambiqué, et trop évident à la fois. Bérengère, qui faisait la java pour se venger, qui tombait enceinte, sa mort en accouchant, tandis que Gaby junior disparaissait en mer.

En même temps, elle comprenait que Marie-Louise de Cussy, bouleversée par son récit, et ressuscitant les instants les plus douloureux de son existence, ne veuille pas s'attarder sur ces événements épouvantables.

Mais Marie-Louise avait oublié Émile.

Une mère n'oublie pas son fils, même si son comportement scélérat aurait pu le justifier.

Qu'était devenu celui qui avait provoqué la mort de sa propre sœur ?

Quel destin l'avenir avait-il réservé à ce délateur ?

Grâce à sa connexion Internet, il lui fut facile de démasquer la vérité sur le fils de Cussy. Il lui avait suffi de taper son nom, et de cliquer sur les bons liens, pour dénicher un entrefilet relatant sa disparition, elle aussi tragique.

Émile était mort, assassiné par un cambrioleur qu'il avait surpris dévalisant la demeure familiale de l'ouest parisien. Les dates de ce tragique faits divers anticipaient de huit mois la naissance d'Édouard et la mort de Bérengère. Une sacrée coïncidence.

«J'avais perdu un fils et une fille», venait de lui déclarer Marie-Louise de Cussy.

La vieille dame avait mal compté.

Comment avait-elle pu oublier la mort de son deuxième garçon ?

Cécile, qui lui avait juré de mettre en ligne son histoire pour rétablir la vérité, n'avait aucune intention de colporter des mensonges et désirait s'en tenir à la stricte véracité. Le crédit du blog «Les Chemins de traverse» était à ce prix.

Pour Cécile, il s'agissait, ni plus ni moins, de morale et de rigueur intellectuelle.

Encouragée par le rapide succès de ses recherches, l'ancienne documentaliste prolongea ses investigations autour de la mort de Bérengère et de son chanteur d'opéra. À part l'avis, qui lui confirma le décès de la jeune femme en couche, et un compte rendu elliptique de la cérémonie, elle fit chou blanc.

Aucun élément tangible évoquant la tournée d'une compagnie soviétique ne correspondait aux dates des événements ; nulle trace de mort accidentelle d'un quelconque chanteur par roulette russe, non plus.

Le manque d'information n'imposait pas qu'il ne se soit rien passé. Cécile savait que ses travaux ne constituaient, en aucun cas, une enquête exhaustive.

Elle allait reprendre ses explorations avec une minutie redoublée, quand son téléphone portable se mit à sonner au fond de son sac. Le temps qu'elle retourne son bric-à-brac, son interlocuteur avait raccroché sans laisser de message.

Le combiné entre les mains, Cécile se rappela qu'elle n'avait pas écouté le précédent appel enregistré. L'occasion se présentait d'en prendre connaissance.

Michel absent, elle se trouvait seule dans le fourgon, tranquille, personne pour la déranger, personne pour écouter.

Les battements de son cœur s'accélérèrent. Cécile ne contrôlait plus ses émotions, elle avait repoussé cet instant depuis tellement longtemps qu'attendre davantage aurait été ridicule. Elle se doutait de ce que le message contenait, et n'avait aucune envie de l'entendre, mais, si elle se trompait, si c'était une urgence? Aussi, ça ne lui coûtait pas grand-chose de vérifier.

Elle enfonça la touche adéquate pour consulter sa messagerie et reconnut instantanément l'intonation caractéristique de sa fille Sandra. L'énergie qu'elle déployait pour s'exprimer calmement trahissait sa volonté de ne pas se fâcher avec sa mère.

« Maman, j'espère que tu écoutes tes messages à défaut de répondre au téléphone… Personne ne sait où tu es, ni comment tu te portes… C'est ton choix de ne pas nous donner de nouvelles, un choix discutable… que je trouve stupide et malhonnête… »

Le pouce de Cécile caressait le bouton décoré d'un minuscule combiné rouge qui signifiait : raccrocher. Elle se contenait pour ne pas l'écraser. Elle avait passé l'âge de se faire houspiller. L'interminable explication, qu'elle avait partagée avec sa fille avant son départ, n'avait donc servi à rien. Elle poursuivait son harcèlement téléphonique.

Aurait-elle dû jeter ce foutu appareil à la mer pour enfin être tranquille ?

« Mais c'est ton choix, poursuivait sa fille.

– Et il est irrémédiable », conclut Cécile en appuyant fermement sur la touche pour effacer le sermon.

« Elle me lâchera jamais. »

Elle n'eut pas le temps de reposer son téléphone, qu'il se remit à sonner immédiatement.

Par réflexe, elle décrocha sans réfléchir à son geste.

« Merde. »

Elle prit conscience tardivement de ce qu'elle venait d'accomplir. Trop tard pour revenir en arrière, à moins de lui raccrocher au nez, ce qu'elle n'osa pas faire.

Il allait falloir qu'elles se parlent.

« Merde, c'est un bon début », répéta sa fille qui l'avait entendue jurer, « c'est toujours mieux que de se faire renvoyer sur la messagerie automatique, mais bon… c'est pas l'accueil espéré. Faut pas que je me plaigne, je t'ai en direct, ça tient du miracle.

– Sandra si tu me téléphones pour ressasser l'éternel même couplet, ne t'étonnes pas, si je ne décroche pas. »

Sa fille s'accorda un moment pour réfléchir, puis continua avec une douceur inattendue.

« Maman, faut que tu rentres… »

C'était reparti pour un tour… Quand allait-elle la laisser tranquille ? Cécile préféra faire le mort plutôt que d'envenimer les choses.

« T'es où ? J'entends un drôle de bruit derrière, ça résonne. »

Cécile ne bougeait plus, respiration bloquée comme si elle avait voulu que Sandra la croit partie. « Qu'est-ce que tu fais de tes journées ? Tu es encore avec lui ? Qu'est-ce que tu peux bien trouver à un loustic pareil ? »

Cécile ne supportait pas qu'elle évoque Michel.

« Ce ne sont pas tes oignons.

– Je te signale que je suis ta fille.

– Et moi ta mère, je suis assez grande pour savoir ce que j'ai à faire.

– Des fois on peut se le demander, tu agis comme une gamine…

– Écoute, j'ai pris la peine et le temps de t'expliquer pourquoi j'avais pris cette décision, pourquoi j'avais…

– On ne fait pas ça à ton âge. »

Sandra venait de crier, et le hurlement de la fille sifflait dans les oreilles de la mère. Cécile n'avait pas l'intention de se laisser entraîner dans la litanie des reproches. Elle espérait ne pas avoir à se fâcher, pas encore…

« Je t'accorde que j'aurais dû prendre cette décision bien plus tôt, mais il n'est jamais trop tard pour bien faire. »

De son côté, Sandra semblait, elle aussi, avoir pris de bonnes résolutions. Elle se contenta de répliquer, de la voix la plus apaisée possible :

« Après tout ce temps… partir avec le réparateur télé… c'est vraiment n'importe quoi.

– C'est son métier qui te gêne ?

– Si encore il en avait un ? Il vend ses services pour… pour… » Il fallait qu'elle le dise, même si elle devait définitivement la choquer… « … pour survivre. C'est un pauvre gars, tu le sais pertinemment. Il vit à tes crochets.

– Il se bat pour s'en sortir, c'est pas le genre d'homme qui baisse les bras et qui demande l'aumône. La vie n'a pas été tendre avec lui. Qu'est-ce qui te gêne, qu'il soit pauvre ? T'as peur qu'il dépense ton héritage ?

– Maman, ne soit pas ridicule…

– Parfois je me demande, c'est tout.

– L'argent n'a rien à voir là-dedans… Je ne sais pas, je ne devrais pas avoir à te dire ça, mais l'éducation, les études… Vous n'êtes pas du même milieu, vous n'avez pas les mêmes centres d'intérêt. Qu'est-ce que vous pouvez bien vous raconter ?

– Nos sujets de conversations ne te regardent pas.

– Le bonheur de ma mère, c'est important pour moi… Je ne voudrais pas que tu te fasses embobiner comme une gamine qui se laisse séduire par un gigolo. »

L'intonation de Sandra s'était modifiée. Cécile, qui la connaissait comme une maman connaît son enfant, savait qu'elle ne mentait pas, qu'elle voulait son bonheur, mais, comme beaucoup trop d'êtres humains, elle n'arrivait pas à l'exprimer avec simplicité.

« Rassure-toi, je n'ai jamais été aussi heureuse… avec mon gigolo, comme tu dis. »

Sandra ne releva pas.

« T'as pas froid au moins dans sa roulotte ? », s'inquiéta-t-elle avec sincérité. « Y a un chauffage, tu manges bien ?

– Ce n'est pas une roulotte, mais un camping-car.

– Faut faire attention de pas foutre le feu, les flammes se propagent à la vitesse de l'éclair dans une camionnette bricolée…

– Un fourgon aménagé avec amour…

– Avec amour, dis pas n'importe quoi.

– Sandra, ne m'oblige pas à raccrocher… Je n'ai pas envie de me disputer avec toi.

– Maman, il faut que tu reviennes… »

Cette fois, Cécile discerna un autre sentiment, gagner le ton de sa fille. La détresse et le désespoir pointaient dans ses dernières paroles.

Elle contint son envie de l'envoyer paître.

Sandra prit son temps avant de lui annon cer :

« Papa est malade. »

Pas ça.

Cécile s'efforça de garder calme et mesure. Le chantage, elle aurait dû s'en douter. L'ultime argument quand on n'en a plus.

« Comment tu peux user de prétextes pareils, c'est pas digne de toi.

– Maman…

– Tu mens pour me faire culpabiliser. C'est ton père qui t'envoie en service commandé pour me faire revenir ?

– Maman. »

Furieuse, balayée par une vague de colère dévastatrice, Cécile venait de couper la communication.

À l'extérieur du Ford, la luminosité faiblissait. Le soleil déclinait et s'apprêtait à fondre dans l'océan Atlantique apaisé. Une couche de nuages de brume flottait sur la ligne d'horizon et brodait de fines arabesques dans le lointain.

La vitre du camping-car lui renvoya l'image d'un visage accablé et usé par la douleur. Qu'était devenue la femme élégante, la cinquantaine séduisante, les cheveux épais ramassés sur la nuque et noués dans un chignon, le maquillage discret mais efficace ? Cécile tenta un sourire, mais la paroi de verre lui retourna son reflet dégorgeant de tristesse. Elle devina une larme discrète qui, naissant au coin de ses paupières, réfléchissait un rayon de lumière. Elle l'effaça d'un geste lent et observa, noyée dans la vitre, une maman que sa fille ne comprenait plus, une mère de famille qui avait abandonné les siens, et qu'elle-même, dix ans en arrière, n'aurait pas reconnue.

Par un après-midi pluvieux, Cécile avait décidé de faire table rase de sa vie passée et de vivre passionnément avant qu'il ne soit trop tard. Elle avait trahi l'homme qu'elle aimait une première fois et ne voulait pas le regretter toute sa vie en laissant échapper sa seconde chance.

C'était il y a six mois.

Cécile s'ennuyait. Elle venait de fêter

son départ du collège-lycée avec ses collègues et avait décidé de consacrer sa retraite aux voyages qu'elle n'avait pas pu envisager à cause des enfants, de la routine et du quotidien. Elle avait consacré l'année écoulée à mettre en place un blog qui bientôt deviendrait le site « Les Chemins de traverse ». Son objectif était de noter ses impressions sur les circuits effectués, il n'était pas encore question de camping-car… Avec son mari, ils rêvaient d'aventures et de balades depuis si longtemps. Par le passé, ils avaient toujours trouvé une bonne excuse pour ne pas les faire, mais, cette fois, ils allaient parcourir le monde.

Sauf que…

Marc ne joua pas le jeu et refusa de passer à l'acte. Cécile l'avait vite compris, à chaque proposition il trouvait une bonne raison pour annuler leur projet. Au terme de la troisième tentative, elle sut qu'il ne partirait jamais. Furieuse, ils s'étaient violemment disputés. Ils se faisaient la tête depuis plusieurs semaines quand leur fille Sandra avait essayé de rétablir le lien sans succès.

Marc s'enfermait dans son bureau au moindre prétexte, comme mettre de l'ordre dans ses papiers, et n'en ressortait qu'à la nuit tombée ou au moment de passer à table. Cécile avait lu sur Internet que le taux de divorce explosait quand les couples se retrouvaient à la retraite. Les femmes et maris au foyer, en tête à tête, n'arrivaient plus à se supporter. Leur couple allait bientôt conforter les statistiques.

C'est dans cet état d'esprit qu'elle le retrouva.

Marc n'avait jamais été bricoleur. Cécile pensait que le temps libre lui permettrait de s'y mettre, mais non, à la retraite ce fut pire.

Un après-midi, en allant faire les courses au supermarché, elle s'était arrêtée devant le panneau où les clients affichent leurs petites annonces. Six mois plus tôt, c'était grâce à un de ces bouts de papier qu'elle avait rencontré un étudiant en informatique qui cherchait à financer ses études. Le geek lui avait enseigné comment mettre en place son blog, puis son site, et c'est en bénéficiant des connaissances qu'il avait partagées avec elle que Cécile était devenue imbattable sur Internet.

Ce jour-là, son attention fut attirée par une feuille photocopiée qui affichait le titre aguicheur de « Mari à louer » au-dessus d'un dessin de camping-car. Un homme vendait ses services pour tous travaux de bricolage – la perceuse et le marteau stylisés d'un trait maladroit ne permettaient pas d'équivoque. Dans son pavillon, l'évier était bouché, la chasse d'eau fuyait, et elle attendait toujours le plombier qui avait promis de passer depuis des mois. Si ce « Mari à louer » s'avérait débrouillard, elle lui demanderait aussi de réparer la porte qui fermait mal et de jeter un œil sur la télévision… toutes ces petites choses sans réelle importance, qui vous mènent la vie dure.

Rendez-vous pris, elle l'attendait.

À l'heure convenue, elle entendit un véhicule s'arrêter sur le parking gravillonné de son lotissement. Elle dégagea le rideau et vit un camping-car bariolé se garer devant son pavillon. Un tag recouvrait le flanc de la camionnette. Le nom peint en lettres multicolores lui rappela sa jeunesse.

Elle ouvrit, et le reconnut instantanément.

« Hurricane », souffla-t-elle, alors qu'elle s'était toujours refusée à l'appeler ainsi, trouvant ce surnom parfaitement ridicule.

Lui se contenta d'un : « C'est toi ? »

Il avait vieilli, elle aussi. Ses longs cheveux clairsemés pointaient sous un chapeau sale et cabossé. L'anneau qu'elle trouvait vulgaire et qu'elle n'avait jamais aimé pendait toujours à son oreille.

Une semaine plus tard, Cécile quittait son mari et embarquait dans le FordTransit de son amour de jeunesse qu'elle venait de retrouver grâce à une petite annonce de supermarché.

Elle se souvenait encore du bruit que la porte d'entrée du domicile conjugal fit en grinçant quand elle la referma sur sa vie de femme parfaite.

Six mois plus tard, Cécile ne regrettait rien.

Quand elle le vit approcher par la fenêtre du Ford et discuter avec leurs nouveaux voisins, elle se précipita dans la minuscule salle de bains pour se passer le visage sous l'eau et effacer les traces de son affliction. Face à celui qui arrivait, elle voulait montrer la Cécile forte, décidée et convaincue, qu'il aimait.

Elle sortit de la camionnette avant qu'il n'y rentre, et l'entraîna se promener sur le bord de mer pour profiter du coucher de soleil qui s'annonçait majestueux. En plein air, éclairée à contre-jour par la lumière rasante, Michel ne discernerait pas les contours rougis de ses yeux.

Ils marchèrent sans un mot ; le crissement du sable, sous leurs pas, masquait le souffle tranquille de leur respiration. Des mouches vrombissantes s'élançaient devant eux, dérangées dans leurs festins d'algues. Une brise fraîche souleva une mèche de cheveux et dégagea les tempes de Michel. Elle aurait voulu lui saisir la main, et lui dire qu'il était ce qui comptait le plus pour elle. Elle choisit de s'arrêter, de plonger les doigts dans son sac.

Au grand étonnement de son compagnon, elle lança son téléphone portable vers le large, aussi loin que possible, pour que les vagues ne le ramènent pas dans leurs rouleaux.

« Tu vois, quelquefois, j'écoute ce que tu me dis, ce maudit bidule ne sert qu'à colporter les mauvaises nouvelles. »

Michel se contenta de faire ce qu'elle n'avait pas fait l'instant auparavant, lui prendre la main et poursuivre leur promenade.

Un immense sourire illumina le visage radieux de Cécile au moment ou l'astre de feu se noyait dans les flots.

Elle se sentait heureuse, simplement heu reuse.

Plus tard, ils eurent froid, l'humidité engourdissait les extrémités. Ils rentrèrent à l'abri du camping-car et dînèrent d'un reste de poisson agrémenté d'une mayonnaise maison.

Maintenant, il dormait, la tête lourdement enfouie au creux de ses seins, les jambes enroulées autour des siennes, la main posée sur son ventre.

Sereine, elle copia le rythme régulier de sa respiration jusqu'à ne faire plus qu'un, son pouls ralentit, et elle finit par s'endormir.

– 21 –
Le jugement du loup garou

Michel avait vu la chienne apparaître, surgissant de nulle part, une ombre aux contours flous gommés par les nappes de brume qui s'engluaient encore sur le marais. Le brouillard matinal dissipé, elle s'était montrée, puis approchée suffisamment, pour qu'on cesse de la confondre avec une brebis ou un loup. Entrée dans l'enclos de Cochise, elle l'avait coursé en jappant pour faire plus ample connaissance. Les deux bêtes se comprenaient, le cheval hennissait en agitant sa crinière, elle lui répondait en aboyant, les pattes tendues, enfoncées dans la terre spongieuse. Ils se parlaient et s'amusaient, et quand, hors d'haleine, la chienne tentait de reprendre son souffle, écroulée dans l'herbe détrempée, le cheval la poussait de sa lourde tête pour l'inciter à reprendre leur course folle.

Une bâtarde pelée, haute sur pattes, la robe sombre parsemée de minuscules taches claires disséminées sur le flanc, les oreilles tombantes, la queue cassée comme si elle avait été broyée entre deux portes rabattues avec violence. La clébarde boiteuse, qui tirait la patte et se déplaçait de travers, avait dépensé quantité d'énergie pour amadouer Cochise. Quand elle se fut enfin lassée de gambader et de tourner en rond dans l'enclos du cheval, elle plongea dans l'étier puis escalada le fossé, qui délimitait la saline du paludier, pour s'ébrouer sur ses bottes en caoutchouc et l'asperger d'eau saumâtre.

« Tu peux pas faire ça plus loin », gueula Édouard, dégoulinant d'une sauce jaunâtre qui le constellait de la tête au pied.

La chienne glapit nonchalamment, puis vint se frotter contre sa jambe en jappant.

Ils se plurent immédiatement.

Un coup de foudre auquel Michel avait assisté avec curiosité. Le colosse à moitié débile et la chienne claudicante ne se séparaient plus. Les deux s'entendaient comme larrons en foire. Il les voyait dévaler les dunes et faire la course sur la plage comme des gamins insouciants profitant de leurs vacances sur le littoral.

Édouard l'appelait tendrement « Ma Lou adorée », en lui grattant le ventre avec bienveillance. Michel, qui les côtoyait, s'interrogeait sur la santé mentale de son « patron ». En même temps, il était indéniable qu'il se portait mieux depuis que cet animal avait déboulé dans sa vie.

Michel n'avait plus rien à faire sur le marais ; ce qui pouvait être réparé, rangé, nettoyé, l'avait été. Il ne restait plus qu'à guetter le soleil printanier pour entamer un nouveau cycle de production guidé par l'enchaînement des saisons.

Il décida de rejoindre le bar, et c'est là que, accoudé au comptoir, il avait rapporté l'étrange comportement du paludier et de la chienne devant un homme de haute taille, voûté devant son verre de blanc. Le consommateur, le visage décharné et les yeux si profondément enfoncés dans les orbites qu'on aurait pu le croire aveugle, l'écouta avec attention puis lui affirma posément :

« Cette chienne, c'est la serveuse qui s'est transformée en loup-garou.

– Qu'est-ce que vous racontez ?» fit Michel médusé.

– Le plus souvent, ils se changent en loup, mais ils peuvent se réincarner en n'importe quoi d'autre, du moment qu'ils fréquentent les humains. Une chienne, c'est courant.

Michel dodelina du chef, dubitatif.

« Pourquoi ils se changent en bête ? », demanda Max qui faisait le service, son éternel torchon douteux noué autour de sa bedaine replète.

«Ils se réveillent dans cet état parce qu'ils ont été les témoins d'un crime et qu'ils n'ont rien dit», proclama l'orateur en faisant gronder son timbre rocailleux.

Michel, qui avait lancé la conversation, s'amusa de la différence de stature entre le cafetier ventru et le client chétif. Une lippe soucieuse déforma le visage de l'aubergiste qui fit demi-tour, perplexe, en se grattant le menton hérissé d'une barbe de trois jours.

Michel réfléchit à ce qu'il venait d'entendre. Si on portait crédit aux affirmations de l'individu au corps d'asperge : Lou était vivante mais transformée en loup garou. Changement difficile à admettre pour un esprit cartésien, mais, si son agresseur croyait à sa réincarnation en chienne, il aurait peur de l'animal. Il conclut qu'avec un peu de chance, son comportement le trahirait. Si Lou avait été agressée, son assaillant serait effrayé de la sentence de la chienne. Tôt ou tard, Édouard allait venir écluser sa ration de verres de blanc… et il serait accompagné de la bâtarde.

Michel décida d'attendre leur visite en provoquant les habitués du bar avec cette légende de loup-garou. C'était le moment ou jamais. Il poussa son tabouret et cria, à la cantonade.

«J'y crois pas à vos histoires à dormir debout. Les loups-garous n'existent pas.»

Un client replia son journal, et le posa brusquement sur le comptoir, au milieu des tasses de café vides et des verres de blanc entamés.

« C'est ce que tu penses parce que tu n'es pas d'ici. Moi, à la veillée, quand j'étais encore un gosse, ma grand-mère me racontait l'histoire d'un marin de la Guérinière qui avait été le témoin d'un vol. »

Michel commanda un autre demi qu'il emporta avec lui. Il se cala confortablement à sa place habituelle, au fond du bar, près du poêle à bois qui ronronnait et diffusait une douce chaleur. Il lui avait été facile de les lancer sur le sujet. Il ne lui restait plus qu'à les observer.

Derrière le comptoir, Michel remarqua Max qui s'était arrêté d'essuyer les verres et qui écoutait attentivement. Le cafetier, qui n'avait pas cru à la légende de l'herbe de la détourne narrée par La Grolle, s'intéressait diablement à celle des loups garous.

Le client continuait son histoire :

« Le matelot ne l'a pas dénoncé parce que le voleur était bien plus balèze que lui. Notre gars avait les trouilles que le brigand s'en prenne à sa femme. Le pauvre n'a même pas eu le temps de rentrer chez lui, qu'il se retrouvait changé en chien teigneux. Sa femme le pleura sans jamais croire à sa mort, car on n'avait pas retrouvé la trace du corps. Toutes les nuits, le gars transformé en chien venait rôder près de son ancienne maison. Au début, elle lui balançait des cailloux, mais au bout d'une semaine il avait gagné et pouvait passer ses journées, nourri, logé, couché, aux pieds de son épouse. Quand un voisin approchait trop près d'elle, l'animal montrait les crocs. »

Kevin entra dans le café sans repérer Michel qui était impatient de voir sa réaction. Le jeune homme s'installa et attendit son habituel verre de blanc.

« Dès que sa femme prononçait son nom, le chien s'énervait, courait dans tous les sens et aboyait comme si les cloches s'étaient mises à sonner le tocsin.

« Un jour, le mari revient au bercail comme s'il était parti la veille relever ses filets. Il va pour l'embrasser, et v'là t'y pas qu'elle lui fait des misères. Elle est pas d'accord, elle veut savoir s'il est pas parti avec une autre, une sirène ou une sorcière, qu'il aurait croisée dans le marigot. Et lui, de raconter qu'il a été changé en loup-garou parce qu'il n'avait pas dénoncé un voleur. Comme elle pense que c'est un menteur, il lui raconte tout ce qu'il a vu quand il était encore dans sa peau de chien. Elle a bien été obligée de le croire et de le reprendre chez elle.

– Tu parles, ton gars il a fait ça pour fuir avec une drôlesse bien plus commode qu'a fini par se lasser de lui. Elle l'a foutu dehors quand elle en a eu marre… », dit Max en remplissant le verre de Kevin qui écoutait avec attention.

« Puisque je te dis qu'il lui a raconté tout ce qui s'était passé chez lui pendant son absence. Il savait même les secrets que sa femme lui avait glissés dans le creux de l'oreille quand il était encore clébard et que personne d'autre pouvait entendre parce qu'ils étaient seuls dans la chambre. Cette chienne qui fait des mamours à Édouard, c'est ta serveuse qu'est revenue transformée, faut pas être plus futé que ça pour s'en rendre compte. »

Kevin intervint violemment.

« Dis pas n'importe quoi, Lou transformée en chienne, faudrait arrêter de picoler, ça vous détruit les neurones.

– Elle est devenue loup-garou pour faire attraper son assassin. À voir comment ils se font des cajoleries avec l'Édouard, c'est pas compliqué à comprendre » Le conteur avala son verre d'un trait. « C'est pas le paludier qui lui a fait des misères, à la gamine.

– Si c'est pas lui, qui c'est alors ? s'écria une voix du fond de la salle.

– Suffit d'attendre. La chienne nous le dira quand elle le décidera. »

L'affirmation fit son petit effet.

Michel dégustait sa bière à petites gorgées. Il ne lui restait plus qu'à attendre que le paludier et sa chienne fassent leur entrée.

Au café, l'affaire fit causer. Les discussions s'enflammèrent, opposant ceux qui croyaient à cette histoire et les autres, les sceptiques. L'établissement se remplissait peu à peu et, fait remarquable, ne se vidait pas. Les habitués et les occasionnels, ceux qui passaient de temps à autre pour boire un coup, savaient qu'Édouard allait débouler d'un moment à l'autre. Le paludier ne tenait jamais longtemps sans montrer sa trogne en manque de sa ration de vin blanc.

L'alcool coulait à flots. Michel pensait que Max s'en serait réjoui, mais le cafetier tirait une tête d'enterrement car cette foule assoiffée le submergeait de travail. Kevin semblait perdu dans ses réflexions. Il n'avait toujours pas repéré Michel, masqué par la foule des grands jours agglutinée autour du zinc.

Hurricane aurait donné cher pour être dans sa tête et savoir ce qu'il ruminait.

Ils étaient tous là, à tourner en rond et boire.

Max, qui en avait assez de slalomer au milieu des tables, finit par décréter que « dorénavant le service se ferait au bar ».

D'un coup, il n'y eut plus un bruit. Édouard venait d'apparaître accompagné de la chienne qui gambadait dans ses jambes.

L'attention convergea sur la bâtarde qui

venait d'entrer en remuant sa queue brisée. Le colosse s'accouda au bar. Il saisit le verre de vin que Max lui servit sans qu'il ne réclame rien – la force tranquille des habitudes.

Aussitôt arrivé, l'animal baissa la truffe et renifla le carrelage mal lavé, maculé de traces de boue et parsemé d'épais moutons de poussière.

Elle zigzagua entre les clients et passa en revue les chaussures et les bas de pantalons dans un silence glacial.

Ceux qui y croyaient, attendaient que Lou, enfermée dans cette enveloppe animale, désigne son agresseur. Les autres se concentraient, attentifs à ne rien rater du spectacle.

La chienne ne se pressait pas, elle décrivait des cercles autour des consommateurs circonspects. Prenant son temps, elle respirait bruyamment, le museau en avant, frémissant et humide.

Quand elle s'éloignait d'un suspect possible, le soulagement se lisait sur le visage détendu du disculpé qui venait de passer l'épreuve avec succès.

Le camp des innocents s'épaississait au fur et à mesure de la progression de la bâtarde. L'angoisse de ceux qui devaient encore passer l'épreuve se lisait sur leur mine déconfite.

Le verdict approchait.

Les chaussures de Michel venaient de subir

avec succès l'arbitrage de la truffe canine quand les grognements de l'animal se firent entendre.

La chienne venait de se mettre en position d'arrêt devant Kevin. Attentive, immobile, elle se tenait, stable sur ses membres. Sa queue cassée tentait de se dresser parallèle au sol. Ses oreilles droites s'orientaient légèrement vers l'accusé qui n'en menait pas large. Elle essaya de se faire plus grande qu'elle n'était en tendant au maximum ses muscles, et se mit à aboyer furieusement.

« Retiens ta bâtarde ou je lui balance un coup de pied dans la gueule », se révolta Kevin qui n'en menait pas large.

Les poils se dressèrent, découpant une crête le long de son échine. La gueule grande ouverte, babines retroussées, découvrant ses canines acérées, elle grogna vers celui qu'elle avait désigné comme le coupable de son meurtre.

Max, planqué derrière son comptoir, cria ce que tous avaient déjà compris mais n'osaient dire.

« C'est lui, le loup-garou nous le montre. C'est cet enfoiré. »

Kevin anticipa la réaction de l'assemblée prompte à lui faire un sort. Il accusa Édouard du doigt.

« Arrêtez vos conneries, c'est ce salaud qui

l'a dressée contre moi. Il peut pas me saquer, vous le savez tous. Parce que c'était moi que Lou aimait, pas lui, et ça, il veut pas l'accepter. C'est pour ça qu'il a massacré la petite. La pauvre gamine qui m'adorait plus que tout.

– Qu'est-ce que t'en sais qu'elle a été tuée ? Pour l'instant on l'a pas retrouvé ?

– Parce que tu crois qu'elle est encore vivante ? Elle… » Kevin ne savait plus quoi rajouter. « C'est pas moi, ça je le sais . »

Conscient que la situation tournait largement en sa défaveur, il s'était levé de son tabouret. Il devenait urgent qu'il organise sa retraite.

« Vous n'allez pas croire ces légendes à la con, merde ! »

Michel avait compris son manège. Kevin les endormait. Il causait, tout en glissant vers la sortie de l'établissement. La chienne qui n'avait pas cessé de gronder l'escorta jusqu'à la porte où il disparut en un éclair.

Sa mission achevée, elle revint vers son maître en battant de la queue sous les applaudissement de l'assemblée.

« L'autre jour, j'aurais dû lui filer la branlée qu'il méritait, on n'en serait pas là. S'il revient chez moi, je l'accueille avec ça » se vanta l'aubergiste en exhibant son nerf de bœuf.

Michel ne comprenait pas pourquoi ils

avaient laissé Kevin partir si facilement. Même Édouard semblait s'en moquer complètement. Il restait sur place à siffler les coups qu'on se chamaillait pour lui offrir.

«Je le savais, ça pouvait pas être toi.

– Quelle ordure ! Si je le chope, je le démolis.

– Ouais, je ferai pareil si je le croise.»

Michel joua des coudes pour se rapprocher. Les habitués faisaient cercle autour du paludier, rendant sa progression délicate.

Finalement, quand il réussit à atteindre le comptoir, Édouard avait disparu.

– 22 –
Un mystérieux visiteur

Michel respirait profondément pour dissiper l'atmosphère poisseuse qui lui collait à la peau depuis qu'il avait quitté le café.

Les habitués croyaient ils vraiment à cette histoire de loup garou? Pourquoi avaient-ils laissé Kevin s'enfuir ?

Michel devait retrouver le joli cœur. Il se rappelait avoir entendu qu'il vivait dans un mobil-home.

Il allait le choper et le secouer pour qu'il parle.

Michel marchait d'un bon pas en direction du camping de la Butte quand il remarqua l'ombre de Kevin qui sautait par-dessus une haie. Il ouvrait la bouche pour l'interpeller quand il comprit ce qu'il fabriquait en apercevant la silhouette d'Édouard disparaître derrière un hangar.

Kevin avait pris le paludier en chasse.

Le jeune homme poursuivait le colosse et la chienne en catimini, se jetant à couvert dès qu'il sentait un danger. Michel les talonnait, il n'avait aucune envie que l'amoureux éconduit ne profite de l'état d'ébriété plus qu'avancé du paludier pour lui faire subir le même sort qu'au port du Bonhomme.

Hurricane filait discrètement Kevin, qui lui-même avait pris Édouard en chasse.

L'étrange trio traça plein nord en direction de la plage de Luzéronde qui s'étendait en parallèle au marais salant. Le cortège bifurqua et prit un chemin qui zigzaguait entre la grève et les dunes. Les poursuivants cheminaient, sans se voir ni se rendre compte de la cocasse queue leu leu qu'ils formaient, contraints de se pencher en avant, à cause du sable meuble dans lequel leurs godasses s'enchâssaient.

La chaleur du poêle du bar qu'ils avaient emmagasinée s'estompait, et la fraîche les gagnait. Les nez goûtaient, les peaux virèrent écarlates.

Hurricane n'arrivait pas à se concentrer sur la moindre idée à cause du vent qui lui cinglait les joues. Il se contentait de marcher courbé, en évitant les sablières.

Dans une courbe qui s'ouvrait sur un sous-bois de pins, Édouard s'arrêta. Il caressa la chienne, lui adressa quelques mots que Michel ne put entendre, puis lui fit sentir un morceau d'étoffe qu'il sortit de sa poche.

Kevin en profita pour fondre sur le paludier en essayant de lui arracher le tissu des mains. L'animal se mit à gronder. Des bourrasques arrachaient les sons, et Hurricane, qui n'avait nulle envie de se démasquer, ne percevait que des bribes de phrases hachées par les violentes rafales. Soudain, il vit le paludier percuter Kevin avec la détermination d'un rugbyman qui raffûte.

Au cours de la manœuvre, le colosse réussit à récupérer le morceau de tissu. Il profita de la chute de son adversaire, qui se retrouva assis les fesses enfoncées dans un coussin d'épines de pins, pour s'enfuir vers l'intérieur des marais salants. La chienne aboyait, prête à bondir, empêchant le garçon de se redresser.

Édouard s'élança droit devant lui, trébuchant sur des racines, dérapant dans les flaques de boue, s'enlisant dans les monticules de sable. Son visage, lacéré par les épines des buissons de ronces qui se refermaient sur son passage, le brûlait.

Kevin aurait voulu poursuivre le paludier, mais la chienne l'en empêchait. Pire encore, elle l'obligeait à reculer et à s'enfoncer dans la pinède qui donnait à l'arrière-plage noirmoutrine un air de côte landaise. Le garçon balançait tout ce qui lui tombait sous la main pour se débarrasser de la bête en furie. Rien n'y fit.

La dernière fois que Hurricane les vit, Kevin lançait des pommes de pins vers la chienne qui hurlait à la mort. Maintenant qu'il ne les apercevait plus, il savait quand la cible était atteinte en reconnaissant le glapissement aigu poussé par la bâtarde.

Michel avait perdu Édouard de vue, mais il n'eut aucun mal à suivre la trace du géant dans les étroits chemins, car sa lourde carcasse sculptait ses empreintes dans le terrain meuble. Michel, qui ne connaissait pas ce coin du marais, suivait les pas du saunier comme un fil d'Ariane qui l'extirpa bientôt de cette zone sauvage.

Enfin à découvert, il reconnut le paysage rassurant des salines.

Il ne mit pas longtemps à repérer la silhouette de Cochise, le cheval préféré de Lou, qui lui servit de repère pour retrouver l'œillet d'Édouard.

Michel s'inquiétait pour le paludier qui avait honoré avec gourmandise et avidité tous les verres qu'on lui avait proposés au bar. Le marais paraissait désert, les outils rangés comme il les avait laissés quelques heures plus tôt. Depuis qu'il avait donné un sérieux coup de main au colosse, la saline avait perdu l'aspect délabré et abandonné qu'elle avait auparavant.

Aucune âme qui vive.

Pour se rassurer, Michel jeta un rapide coup d'œil sur les étiers pour vérifier qu'Édouard ne s'était pas foutu à la baille.

La piste prenait fin au niveau du terrain plat et dégagé sur lequel la calorge avait été édifiée. Il s'approcha de la cabane au moment où, venant de l'intérieur de l'abri, un épouvantable ramdam se fit entendre. Il se heurta à la porte d'entrée coincée par un rondin.

Derrière l'obstacle s'échappaient des bruits de chute.

Édouard cassait tout.

« Ouvre », ordonna Michel.

Plus aucun bruit, le silence régnait derrière les murs de la bâtisse.

« Fous le camp… je suis armé », cria le paludier. « Je vais te balancer un coup de fusil dans le cul, pourriture. Lou t'a reconnu. »

Édouard le prenait pour Kevin.

« C'est moi, Michel, le gars en camping-car qui t'aide dans ton marais. Il est parti, la chienne l'a fait fuir. »

À l'intérieur, le silence.

« Sois raisonnable, ouvre, puisque je te dis que Kevin a foutu le camp. »

Édouard se réjouit de la nouvelle.

« Le salopard a les trouilles. Lou l'a dénoncé devant tout le monde. Faut plus m'emmerder, parce que je vais faire des conneries si on recommence à me faire chier. »

Pour Édouard, aucun doute possible, Lou s'était réincarnée en chienne.

« Personne t'embêtera plus. Ils vont te laisser tranquille », tenta Michel pour le calmer.

« Je vais m'occuper d'elle, ça sera ma petite princesse à moi. On va bichonner le marais, comme ça, quand elle reviendra en femme, tout sera prêt pour elle. On se mariera, et on aura plein de gamins qui feront les zouaves dans la boue… Personne nous empêchera d'être heureux.

– D'accord, tout ce que tu veux. Je vais t'aider, on va bosser comme quatre… Ouvre-moi, on sort les outils et on s'y met, y a pas de temps à perdre. »

Édouard avait un autre plan en tête.

« Non, fonce, va la chercher, ramène-la. »

Michel voulait qu'il sorte, la chienne se débrouillera toute seule.

« La bâtarde n'a pas besoin de moi pour trouver sa route, elle connaît le marais mieux que nous tous…

– Sûr, qu'elle le connaît comme sa poche, mais y a l'autre. Il va lui faire du mal pour pas qu'elle parle, c'est une pourriture ce type. »

Michel se rappela l'étoffe que le paludier lui avait fait sentir.

« Qu'est-ce que t'as fait renifler à la chienne, c'était quoi ce bout de tissu ? Kevin avait l'air d'y tenir. »

Michel regretta d'avoir posé cette question.

Le paludier changea d'attitude en un éclair.

« Tu m'espionnes, t'es dans son camp, c'est ça ? Il est planqué quelque part à attendre que je sorte pour me faire ma fête ? Tu caches bien ton jeu, ordure. »

Édouard, en pleine crise de paranoïa, balançait tout dans la cabane.

« Qu'est-ce que tu fabriques ? Arrête, calme-toi. »

Un coup sec, le claquement caractéristique d'un fusil de chasse qu'on referme.

« Casse-toi, t'es son complice. Tu vas bouffer une volée de chevrotines. »

Sa voix s'était transformée, les mots précipités au sortir de sa bouche s'agglutinaient dans une bouillie informe. Sans réfléchir, par instinct, Hurricane fit deux pas sur le côté.

Deux mètres qui lui sauvèrent la vie.

La porte, devant lui, venait d'imploser. Le bois vermoulu, pulvérisé en charpie, n'avait pas résisté à la déflagration.

Le canon du fusil apparut à travers le cratère creusé par l'explosion de la cartouche.

« Fais pas le con. »

Édouard le tenait en plein dans sa ligne de mire, cette fois il ne le raterait pas. Il lui restait un coup à tirer, c'était bien suffisant pour tuer à bout portant. Hurricane le savait. Il devait agir vite. Protégé par l'obscurité de la cabane, le visage du paludier demeurait invisible. Hurricane n'avait pas besoin de le voir pour l'imaginer torturé par la haute dose d'alcool qui lui empoisonnait le sang.

Au loin, ils entendirent une longue plainte déchirante. La chienne appelait ou geignait, difficile à estimer.

« Lou, viens ma belle, viens, je t'attends… », gémit le paludier en espérant qu'elle l'entende et le rejoigne.

Hurricane sauta sur l'occasion pour se déporter de la trajectoire du fusil. Il se mit à courir, et se carapata en bondissant par-dessus l'étier qui le séparait de l'enclos de Cochise.

Dopé par la panique, il ne toucha même pas l'eau saumâtre d'où exhalait une odeur fétide.

Derrière son dos, il sentit le souffle de la deuxième détonation puis, instantanément, l'impact en douche de la nuée de plombs qui pulvérisait le coffre d'une brouette.

***

À quelques kilomètres de là, au nord de l'île, Cécile cheminait dans les allées défoncées du Bois de la Chaise en prenant garde de ne pas plonger sa roue avant dans un trou pour partir en grand soleil avec son vélo et se détruire la clavicule. Elle arrivait à proximité de « L'Équinoxe », le chalet de Marie-Louise.

Le Cob disparaissait presque totalement, submergé par les flots puissants de la marée montante. Cécile se gara à l'écart, profitant d'une structure de bois qui faisait office de parking pour accrocher sa bicyclette. En cette saison, l'espace consacré au stationnement des deux roues était complètement vide.

La nuit passée, elle avait peu dormi et beaucoup réfléchi. Plusieurs éléments ne collaient pas dans l'exposé de la châtelaine. Cécile avait décidé de faire le point, et de venir lui demander franchement certains éclaircissements avant de mettre son récit en ligne.

Qu'était devenu Émile après avoir dénoncé les amours de sa sœur et du «fils» de leur gouvernante ? Qui était vraiment ce chanteur russe dont notre ex-documentaliste, malgré sa dextérité et son expérience dans les recherches sur le Web, n'arrivait pas à retrouver la moindre trace ? Pourquoi Gaby junior ne s'était-il pas battu pour reconquérir son amour de jeunesse ?

Après avoir poussé la barrière grinçante, elle remonta la sente qui menait à la bâtisse. Cécile repensa à cette ombre qu'elle avait surprise déposant un bouquet de fleurs sauvages sur le bloc de pierre, en contrebas de la maison.

Ce géant, venu fleurir la sépulture de Bérengère, ne pouvait être que La Grolle, le soi-disant sorcier dont Michel lui rebattait les oreilles. Que venait-il faire ? Pourquoi Marie-Louise, apparue fort à propos sur la terrasse, l'avait-elle distraite comme si elle voulait l'empêcher de découvrir quelque chose d'interdit ?

Cécile retrouva le chemin et bifurqua sur

sa gauche, cette fois elle ne se dissimulait plus. Elle progressait entre les fougères jaunies par l'approche de l'hiver et les bouquets de fragonettes aux feuilles acérées éclaircies de multiples boules rouges. Les chênes verts, qui l'avaient effrayée jadis, ne lui faisaient plus peur. Son expérience passée lui commandait de lever les pieds pour ne pas buter contre les racines des résineux qui émergeaient à la surface du raccourci.

L'humidité odorante dégagée par la décomposition végétale lui parut familière.

Cécile retrouva facilement la plaque rocheuse. Elle s'accroupit et repoussa, d'un revers de la main, les tiges des fleurs sauvages fanées et moisies qui n'avaient pas bougé depuis sa dernière visite.

Qui avait déposé le bouquet ?

La Grolle ?

Marie-Louise cherchait-elle à couvrir le sorcier, mais de quoi et pourquoi ?

En frottant pour le dégager, elle se rendit compte que ce qu'elle avait d'abord pris pour un rocher n'avait rien de naturel. Elle était agenouillée devant une plaque funéraire en marbre qui apparaissait sous la mousse et le terreau. En grattant plus profond, elle mit au jour un nom, puis les premiers bâtons qui composèrent bientôt une date, suivie d'une autre.

Bérengère de Cussy
1936-1953.

La jeune femme était décédée à l'âge où sa mère la mettait au monde, en donnant elle-même naissance à Édouard, le paludier, simple d'esprit, costaud comme son père disparu en mer. Elle frissonna : était-ce le froid et l'humidité du sous-bois ou une réaction épidermique à cette succession de cadavres et de tragédies familiales, qui la faisaient trembloter comme une feuille d'automne ? Elle dressa la tête en direction du chalet qui la surplombait de toute sa morgue défraîchie. Elle s'imaginait Marie-Louise, prenant le frais, à chaque fois contrainte de contempler la tombe de sa fille.

Les gonds du portique d'entrée, qui clôturait le domaine, poussèrent une longue plainte lugubre. Quelqu'un venait de pénétrer dans la propriété.

Un visiteur.

En se rapprochant discrètement, Cécile distingua une silhouette trottiner entre les troncs des yeuses.

Qui pouvait rendre visite à Marie-Louise de Cussy ?

Elle décida de se faire discrète, et remonta jusqu'à la terrasse de la maison en prenant soin de ne pas écraser les branchages tombés sur le sol qui l'auraient démasquée au premier craquement.

Elle s'approcha en silence de la baie vitrée, cloisonnée par de petits carreaux de bois couvert de peinture blanche écaillée, et parsemée de touffes de mousse.

De son spot d'observation, Cécile ne pouvait distinguer, et encore moins identifier, l'interlocuteur de Marie-Louise qui se tenait tapi dans l'ombre. Pour la première fois, elle découvrait la vieille bourgeoise en tenue négligée. Les cheveux détachés, qui couvraient ses épaules, la vieillissaient davantage, lui donnant l'allure d'un spectre momifié. Un épais plaid de laine, orné de motifs écossais, posé sur les genoux, la protégeait du froid.

De sa cachette, Cécile captait des extraits de leur conversation. Une voix masculine s'éleva sans chercher à masquer son indignation :

« Il a recommencé ses saloperies, et vous allez encore le couvrir avec votre fric pourri et votre carnet d'adresse ! »

Marie-Louise avait l'aspect d'un cadavre, les muscles sclérosés, la peau transparente.

Son accusateur poursuivait :

« Si vous ne faites rien, il continuera jusqu'à sa mort sans que personne ne l'arrête, c'est un fou, un taré. Il est malade, faut l'enfermer… c'est vous la responsable de ce désastre. »

Toute trace d'arrogance avait déserté le visage de Marie-Louise qui se liquéfiait sous l'étau de la panique.

« C'est pas vrai, il n'aurait pas pu faire ça », souffla-t-elle. Ses ongles griffaient vainement les accoudoirs de sa chaise roulante.

« Si vous ne me croyez pas, allez jeter un œil dans la cabane de votre petit-fils », s'emporta l'inconnu. « Si j'appelle la police, ils vont pas être déçus de ce qu'ils vont trouver. »

Les nerfs de la châtelaine flanchèrent d'un coup :

« Ne faites pas ça, je vous en supplie, pas la police ! »

Le visage caché dans la paume de ses mains, Marie-Louise de Cussy se mit à sangloter. Son interlocuteur s'était tu. Était-il encore seulement là ?

Cécile n'osa plus bouger, honteuse d'avoir espionné cette conversation en se dissimulant, elle qui avait pour philosophie de tout accomplir au grand jour.

Un inconnu accusait le petit-fils de Marie-Louise et menaçait de mettre la police sur les traces d'une preuve capitale qui les attendait dans sa cabane de paludier.

Pourquoi agissait-il ainsi ? Où voulait-il en venir ?

Cécile n'eut pas le loisir de répondre à ces interrogations : un violent coup, pris sur la tête, la fit tomber dans les pommes.

– 23 –
La chaise vide

Au même moment, Michel escaladait les dunes qui délimitaient l'anse des Lutins. Le ciel qu'il devinait entre les têtes des pins maritimes s'encombrait d'épais nuages sombres. Il ne fallait pas être grand devin pour prédire la pluie prochaine. L'île se préparait à subir les affres de la tempête que les grandes marées d'équinoxe entraînaient dans leur sillage.

Au détour du chemin, il la découvrit.

Elle gisait au pied d'un roncier sauvage. De grosses mouches vertes virevoltaient dans un bourdonnement continu autour du crâne de l'animal mort. Michel chassa le nuage du bout du pied et dégagea la cervelle de la bâtarde qui dégoulinait sur ses oreilles rigidifiées par la mort. Le sang encore humide, qui tâchait la grosse pierre posée contre son flanc, confirmait l'arme du crime.

On lui avait fracassé la tête à coups de cailloux.

Sans pitié, ne lui laissant aucune chance de survie.

Michel n'eut pas besoin de preuves supplémentaires pour conclure à la culpabilité de Kevin. La dernière fois qu'il les avait vus ensemble, il lui balançait des pommes de pins à la gueule. Il avait simplement changé de projectiles pour arriver à ses fins.

Le meurtrier avait réduit au silence le loup garou qui l'avait désigné à la vindicte populaire.

Michel, écœuré par le spectacle macabre, ne put retenir un haut-le-cœur. Il ramassa une poignée d'épines de pins, qu'il dispersa sur le corps encore tiède de la chienne pour lui accorder une tombe sommaire et la préserver symboliquement des charognards.

Devait-il retourner dans le marais prévenir Édouard ? Dans l'état où il se trouvait, il n'osait même pas imaginer de quoi le colosse serait capable en l'apercevant ? Il choisit de contacter Cécile pour lui demander conseil.

Comme il n'avait pas de téléphone et qu'elle avait jeté le sien dans l'océan, il décida de foncer jusqu'au bar pour l'appeler chez sa grande bourgeoise. Elle l'avait prévenu, ce matin avant de partir, qu'elle avait l'intention de rendre visite à Marie-Louise de Cussy pour l'interroger plus précisément sur son petit-fils, et cet ancien fait divers qui faisait étrangement penser à la disparition de Lou.

Il devait absolument l'avertir qu'elle se trompait, c'était Kevin le responsable, pas le paludier.

Il déboula dans le bar aussi vide en cet instant qu'il était bondé tout à l'heure.

Quand il franchit le seuil, il surprit Max qui terminait de s'enrouler un bandage autour de la main. Le cafetier pestait en boucle après Lou, qui l'obligeait, à cause de son absence, à faire le boulot tout seul. Il en voulait à cette génération de fainéants qui ne voulaient plus bosser. Total, s'il avait brisé des verres à pied, et s'était coupé sur les tessons en rangeant la salle, c'était la faute des autres.

« C'est ça de trop vouloir en faire, je me connais, c'est pas maintenant que je vais changer. J'ai mis une annonce, et vous croyez que quelqu'un se serait présenté ? Non, ils préfèrent toucher leurs allocs, leur chômage qui les paie à rien foutre, ça fait la grasse matinée, et ça passe sa journée à jouer aux jeux vidéosou à regarder des conneries à la télé. Après ça, faut pas s'étonner si la France va mal. »

Michel le laissa vider sa bile avant de lui demander le numéro de téléphone de Marie-Louise de Cussy.

« Qu'est-ce que vous lui voulez à cette vieille pie ? », s'étonna le râleur.

Michel lui servit un mensonge à sa manière.

« Ma femme travaille chez elle, elle lui fait son ménage. Il faut que je lui parle, ce matin j'ai oublié de lui dire quelque chose d'important. »

Il n'allait quand même pas lui confier qu'elle enregistrait les confessions de la grande bourgeoise.

« Je croyais que c'était la Jeanne, la femme d'Étienne qui s'occupait de ses affaires ? »

Sur une île tout se savait, Michel l'avait oublié.

« Elle la remplace parce que la Jeanne est malade… elle a chopé la grippe, elle doit rester au lit.

– La grippe est arrivée par chez nous ? » s'exclama l'aubergiste. La cloison de ses larges narines vibra d'étonnement. « Elle arrive tôt cette année. »

Max s'inquiétait : quand un virus gagnait l'île, les trois quarts de la population l'attrapaient et, fatalement, ce n'était pas bon pour le commerce.

« Si votre femme fait des ménages, reprit-il, elle doit savoir servir en salle, c'est pas bien compliqué. Parce que moi, avec l'autre qui a disparu, j'aurais bien besoin de quelqu'un en renfort. La Jeanne, c'est une fille de l'Épine, elle est robuste, elle va se remettre en vitesse et reprendre sa place. Votre femme, si ça lui dit, j'ai une place de libre… pour le salaire on s'arrangera. »

Michel essaya d'imaginer Cécile, le chemisier tendu sur la poitrine, les yeux des soiffards aimantés à son corsage.

Il était peut-être de la vieille école, un peu macho sur les bords, mais ça ne lui plaisait pas du tout d'imaginer sa belle ramasser les pièces de mitraille que ces imbéciles lui laisseraient en pourboire. Pour la première fois de sa vie, l'ardillon de la jalousie le piquait et… il en ressentit presque de la fierté.

Max montra son pansement :

« Et vous, ça ne vous intéresse pas de faire la plonge pour moi ? »

Michel avait des doutes sur cet accident qui tombait trop bien, et s'il avait fait exprès de se blesser pour s'exempter de vaisselle ?

Cet individu en aurait bien été capable.

« Alors, vous pensez que ça pourrait intéresser madame ? », insista Max en lui servant le traditionnel ballon de blanc synonyme d'encouragement.

« Je ne sais pas, il faut que je lui en parle. »

De dépit, le cafetier fit claquer son torchon sur son épaule.

« Tous pareils, les chômeurs, ça cherche du boulot mais ça prie le bon Dieu de pas en trouver. Quand on vous en propose, vous avez toujours une bonne raison de faire la fine bouche. Tenez, le voilà votre annuaire, donnez-le donc votre satané coup de fil et n'oubliez pas de me payer la communication, je ne suis pas Rothschild. »

Il lui passa le bottin de la Vendée et posa un antique combiné téléphonique à cadran sur le comptoir. Max resta à proximité, prétextant essuyer des couverts qui égouttaient sous le comptoir.

Michel composa le numéro et laissa sonner. Personne ne répondit. Il allait raccrocher quand l'aubergiste lui fit signe de continuer.

« C'est une immense baraque et la momie tient plus trop sur ses guibolles. Faut le temps qu'elle radine avec sa chaise roulante… »

Il laissa la sonnerie tinter trois bonnes minutes, sans plus de résultat.

« Rien, ça ne répond pas…

– C'est bizarre, ça fait des années qu'elle met plus les pieds hors de chez elle. La vieille peau s'est peut-être enfin décidée à passer l'arme à gauche. Elle est increvable, l'antiquité, à croire que l'humidité ça conserve. Vous savez ce qu'on dit par ici : s'il pleut une journée sur l'île, ça tombe trois jours dans le Bois de la Chaise… à cause des feuilles qui retiennent la pluie. »

Michel, inquiet de savoir Kevin en liberté, ne sourit pas de sa blague :

« Vous avez prévenu les gendarmes ?

– Pourquoi, qu'est-ce qu'il s'est passé ? », fit mine de s'étonner l'aubergiste.

Michel n'avait aucune envie de lui parler du meurtre sauvage de la chienne, il se contenta de rappeler ce qu'il était advenu dans le bar quelques heures plus tôt.

« Et leur dire quoi, que la disparue s'est transformée en loup garou et qu'elle a aboyé en reniflant les pompes de son amant ? », se moqua Max. « Allez-y, vous gênez pas, appelez les flics, si vous n'avez pas peur du ridicule. »

Même si Michel était intimement persuadé que Kevin était responsable de la disparition, et peut-être de la mort de Lou, et maintenant de celle de la chienne, il ne pouvait fournir aucune preuve. Cette théorie tenait grâce aux croyances locales. Les gendarmes avaient dégagé la Volvo du Gois et la logique voulait que Lou se soit bêtement fait surprendre par la marée en quittant l'île.

Le seul argument concret qu'il pouvait proposer aux gendarmes ne leur aurait pas particulièrement plu. Elle était partie sans récupérer son sac d'herbe.

Si seulement il arrivait à joindre Cécile, elle saurait quoi faire.

Pour la première fois depuis leur départ sur les routes de France, il se sentait seul, perdu sans la présence de cette femme. Son calme et sa capacité de réflexion lui manquaient.

***

Les insistantes et nombreuses sonneries du téléphone ne s'avérèrent pas aussi inutiles que l'avait pensé Michel.

En sentant la première goutte s'écraser sur sa tête, Cécile crut qu'elle venait d'être percutée par un grêlon de la taille d'une balle de tennis. C'est seulement en passant la main sur l'arrière de son crâne qu'elle remarqua la bosse.

Elle se rappelait maintenant : on l'avait assommée tandis qu'elle espionnait Marie-Louise de Cussy et son étrange visiteur.

En se redressant, elle vit des étoiles tournoyer. Le sol se dérobait sous ses pieds. Elle prit appui sur un tronc d'arbousier et attendit une minute pour retrouver l'équilibre. Ses genoux couverts de terre l'élançaient, elle les frotta pour les nettoyer, sa chute en avant lui avait fait mal. Le rêve qu'elle venait de faire lui revint en mémoire. Michel s'était enfin décidé à acheter un téléphone portable et l'appelait. Dommage que, dans la réalité, elle ait jeté le sien, hier soir, dans les profondeurs de l'océan, sous l'influence combinée d'une grandiloquente explosion romantique et d'un majestueux coucher de soleil.

Le pire, c'est qu'elle ne regrettait pas de l'avoir fait.

Cécile jeta un œil à travers la baie vitrée, Marie-Louise n'avait pas bougé, elle était toujours là, de dos, immobile sur sa chaise roulante.

« Madame de Cussy, vous allez bien ? »

Pas de réponse.

Cécile entra, fit le tour du fauteuil et se planta face à la vieille dame. Le plaid écossais gisait, roulé en boule comme un vieux chat endormi, mais plus de Marie-Louise.

L'inconnu l'avait certainement kidnappée. L'individu embusqué avait parlé d'une preuve dans la calorge du paludier. Michel s'y trouvait peut-être encore à l'heure actuelle et courait un grand danger.

Cécile décida d'aller faire un tour du côté du marais d'Édouard.

– 24 –
Cécile dans la tempête

Le vent d'ouest lui cinglait le visage et lui fouettait le nez. Cécile avait l'impression de faire du surplace. Au loin, derrière la rangée de pins qui barrait l'horizon, le ciel avait pris une teinte grise foncée avec, çà et là, des traînées pourpres qui perçaient comme des veines gorgées de sang. Elle avait poussé à fond l'aide au pédalage, et pourtant chaque tour de roue lui coûtait un effort surhumain. Les bourrasques soudaines entraînaient l'engin dans de dangereux écarts qui l'expédiaient d'une extrémité à l'autre de la route du marais.

Heureusement, par la grâce du mauvais temps personne ne circulait sur la départementale.

Cécile fit halte devant la première cabane qu'elle trouva sur sa route. Elle demanda son chemin à un vieux bonhomme à la barbe blanche qui s'empressait de charger le coffre d'une 4L commerciale avant que le déluge ne l'inonde définitivement.

« Le marais d'Édouard, y s'trouve au bout du chemin par là, pouvez pas vous tromper, y a une calorge toute pourrie avec une antenne de CB tordue plantée dessus, un genre de mât de voilier qu'aurait pris l'éclair. Moi, si j'étais vous, j'irais me mettre à l'abri parce qu'avec ce qui se prépare là-haut ça va tomber sec », lui conseilla l'homme dont les sourcils broussailleux s'ornementaient de billes de pluie.

L'itinéraire que lui avait indiqué le saunier l'obligea à délaisser la départementale goudronnée pour s'engager dans un chemin plus ou moins carrossable. Elle ne se sentait pas de faire du vélo-cross mais elle n'avait pas le choix si elle voulait rejoindre la cabane d'Édouard. Pour couronner le tout, la pluie se mit à redoubler, chargée d'épaisses et puissantes gouttes qui dégringolaient à la verticale malgré le vent soutenu.

Au terme d'une vingtaine de minutes cauchemardesques, où elle n'avait pas compté le nombre de fois où elle avait manqué de s'étaler dans la boue, Cécile aperçut une forme allongée qui émergeait à travers le voile de l'averse.

Elle se concentra, et focalisa son attention sur la cabane qui grandissait dans son champ de vision. Elle roulait le plus droit possible en suivant la large ornière tracée par le passage d'un tracteur.

En équilibre instable sur son deux-roues,

Cécile s'efforçait de ne penser à rien d'autre qu'à sa destination.

Quand enfin elle déboucha face au marais d'Édouard, son sang se glaça en entendant des cris épouvantables qui semblaient provenir de l'intérieur de la calorge. Elle n'était pas certaine de la source des hurlements car les risées tournoyaient en vrombissant, et masquaient l'origine des sons.

Elle crut pouvoir atteindre en un rien de temps la cabane qui lui semblait toute proche à vol d'oiseau. Il n'en fut rien. L'étier qui formait un coude l'empêcha d'aller plus loin et la douve naturelle l'obligea à faire un détour.

Le temps de contourner le fossé, elle perdit le décor des yeux.

En arrivant au niveau de la cabane, elle tomba nez à nez avec un géant entièrement vêtu de noir, coiffé d'un large couvre-chef aux bords tombants.

Elle rencontrait enfin le grand sorcier La Grolle.

Elle convint que l'homme avait de quoi impressionner, particulièrement sous un grain d'hiver, perdu au milieu d'une lande désertique et sauvage. Cécile, la cartésienne, perçut l'étrange aura du mage l'envelopper.

Immobile, la statue géante érigée au milieu de nulle part la dardait de son unique œil valide, d'un bleu absolu.

Ainsi, c'était lui qu'elle avait raté sur le Gois et surpris sur la tombe de Bérengère. La Grolle lui fit davantage penser au Cyclope qu'Ulysse bernait dans l'*Odyssée* qu'à un magicien en maraude. Quand, enfin, elle réussit à se libérer de son regard de borgne, elle découvrit avec effroi ce que son irruption l'avait contraint d'interrompre. Il était en train de charger un corps inanimé dans une charrette accrochée derrière une mobylette.

Un tourbillon de vent gonfla la cape du géant et s'engouffra dans la couverture qui masquait la forme allongée. Le tissu imbibé d'eau glissa et dévoila le visage livide de Marie-Louise de Cussy.

Cécile se retint de hurler et, après avoir repris ses esprits, tenta d'adopter une attitude, sinon blasée, tout du moins peu impressionnée.

« Je voulais vous remercier de nous avoir sauvés sur Le Gois », fanfaronna-t-elle d'une voix exagérément chantante qui dissimulait tant bien que mal son effroi.

La Grolle resta bouche bée devant cette surprenante entame de conversation. Cécile manqua de défaillir en découvrant l'état lamentable des chicots du bonhomme. Elle ne devait pas se laisser aller, ce n'était pas le moment de flancher.

En se concentrant, elle fit abstraction de la situation particulièrement morbide et parvint à enchaîner sans changer de ton.

Elle continua comme s'ils partageaient une conversation anodine :

« Notre camping-car, un fourgon Ford aménagé, s'est embourbé sur le Gois… Vous avez aidé mon ami à le dégager… Sur votre barque, dans l'ambiance, il vous a pris pour un sorcier, il est très influençable… mais c'est un honnête homme. » Cécile aurait tout donné pour que Michel soit à ses côtés.

La Grolle ne comprenait pas où elle voulait en venir. Ils n'allaient pas continuer à faire la causette sous les trombes d'eau, comme si de rien n'était.

Il décida d'entrer dans le vif du sujet :

« Je vous connais, vous êtes la femme de…

– L'amie de Michel », corrigea-t-elle, en tentant de maintenir sa bicyclette en équilibre sur sa béquille malgré l'acharnement du vent.

« Votre… ami a été très charitable avec Édouard, remerciez-le de ma part. »

Cécile comprit pourquoi on le surnommait La Grolle. On aurait dit qu'un de ces énormes corbeaux noirs qui planaient au-dessus de leur tête causait à sa place.

Malgré sa nonchalance affichée, elle n'en menait pas large. Cécile ne pouvait détacher son attention du visage de Marie-Louise sur lequel les gouttes rebondissaient sans la ramener à la vie.

Emplis par l'eau de pluie, les yeux de la vieille dame pleuraient des larmes de tempête.

« Oui, je l'ai tuée, si c'est ça que vous voulez savoir. »

Le sorcier lisait dans les pensées. Cécile se laissait influencer par le bonhomme. Il fal lait qu'elle se reprenne et qu'elle n'écoute pas la trouille qui lui ordonnait de fuir le plus vite possible. Les sorciers n'existaient pas, La Grolle est un type presque normal, trop grand, trop costaud, trop excentrique et… qui s'apprête à emmener la femme qu'il vient de trucider faire un tour en mobylette dans le marais.

« Pourquoi couvrez-vous Édouard ? », risqua Cécile, tout en essayant de rester imperturbable à ses aveux.

Le gaillard accusa le coup. Cette matrone le surprenait au milieu de nulle part, chargeant le cadavre d'une centenaire dans une charrette… et elle faisait comme si elle ne s'intéressait pas à sa confession.

Cécile, qui percevait le trouble du géant, le questionna à nouveau.

« Vous n'avez pas vu un jeune type traîner dans le secteur, il cherchait une preuve ?

– Un jeune type, quelle preuve ? »

La Grolle dévisagea cette folle aux cheveux trempés, tartinée d'une strate de vase qui lui craquelait les joues, les vaisseaux des yeux éclatés par l'effort de sa course. Rien ne plaidait en sa faveur. Il se demanda sérieusement si elle ne venait pas de s'échapper d'un asile.

« Vous l'avez vu, ou pas ? », insista-t-elle.

Cécile tremblotait en espérant que le géant prenne ses frissons pour une réaction au froid.

« De qui vous parlez ? Je n'ai vu personne, et j'ai tué cette vieille salope, et…

– Et quoi ? », le poussa Cécile qui prenait de l'assurance.

« Et, et… »

La question le décontenança tellement qu'il bafouilla la première explication qui lui vint à l'esprit.

« Je vais jeter cette salope à la mer pour qu'on la retrouve jamais… et je vais faire la même chose avec vous, si vous ne dégagez pas immédiatement.

« Les menaces de La Grolle n'affolèrent pas Cécile. En l'observant de près, elle le trouvait plus pathétique qu'effrayant. Il lui faisait penser à un grand enfant costumé dans sa panoplie de sorcier.

« Ne dites pas n'importe quoi », ordonna-t-elle, redoublant de ténacité. « Avec la tempête qui se déchaîne, le corps sera aussitôt rejeté sur la plage où il sera découvert par les premiers promeneurs venus. C'est ça que vous voulez ? Vous feriez mieux de m'expliquer pourquoi vous couvrez, depuis le début, le petit-fils de cette pauvre Marie-Louise de Cussy ?

– Parce qu'il n'est pas coupable », s'emporta La Grolle qui en avait marre des questions de cette démente qui sortait de nulle part et qui lui faisait la leçon. « Parce qu'il est innocent et qu'on va tout lui mettre sur le dos, comme d'habitude. Il est… simple, ils lui feront avouer n'importe quoi en lui faisant peur. Il a l'air fort comme un gorille, mais en fait il est doux comme un agneau.

– Comment pouvez-vous être aussi catégorique, vous étiez là ? »

Cécile ne lâchait pas l'affaire si facilement.

« En quelque sorte, oui… dans ses songes. Parole de sorcier. »

Si c'est comme ça qu'il comptait l'impressionner, il se trompait lourdement. Il ne connaissait pas Cécile :

« Ne me prenez pas pour un de ces pauvres gars qui avalent vos sornettes sans broncher. J'ai passé l'âge de gober vos âneries. » Elle s'adressait à lui comme elle le faisait avec ses élèves les plus turbulents. Même s'ils la dépassaient d'une tête, elle ne se laissait jamais impressionner. Elle savait asseoir son autorité. « Allez-vous me répondre, pourquoi vous couvrez systématiquement Édouard ?

– Qu'est-ce qui m'empêche de vous tuer ou de vous jeter un sort ? »

Cécile explosa de rire. Il n'y avait rien

de drôle, mais elle craignait tellement qu'il s'énerve et qu'il la pulvérise d'une pichenette, que ça la soulagea.

Cette satanée bonne femme était aussi têtue qu'un bourricot quand il a décidé de ne pas avancer.

« Et le meurtre et le viol d'il y a dix ans, vous étiez là aussi ? »

Cécile ne lui laissait aucun moment de répit. Elle attaquait en espérant provoquer une réaction de sa part :

« Je comprends quand c'est la grand-mère qui couvre le débile ? » Elle avait fait exprès d'employer ce mot méprisant pour le faire sortir de ses gonds. « Mais vous, pourquoi vous l'aidez ? Si encore c'était votre fils. Mais c'est celui d'un musicien russe alcoolique, n'est-ce pas ? »

Elle fit une pause pour voir si son estocade portait ses fruits. La Grolle encaissait. « Si encore c'était votre fils. » Il se balançait d'un pied sur l'autre, l'air aussi inoffensif qu'un épouvantail de paille qui prend l'eau sous le déluge.

Elle enchaîna avec la volonté de faire exploser la vérité :

« La justice aimerait très certainement avoir des infos sur la mort d'Émile… le frère de Bérengère, et sur ce qu'est devenu Gaby junior, le marin pêcheur, soi-disant disparu dans les mers du bout du monde ? »

Béante, la gueule de La Grolle laissa s'échapper des torrents d'eau de pluie qui se déversèrent sur sa barbe dense.

« Ne me dites pas que vous n'avez pas votre petite idée ? Qui est le papa d'Édouard ? »

Il leva sa canne vers les nuages boursouflés, craquelés par les éclairs.

« Je vais vous...

– Non, vous n'allez rien faire... et ne perdez pas votre temps à invoquer une de vos légendes. Je ne vous crains pas. Le Grand Sorcier, La Grolle, personne ne l'embête, on ne lui pose pas de questions... c'est bien pratique quand on n'a pas envie d'y répondre. »

Cécile abandonna son ton inquisiteur, c'était le moment de lui faire comprendre qu'elle avait deviné la vérité.

« Je vous ai vu fleurir la tombe de Bérengère dans le jardin de Marie-Louise, ne cherchez pas à me mentir, c'est pas la peine.

– Quels mensonges la vieille peau vous a-t-racontés ? Vous croyez que je ne sais pas ce que vous faites ? Vous colportez des mensonges, et des rumeurs dans l'espèce de journal intime que vous tenez sur Internet, c'est ça ?

– Si vous ne voulez pas que je raconte des bêtises, dites-moi la vérité. Avez-vous tué Émile ? »

– 25 –
La naissance d'un sorcier

Par la brèche, sous la porte mal jointe de la calorge, Cécile entrevoyait l'eau déferler sur l'herbe fauchée par les rafales. À la base des murs de planches de bois jointes, le sol de terre battue régurgitait le trop plein de pluie qu'il ne pouvait absorber.

Dehors, la tempête approchait de son paroxysme, le blizzard sifflait sa complainte monocorde en se faufilant entre les lambris.

La Grolle s'était installé à califourchon sur un banc bricolé de planches sommairement clouées sur deux rondins de pins. Debout, face à lui, Cécile l'écoutait en silence. Les gouttes qui ruisselaient sur son manteau alimentaient une flaque qui baignait ses pieds.

Isolés au cœur de l'ouragan, protégés dans le frêle abri que les tourbillons menaçaient d'arracher à tout instant, le sorcier exposait sa version des faits devant une femme attentive.

« Le lendemain du " tir du coq ", Bérengère devait me rejoindre sur l'estacade de la plage des Dames, mais elle n'est jamais venue. J'ai couru chez les de Cussy pour la retrouver et me suis heurté à un groupe de jeunes du Bois, amis de son frère Émile, qui m'interdirent l'accès au parc du domaine familial. Du jour au lendemain, j'avais échangé mon statut de chouchou de la vieille de Cussy contre celui de pestiféré. Je ne voulus pas croire les mensonges qu'on me servit. Bérengère, qui refusait de me voir car j'aurais abusé d'elle, n'importe quoi. ! La vraie raison était que moi, Gaby junior, le rejeton de Léontine, l'employée de maison, n'étais pas assez bien pour la famille bourgeoise de Bérengère. C'était ça le problème : un fils de marin pêcheur qui batifole avec la fille de famille, ça fait désordre. Les aristos du Bois de la Chaise avaient kidnappé mon amour après le "tir du coq" et l'avaient poussée de force dans le train pour Paris. Des témoins les avaient vus faire et m'avaient prévenu.

«Je décidais de partir pour retrouver Bérengère, qu'elle me dise la vérité les yeux dans les yeux, à l'écart de sa maudite famille.

«Je sacrifiais mes économies pour me payer le voyage, c'était la première fois que je quittais mon île pour rejoindre le continent, à part quelques ports de la baie de Bourgneuf où j'avais accostés en chalutier, ou le café de l'autre côté du Gois, où on allait boire des coups pour affirmer avec fierté qu'on avait traversé, je n'avais jamais posé les pieds hors de Noirmoutier.

« Vous imaginez le marin pêcheur de l'Herbaudière débarquant à Paris. Le dépaysement total.

«J'avais récupéré son adresse, mais ça n'a pas été simple. Finalement, au bout d'une journée harassante, j'ai pu trouver où elle habitait. Une sacrée maison. Arrivé sur place, je suis tombé dans un vrai traquenard. Émile m'attendait. Il me détestait depuis que nous étions enfants, et il tenait enfin sa vengeance... Il voulait m'empêcher de rencontrer Bérengère. Elle ne voulait plus me voir, paraît-il. Je l'avais trop fait souffrir, il gueulait que je l'avais forcé après le gueuleton du "tir du coq", n'importe quoi comme si je pouvais l'obliger à m'aimer. Après s'être copieusement insultés, nous en sommes venus aux mains et... et, bref, je l'ai tué, pas volontairement, accidentellement, en état de légitime défense. Dans la bataille, il a sorti un pistolet et m'a tiré dessus, il ne m'a pas laissé le choix, c'était lui ou moi, si je n'avais pas réagi, je serais mort.

«Je me suis enfui.

« À chaque fois que je me vois dans une glace, la large cicatrice qui barre mon visage me rappelle cette terrible empoignade. Durant ma cavale, je n'ai jamais eu l'occasion de la faire arranger.

« Avec le temps, on s'habitue, cette blessure fait désormais partie de moi. Voilà toute l'histoire.

« La suite n'est que fuite en avant, j'ai attrapé un train pour Le Havre où je me suis fait engager comme matelot sur un cargo. J'avais tué un homme, et pas n'importe lequel. Personne n'aurait jamais cru ma version et mon état de légitime défense. J'étais bon pour l'échafaud ou, dans le meilleur des cas, pour moisir en taule jusqu'à en devenir fou. C'est pour cette raison que j'ai disparu. Je nourrissais toujours le secret espoir de revenir un jour tout expliquer à Bérengère que je n'avais plus revue depuis que je l'avais choisie comme reine.

« Au fil de mes escales, je lui écrivais des lettres enflammées d'endroits exotiques.

« Le temps s'écoulait inexorablement, jusqu'au jour où la nostalgie fut si forte que je décidai de rentrer au bercail au risque de me faire attraper.

« Je revins à Noirmoutier. Le pont avait été construit et ce n'était plus tout à fait la même île. Les mœurs avaient évolué, les gens se mélangeaient, la microsociété du Bois de la Chaise avait perdu de son influence. Les vieux que j'avais connus pourrissaient au cimetière, les copains s'étaient mariés et étaient devenus pères de famille, moi-même j'avais vieilli, j'étais méconnaissable.

«Ma large cicatrice et mon œil crevé traumatisaient les enfants et angoissaient les parents, j'étais devenu une sorte de bête de foire, un monstre dont on aimait se moquer.

«Je changeais mon nom pour La Grolle, le surnom est venu comme ça, à cause des habits noirs que je ne quittais jamais, et de mes cordes vocales atrophiées par le coup de feu d'Émile qui faisait passer chacune de mes paroles pour un croassement de corbeau.

«Pour mon malheur, je découvris que Bérengère, ma Bérengère, était morte en donnant naissance à son enfant. Ma reine d'un soir se serait amourachée d'un chanteur d'opéra russe qui l'aurait mise enceinte. N'importe quoi, je ne croyais pas un instant à cette fable ridicule. Bérengère était trop amoureuse de moi, ce fils ne pouvait être que le mien, je le savais. Les dates correspondaient. Je désirais me rendre sur la tombe de ma chérie, j'insistais, mais cette vieille salope de De Cussy ne voulait rien savoir ; même après toutes ces années, elle m'en interdisait l'accès. On me chassa *manu militari* en m'accusant de persécuter une des plus anciennes familles du Bois de la Chaise.

«À cette époque, Léontine, ma mère, a tout essayé pour amadouer la vieille carne, rien n'y a fait, elle n'a réussi qu'à se fâcher avec sa patronne, et un mois plus tard, pour arranger tout le monde, elle se noyait au large du Cob, emportée par les forts courants de la renverse. Je n'ai jamais cru à cette version, ma mère connaissait parfaitement la zone et nageait avec l'agilité d'un poisson.

«Je suis certain que Marie-Louise l'a supprimée. Les deux femmes s'affrontaient brutalement, ma mère voulait me laisser entrer dans le domaine pour pleurer sur la tombe de mon amour et la vieille saloperie y était farouchement opposée. "Tout est de la faute de ce bâtard, qu'il soit maudit."

«C'est elle qui a fait le coup, j'en mettrais ma main à couper. Maman morte, ma haine envers la de Cussy devint obsessionnelle. Je la menaçais. Elle craignait que je lui règle son compte dans un coin sombre et désert, ce que j'étais sur le point de faire, quand elle trouva la parade en menaçant de me dénoncer à la police pour le crime d'Émile.

«Elle me tenait. Comme je n'avais plus l'envie ni l'énergie de repartir courir les mers, je restais, et je devins le marginal, mi-clochard mi-ermite que je suis aujourd'hui. Je vécus tout d'abord dans la grotte Saint-Philibert, puis je m'installai dans un blockhaus. On finit par m'accepter comme on tolère une curiosité locale. Mon physique particulier impressionne les quidams, alors je devins ce que je suis aujourd'hui.

«L'été, j'amuse les touristes qui me permettent de vivoter en se faisant tirer le portrait moyennant une pièce de monnaie, "en compagnie du dernier sorcier de l'île de Noirmoutier". Plus tard, on m'a laissé empierrer une pêcherie traditionnelle qui me permet de revendre les quelques poissons que je piège. Je me contente de peu pour vivre, et surtout je peux garder l'œil, mon unique œil, sur Édouard, diminué intellectuellement, fantasque et en proie à de terribles crises qui lui font perdre la raison.

« Édouard est mon rejeton, je prends sa défense quand il en a besoin. Je suis son ange gardien. Je sais qu'il n'est pas toujours défendable… mais ça, je m'en moque, car c'est mon fils, mon fils unique. »

La Grolle se tut, il était arrivé à la conclusion de sa pénible histoire. Cécile examina cet homme voûté, assis à califourchon sur un banc instable, brisé par une existence menée par la tragédie et la douleur. Le sorcier arrogant et hautain avait disparu au profit de Gaby junior, le banni, qu'elle prit en pitié. Elle hésita, que devait-elle faire ? Le pauvre bougre ne connaissait qu'une partie de la vérité, ignorant qu'il était lui-même le fils de Marie-Louise de Cussy, la personne qu'il haïssait le plus au monde.

La châtelaine morte, Cécile devait-elle lui dévoiler la réalité, lui expliquer qu'il venait d'assassiner sa propre mère ? Cécile ne trouva pas le courage et décida de le mettre sur le chemin. Il était suffisamment grand pour choisir de le suivre jusqu'à son but ou de renoncer, à lui de décider.

« Marie-Louise de Cussy ne vous a jamais dénoncée », lui rappela-t-elle pour lui indiquer la voie.

« Peut-être qu'elle a considéré qu'elle m'avait déjà trop fait souffrir ? », souffla le sorcier.

« Un remords tardif de la vieille saloperie. Je l'ai tuée, car elle ne m'a jamais fait de cadeau et elle a ruiné ma vie. Voilà, maintenant que vous connaissez le fin mot de l'histoire, choisissez : soit vous me dénoncez, soit vous me laissez foutre le camp. »

Cécile n'hésita pas une seconde et le laissa partir.

En sortant, La Grolle laissa la tempête envahir la cabane. La risée boursoufla l'abri et envoya valdinguer les petits sachets de fleur de sel qu'Édouard avaient soigneusement alignés sur un présentoir dans l'espoir de les vendre aux touristes, même s'il affirmait le contraire. Le tourbillon continua son ménage dévastateur en dézinguant l'intérieur à tout-va. Le tas d'outils empilés dans le coin de la cabane n'y résista pas. L'ételle, la lousse à fleur, le rouable ainsi que les autres instruments traditionnels du paludier, s'enchevêtrèrent dans un joyeux Mikado, mais les murs tinrent bon.

Cécile voulait s'assurer que La Grolle était bien parti avant de sortir affronter la tourmente. Elle se sentait responsable de ce qui venait d'arriver ; si elle était intervenue au lieu d'écouter aux portes pour satisfaire sa curiosité maladive, Marie-Louise serait encore de ce monde. La Grolle venait d'avouer son crime et pourtant elle n'arrivait pas à s'en persuader. Le sorcier avait de bonnes raisons de passer à l'acte, mais pourquoi attendre aujourd'hui alors qu'il aurait pu satisfaire sa vengeance depuis belle lurette ?

Cécile n'arrivait pas à le voir comme un assassin.

Elle avait la certitude que, une fois de plus, Gaby junior protégeait son fils. Il lui avait sauvé la mise en se débarrassant du corps de Lou, conduisant la voiture de la serveuse et l'abandonnant sur le Gois pour faire croire à un accident. Michel l'avait vu rôder autour de la Volvo la nuit de la disparition de la gamine. Aujourd'hui, il surprenait Marie-Louise en train de fouiller la saline à la recherche de la preuve dont lui avait parlé l'inconnu… et il assassinait la châtelaine pour protéger son fils. L'enchaînement semblait logique ; à moins, raisonna Cécile, que ce ne soit Édouard qui l'ait découverte avant lui, et tuée… Le sorcier se contentant d'apparaître, au bon moment, à l'endroit exact où il fallait être, pour que son fils soit mis hors de cause. « Je sais qu'Édouard n’est pas toujours défendable», avait affirmé son père dans une phrase prémonitoire.

Cette fois encore, l’était-il ? songea Cécile.

Si, au moins, elle mettait la main sur cette soi-disant preuve, elle comprendrait peut-être mieux ce qui s’était passé. Elle commença sa fouille, l’abri n’était pas volumineux ; par contre le cyclone avait enchevêtré, dans un fatras anarchique, un capharnaüm d’objets divers qui s’entassait jusqu’au plafond.

Au moins, si elle savait ce qu’elle cherchait ?

Tandis qu’elle s’attelait à la tâche, les borborygmes rageurs du sorcier qui s’escrimait sur la mobylette d’Édouard pour tenter de la démarrer percèrent à travers les murs de la cahute. La Grolle ahanait, et finalement, à force de rapides moulinets sur le pédalier, le moteur du deux-temps daigna pétarader.

Elle l’écouta disparaître dans le fracas du déluge déclinant en se demandant s’il avait accroché la carriole derrière son engin.

Allait-il réellement jeter le corps de Marie-Louise à la mer, comme il lui avait affirmé ?

Une formidable rafale claqua les joues de Cécile quand elle apparut sur le seuil pour s’en assurer. Elle plissa les paupières mais ne distingua pas mieux le curieux attelage qui cheminait au pas sur la sente chaotique.

La Grolle seul savait où il emmenait Marie-Louise de Cussy pour son dernier voyage.

« Hercule pour Tarzan 85. Over. »

On parlait dans son dos. Cécile frissonna, l'ambiance était propice à n'importe quel fantasme.

« Laissez-moi tranquille », brailla-t-elle, persuadée que l'inconnu qui l'avait assommée sur la terrasse de « L'Équinoxe » se cachait sous un monceau de filets de pêche, prêt à l'estourbir si elle bougeait le petit doigt.

« Je ne vous ai pas vu, vous ne craignez rien, je ne pourrais pas vous reconnaître », tenta-t-elle en espérant l'amadouer et s'en tirer à bon compte.

« Hercule pour Tarzan 85. Over », insista la voix perçante et nasillarde.

Elle aspira un bon coup et fit volte-face vers l'intérieur de la calorge… Personne.

« Tarzan 85, j'espère que t'es assis, mon pépère. On a retrouvé ta Young Lady sur le Gois. Tu devrais radiner, c'est pas folichon à voir. Over. »

Cécile avança avec précaution. Elle souleva, d'un mouvement décidé, une bâche verdâtre et mit au jour l'antique récepteur CB d'où s'élevait l'appel sur ondes courtes.

– 26 –

Une lettre de l'au-delà

Si La Grolle avait abandonné le corps de Marie-Louise de Cussy dans le marais d'Édouard, le paludier aurait fatalement été soupçonné, et convaincu du meurtre de la vieille bourgeoise. Pour empêcher ça, le sorcier avait bravé la tempête en traversant le marais. Il avait fait exprès d'emprunter les chemins les moins praticables pour ne pas prendre le risque de croiser de témoins gênants. Tout le chemin, il avait craint que le corps de la vieille ne tombe de sa charrette et s'étale dans un cratère de boue.

La Grolle avait décidé de ramener le cadavre de la châtelaine à son domicile pour disculper son fils et coller cet assassinat sur le dos d'un rôdeur.

En poussant la porte de « L'Équinoxe », le corps de sa victime serré dans les bras, il aurait pu passer pour un jeune marié portant sa promise sur le seuil de leur futur domicile conjugal. Le corps décharné de Marie-

Louise ne pesait pas bien lourd lové contre les muscles du géant.

Le sorcier avait l'intention de concocter une scène de crime convaincante pour faire accuser des maraudeurs surpris pendant leur rapine.

Les voleurs, découverts en plein cambriolage, tuaient le témoin gênant et prenaient la fuite dans la foulée.

Affaire classée.

La Grolle, plutôt Gaby junior, n'avait pas remis les pieds dans la gigantesque demeure depuis son enfance. En traversant le vestibule qui menait au grand salon, il se revoyait faire la course avec Bérengère, glissant sur le parquet ciré, usant leurs fonds de culottes sous les hourras du personnel rassemblé, tandis qu'Émile, le frère jaloux, désapprouvait leurs jeux ridicules et infantiles d'un rictus malfaisant.

À chaque partie, Gaby laissait Bérengère gagner pour profiter du magnifique sourire qui ne manquait pas d'éclairer son doux visage à l'annonce de sa victoire.

Plus que ces images échappées du passé, c'est l'odeur qui le fit voyager dans le temps et les souvenirs. Des dizaines d'années après, l'encaustique qui embaumait la pièce lui chatouillait les narines d'agréable manière.

Qu'auraient pensé les couards, terrorisés par les colères homériques du géant, s'ils l'avaient découvert, au milieu du hall désert, inconsolable, chialant des chaudes larmes d'un gosse égaré dans un monde sans pitié.

Cette femme, qui l'avait surprise dans le marais chargeant le cadavre de la vieille peau, cette commère, qui se faisait publicité en relatant la vie des autres, avait fait vaciller ses certitudes par ses sous-entendus.

« Au final, Marie-Louise ne vous a jamais dénoncé et vous a laissé vous recueillir sur la tombe de Bérengère, ce n'était pas une si mauvaise femme que ça », lui avait-elle déclaré.

Qu'est-ce qu'elle en savait ? Ce n'est pas elle qui avait souffert le martyre pendant des années.

La Grolle épongea ses larmes d'un revers de manche détrempée qui lui rinça le visage plus qu'il ne l'essuya. Il posa délicatement le corps raidi par la mort sur la chaise roulante. Trépassée, Marie-Louise ne lui inspirait que de la pitié. Leurs existences étaient liées par le chagrin. Gaby junior savait qu'il ne tarderait pas à la rejoindre en enfer. Dans ce siècle naissant, il n'y avait pas plus de place pour les sorciers, qui donnaient vie aux avisuns et aux encharlubins aux pattes jaunes, que pour les châtelaines qui vivaient recluses comme des princesses au bois dormant.

Une chaise renversée dans le petit bureau attenant attira son attention. Quelqu'un s'était donné la peine de mettre en scène l'agression avant lui.

Il n'avait plus rien à faire, de vrais voleurs avaient déjà visité la demeure.

La pièce était dévastée, les meubles sens dessus dessous, le secrétaire renversé, l'autel que Marie-Louise avait érigé à la mémoire des disparus du *Saint-Philibert* brisé et flanqué à terre.

Constatant l'état des lieux, La Grolle estima que des voleurs avaient profité de l'absence de la propriétaire pour cambrioler la demeure. Tant mieux si des crapules étaient venues, il aurait moins de travail à fournir, et sa mascarade n'en aurait que plus de force.

Il s'apprêtait à quitter le bureau quand sur le sol, dépassant d'un dossier de carton boursouflé par l'humidité, il vit une feuille de papier qui l'intrigua. Il récupéra la chemise, l'ouvrit.

Le choc qu'il subit fut encore plus violent que celui que l'odeur d'encaustique et de cire avait provoqué. Il tenait sous ses yeux une des missives qu'il avait envoyées à Bérengère durant sa cavale sur les flots à l'autre bout du monde. Une de ses nombreuses lettres dont il n'avait jamais reçu de réponse.

Le dossier contenait toutes les autres, pas

une ne manquait, ordonnées et classées par ordre chronologique. Il reconnut les timbres illustrés de végétaux et d'animaux exotiques aux couleurs chatoyantes qu'il choisissait avec le plus grand soin pour lui faire plaisir et lui faire partager les images de ses voyages.

Les dessins étaient désormais passés par le temps et gondolés par les assauts de la fraîcheur vendéenne.

Ses lettres étaient arrivées à destination, Marie-Louise les avait lues à la place de sa fille morte, et conservées précieusement comme un trésor.

À l'écart, un feuillet recouvert d'une écriture différente lui faisait signe, il aurait re connu, entre mille, la calligraphie enfantine de Bérengère.

Les mots se composaient de courbes douces et souples, à l'encre tant effacée par le temps, qu'il avait du mal à distinguer le texte qui se confondait avec le papier jauni.

La Grolle écarta l'épais rideau de velours à l'odeur de moisi, qui masquait la fenêtre, pour laisser pénétrer la clarté extérieure. Derrière les carreaux, le Cob émergeait avec la marée basse, couvert de cormorans noirs qui se prélassaient en étirant leurs ailes.

Le coup de vent reprenait son souffle et s'économisait en attendant la renverse.

Le sorcier se cala sur les coussins défoncés d'un divan branlant qui chancela sous son poids. Il attrapa une loupe de lecture, qui traînait à ses pieds, et la plaça entre son œil valide et la lettre que Bérengère lui avait écrite… mais qu'il n'avait jamais reçue.

Concentré sur sa lecture, il n'entendit pas le tic-tac monotone de l'horloge comtoise qui rythmait le temps du même pouls régulier depuis plus d'un siècle.

Mon cher Gaby, je ne suis pas partie, on m'a emmenée de force. Tout ce que tu entends sur les raisons de ma fuite ne sont que des menteries. Il est aisé de faire croire que notre différence sociale est la cause de notre séparation.

C'est juste un argument compréhensible par tous : le marin pêcheur et la descendante d'industriel, propriétaire au Bois de la Chaise, ne sont pas faits pour vivre ensemble. Sois certain que, si cela devait être la raison de notre éloignement, je serais passée outre. Je me faisais un plaisir, et une joie, de partager ta vie, même si celle-ci s'annonçait plus rude que celle qui m'était destinée par ma naissance.

Mais stoppons là ces chimères, notre amour est impossible car j'ai découvert quelque chose d'horrible qui l'empêchera à tout jamais d'exister.

Quoi qu'on dise, quoi qu'on fasse, on n'y pourra rien changer.

Quand on m'a éloignée de toi, j'ai souffert le martyre. J'ai tout essayé pour te retrouver.

Les cris et les menaces n'ont pas été suffisants. Devant le refus catégorique de ma mère de me laisser t'approcher, et de retourner sur l'île de notre bonheur, il ne me restait plus qu'une seule solution. J'ai tenté de me suicider et manqué de peu de réussir. Je ne dois la vie qu'à la venue rapide de notre médecin de famille qui me sauva in extremis.

J'ai cru que ma mère allait céder devant ce que j'étais capable d'accomplir pour te garder, mais c'est à mon chevet, alors que je lui affirmais que je recommencerai jusqu'à la mort si l'on m'interdisait de vivre avec toi, qu'elle m'avoua, contrainte et forcée, l'épouvantable vérité.

Exactement au même âge que moi aujourd'hui, Marie-Louise est tombée amoureuse et enceinte d'un ouvrier des chantiers navals de Saint-Nazaire en excursion sur notre île. Ce coup de foudre improbable eut lieu le jour du terrible naufrage du Saint-Philibert *dans lequel ton père mourut, car, tu l'as compris, c'est toi, le fils illégitime de l'union de ma mère avec cet ouvrier… et si tu es ce fils, je suis ta sœur.*

J'ai d'abord cru à un mensonge destiné à me faire changer d'avis, mais notre mère m'a montré suffisamment de documents pour que je ne mette pas en doute sa version. Léontine s'est occupée de toi comme une mère, mais c'est Marie-Louise ta vraie maman.

Connaissant cette révélation, j'espère que

tu comprendras que je ne reviendrai jamais à Noirmoutier où j'ai passé avec toi les plus belles années de mon existence.

Puisse le Seigneur nous pardonner.

Je t'aime pour toujours.

Adieu, ta Bérengère qui t'aime pour l'éternité. »

Quand il reposa la lettre de sa bien-aimée, La Grolle savait ce qu'avait voulu lui faire comprendre la femme dans le marais.

Il n'était pas seulement le père d'Édouard, il était le fils de Marie-Louise de Cussy, et le demi-frère de Bérengère.

– 27 –
Les ronds-points de la quatre-voies

Un rideau de pluie voilait le paysage autour d'eux, mais c'en était terminé du maelström dont l'intensité déclinait avec le reflux des flots. Michel gara le camping-car entre deux autres bahuts qui bivouaquaient sur le parking aux abords du Gois. Ils avaient utilisé le Ford pour traverser l'île car Cécile n'avait pas eu le courage, ou la démence, d'enfourcher son vélo.

Le mauvais temps avait eu raison de son habituelle détermination.

Après sa rencontre avec La Grolle, elle avait retrouvé Michel qui l'attendait, perclus d'angoisse, fumant cigarette sur cigarette, profitant de l'abri précaire que lui procurait l'auvent à moitié arraché du camping-car.

Il lui avait raconté l'apparition du loup-garou, la chienne désignant Kevin à la vindicte populaire, puis sa fuite pour conclure par la mise à mort horrible de la bâtarde, le crâne fracassé à coup de pierres.

Dans l'esprit de Michel aucun doute n'avait place, Kevin était coupable.

Cécile avait fait de même en lui expliquant comment elle s'était fait assommer en surprenant la conversation de Marie-Louise de Cussy avec un inconnu qui lui annonçait qu'une preuve accablante se trouvait dans le marais d'Édouard.

Deux conclusions s'opposaient : la théorie de Cécile, qui aboutissait à la culpabilité du paludier, et celle de Michel, qui accusait Kevin. Cécile n'avait pas encore eu le temps de lui parler de son irruption dans la saline surprenant La Grolle embarquant le cadavre de la pauvre châtelaine. Elle le ferait sur le trajet.

L'urgence était de réagir à l'appel reçu sur la radio CB qui annonçait la découverte du corps de la malheureuse serveuse.

En apprenant la nouvelle, Michel s'était empressé de descendre le Ford de ses cales pour partir au plus vite.

Depuis, il n'avait plus ouvert la bouche.

Le corps de Lou affleurait la gangue de boue au pied de la digue de protection du polder de Sébastopol, là même où La Grolle avait harangué la foule en accusant les Braillards d'avoir fait échouer la Volvo. La vase gainait la silhouette nue de la serveuse comme une combinaison de plongée qui n'avait malheureusement pas suffi à la préserver des chocs et du froid.

Au moins cette seconde peau parvenait-elle à dissimuler sa nudité.

Les vagues levées par la tempête, raides et infranchissables comme les murs d'enceinte du château de Noirmoutier, avaient ramené le corps de Lou. La chair qui avait entamé son processus de décomposition empestait l'air.

Des bandes de plastique rouge installées à la va-vite délimitaient le périmètre de sécurité interdit aux badauds. Ces fragiles barrières se dressaient dans les bourrasques en faisant autant de raffut que des haubans.

Cécile voulut accéder plus avant, mais Michel renonça, il en avait assez vu.

«Je t'attends au Ford», dit-il en amorçant un demi-tour.

Elle le regarda s'éloigner sans rien faire pour le retenir. Elle le connaissait suffisamment pour savoir qu'il ne montrerait pas sa peine. Il allait l'enfouir, ne partageant avec personne la douleur qui l'accablait.

Lou était morte.

Michel s'en doutait depuis le début.

Il aurait aimé qu'elle soit fille.

Il aurait aimé qu'elle ne parte pas sans le saluer.

Il avait espéré se tromper.

Mais il ne s'était pas trompé.

Un gendarme empêcha Cécile d'aller plus loin. Reconnaissant Jeanne au centre du groupe qui s'était constitué à l'écart, elle s'approcha pour écouter ce que l'aide ménagère de Marie-Louise racontait.

«C'est mon Étienne qui l'a découverte», affirmait-elle, pas peu fière de son mari. «Il profitait de la marée basse pour récolter du goémon pour engraisser les patates. La tempête avait décollé de l'algue. Mon Étienne, y dit toujours comme ça : "Elle est bien meilleure quand elle vient d'être arrachée."

«Il descendait la pente, quand il a vu un bras dépasser de la vase. Il a pas pris peur, ça non, c'est pas un gars qu'a les chocottes pour un rien. Il m'a appelé tout de suite pour savoir quoi faire. Tu parles, si moi j'ai prévenu les gendarmes… un bras qui sort de la vase, c'est pas banal tout de même.

«Je suis partie fissa pour prendre de l'avance, et voir la chose avant qu'ils nous l'interdisent. C'est toujours comme ça, si on n'était pas là ils le sauraient pas, mais dès qu'on approche, on n'a pas le droit de voir.»

Jeanne rendit le sourire à Cécile quand elle l'aperçut. Elle continua de répéter ce qu'elle ne cesserait pas d'expliquer toute cette après-midi, les suivantes, et pendant les longues soirées monotones qui ne manqueraient pas de se succéder.

«Un médecin est arrivé, celui qu'est de

garde à la Guérinière, je sais plus son nom… Le grand avec des grosses lunettes qui cause pas beaucoup. Y avait pas le choix de toute manière, c'était le plus près d'ici. Il a débarqué juste après les gendarmes. Il l'a examinée rapidement sans rien toucher avec les mains, comme si ça le dégoûtait, et puis il a dit comme ça qu'elle était pas morte noyée mais qu'il était pas sûr vu l'état du corps qu'est resté trop de temps dans l'eau à pourrir et à se faire boulotter par les crabes. »

Des exclamations montèrent de l'assistance, le dégoût se lisait sur les visages écœurés des curieux rassemblés autour de Jeanne. Cécile songea aux cadavres du *Saint-Philibert* se faisant dévorer par les poissons. Moins d'un siècle plus tard, la tempête, qui maintenant s'était apaisée après avoir balayé la baie de Bourgneuf avec la même force que l'année du naufrage du *Saint-Philibert*, ramenait, comme son ancêtre, des cadavres à moitié mangés par les crustacés voraces.

Un détail dans la logorrhée de Jeanne ramena Cécile au présent :

« Le trou qu'on lui a fait derrière la tête, c'est plutôt ça qui l'a tuée la pauvre, à moins que ce soit un rocher. Là-dedans, c'est comme une machine à laver, ça vous remue, un coup à la montante, et un autre à la descendante, sans oublier le passage sur essorage avec la tempête qu'on a eue.

« Le médecin, c'est pas son métier les cadavres qu'il a dit, y a des légistes pour ça. » Jeanne baissa la voix en prenant à témoin le premier rang tout proche d'elle. « Moi, je dis que si elle était toute nue, elle est pas partie comme ça au volant, sans ses vêtements. Elle était un peu fofolle la cocotte, mais quand même pas au point de se barrer en oubliant de s'habiller. Par le temps qui fait par-dessus le marché ! Moi, j'aurais enfilé une laine, et vite fait. On lui a fait sa fête, comme pour les lapins. » Elle mima le geste avec la main : « Paf, un coup derrière les oreilles puis on l'a jetée dans sa bagnole et hop, dans le Gois. Ni vu ni connu, je t'embrouille. »

Jeanne laissa sa phrase en suspens, le temps de permettre à son auditoire de digérer l'information.

Cécile ne pouvait qu'approuver la conclusion pleine de bon sens de l'aide ménagère de Marie-Louise. Lou morte, il fallait attendre que son corps soit examiné par un médecin légiste pour confirmer si elle avait été tuée.

Elle n'était pas la seule à avoir l'intuition que oui.

« C'est le débile qu'a fait le coup », lança une première voix.

« Cette fois, on va pas laisser dire, il s'en sortira pas. »

***

Au même moment, à quelques kilomètres

plus au nord, le bus qui relie Noirmoutier au continent filait sur la quatre-voies en direction du pont qui enjambe le goulet de Fromentine au niveau de la pointe de la Fosse.

Une douzaine de passagers était montée à la gare routière de Noirmoutier. Kevin, installé dans le fond du car, admirait la bague qui encerclait son doigt. En la voyant chez Marie-Louise, il n'avait pas pu s'empêcher de la dérober. Il détaillait le blason, qui représentait un trois-mâts sur fond d'océan tourmenté, tout en rêvant à la somme rondelette qu'il allait pouvoir en tirer.

L'autobus vira un peu sec en contournant un des multiples ronds-points censés fluidifier la voie rapide. À l'intérieur, les passagers se déportèrent sur le côté. La bague s'échappa de ses mains. Le bijou roula dans la travée et disparut sous le siège occupé par une mamie emmitouflée dans un caban bleu marine.

Il se baissait à quatre pattes pour la récupérer quand la grand-mère, étonnamment souple pour son âge, la ramassa promptement.

« Merci », fit Kevin qui se relevait en tendant la main pour la récupérer.

La mamie observait le blason en suçotant ses lèvres ombragées par un duvet dru et sombre. Elle semblait réfléchir intensément en scrutant le bijou.

« C'est à moi », insista-t-il.

La vieille dame daigna enfin lever les yeux sur lui. Sceptique, elle le détailla de ses pupilles légèrement voilées par un début de cataracte.

« Impossible, ça ne peut pas être à vous, jeune homme », déclara-t-elle catégorique en refermant ses doigts sur la bague.

« Puisque je vous dis que je viens de la perdre ! »

La grand-mère attrapa son sac à main, posé sur le siège libre à ses côtés, et y rangea l'anneau.

« Faites-pas d'histoire, rendez-la-moi »

Les menaces n'impressionnaient pas la femme, Kevin dut lui tirer sur les phalanges pour la forcer à ouvrir la main qui emprisonnait la bague.

« Donnez ça ! »

« Au secours ! », hurla-t-elle.

Il ne s'attendait pas à ce que la mamie se mette à crier comme s'il l'agressait.

Dans l'autobus, des visages interrogatifs se tournèrent vers lui.

« Elle ne veut pas me rendre ma bague », se justifia-t-il en haussant les épaules pour marquer son incompréhension.

« Elle ne lui appartient pas, c'est celle de Marie-Louise de Cussy », proclama la grand-mère avec certitude. « La centenaire qui vit au Bois de La Chaise, je reconnais les armoiries de sa famille d'aristos. »

Témoins de cet échange, les passagers attendaient que Kevin réponde à cet argument. Le jeune homme n'en avait que faire.

« L'écoutez pas, c'est une vieille folle !

– Vieille, ça c'est sûr, mais certainement pas folle. J'ai trimé dans cette maison pendant des années avant qu'on me jette à la porte comme une moins que rien. Je reconnaîtrais le blason entre mille, la bague était exposée sur un petit autel. Ce bijou, il a une sacré histoire, on l'a retrouvé après le naufrage du *Saint-Philibert* dans le bide d'un maigre d'au moins dix kilos…

– Vous voyez, elle a plus sa tête, elle raconte n'importe quoi, la mamie. »

Le chauffeur, qui ne le quittait pas des yeux, allait intervenir quand, déformé par le rétroviseur panoramique, il vit le garçon rejoindre tranquillement sa place en ronchonnant.

L'incident lui sembla clos. Il reprit sa conduite en se concentrant sur la voie rapide qui défilait devant lui.

À l'arrière, Kevin récupérait la valise qu'il avait logée dans le compartiment en hauteur. Il était temps de déguerpir. Une femme, deux rangées devant lui, venait de se retourner dans sa direction pour demander :

« Vous avez vraiment volé cette bague… à une centenaire ?

– Mais non, j'ai rien fait. C'est n'importe

quoi, elle me l'a donnée… pour… pour mon anniversaire», marmonna le jeune homme.

La mamie au caban qui avait encore l'oreille fine ne l'entendait pas de cette oreille.

«Cette vacherie de Marie-Louise de Cussy, faire un cadeau, ça serait bien la première fois que ça lui arrive.»

Kevin profitait de la ligne droite qui traversait l'île, du nord au sud, pour remonter l'allée centrale d'un bon pas, son bagage à la main.

«Arrêtez-le, bon sang. C'est un voleur», hurla la vieille dame en essayant de l'agripper quand il passa à ses côtés.

Le chauffeur, perturbé par l'agitation qui gagnait son véhicule, avait le plus grand mal à se concentrer sur sa conduite.

«Le laissez pas partir», hurla la grand-mère à s'en exploser les tympans.

Kevin accédait à l'avant du bus. Tout sourire, il tenta un trait d'humour pour détendre l'atmosphère.

«Je ne sais pas ce qui lui prend, elle a pété un câble, faites donc un détour pour la ramener à l'hospice.

– Asseyez-vous, jeune homme. Il est interdit de rester debout quand on roule, c'est dangereux», commanda le chauffeur.

«Je veux descendre.

– Impossible, on est au milieu de la

quatre-voies.

–Je m'en fous, gare ton putain de car.

–Je ne peux pas stopper en dehors des arrêts. Le prochain est dans quelques kilomètres, au rond-point de la Fosse. Je vous demande gentiment de vous asseoir», tenta l'homme excédé en desserrant son nœud de cravate pour mieux respirer.

«Chauffeur, attrapez-le, c'est un voyou!»

La mamie s'était levée et progressait à petits pas, en s'agrippant aux dossiers des sièges pour ne pas se casser la figure.

Au volant, le conducteur n'en pouvait plus.

«Retournez vous asseoir, nom d'une pipe… Imaginez, si je freine.»

***

Au niveau du passage du Gois, Cécile avait retrouvé Michel qui ruminait devant le Ford. Elle se posait la question de savoir s'ils allaient quitter l'île dès maintenant.

Ils n'avaient plus rien à y faire.

Elle avait recueilli le bouleversant témoignage de Marie-Louise et le mettrait en ligne sur son blog, le plus vite possible.

Michel, de son côté, ne comptait pas attendre qu'Édouard réapparaisse pour lui réclamer l'argent qu'il lui devait pour son coup de main sur le marais. Le paludier avait d'autres chats à fouetter.

Le couple n'avait toujours pas réussi à se mettre d'accord. Pour Cécile, c'était Édouard le responsable de la mort de la serveuse, tandis que son compagnon n'en démordait pas, Kevin était l'assassin.

« L'avenir nous apportera la vérité », déclara-t-elle. « Le médecin légiste va chercher les causes du décès de la petite. La police va faire son enquête, ils retrouveront le paludier, et il leur dira ce qui s'est passé. »

Michel, qui connaissait Édouard pour avoir partagé de bons et de mauvais moments en sa compagnie, ne semblait pas aussi optimiste que sa compagne :

« Ils lui feront avouer ce qu'ils voudront, c'est un brave type. Sous ses airs de brute épaisse, il est aussi influençable qu'un gosse. »

Cécile le savait, La Grolle lui avait dit.

Il n'y avait plus rien à faire.

Un barrage de la gendarmerie bloquait le Gois et rendait l'accès impossible par la route. Ils décidèrent de rejoindre le continent en empruntant le pont.

Le Ford déboucha au rond-point qui les ramenait sur la quatre-voies pour quitter l'île.

Michel engagea le fourgon sur le giratoire au moment où le bus qui assurait la liaison « Noirmoutier – le Continent » survint à vive allure.

– 28 –

Le string de Lou

« Asseyez-vous, je vous dis », ordonna une nouvelle fois le conducteur du car. « Vous allez vous casser la figure ! »

La vieille dame refusait d'obéir à ses injonctions et progressait toujours vers Kevin d'un air décidé.

« Puisque je vous dis que c'est un voleur ! »

Pris au piège à l'avant du bus, Kevin ne pouvait plus avancer. La grand-mère arrivait à son niveau. Elle battait des bras en cherchant à l'attraper. Il utilisa sa valise comme un bouclier pour la repousser. Le chauffeur, qui tentait de les séparer de la main droite, tout en ne lâchant pas le volant de la gauche, ne ralentit pas suffisamment en abordant le rond-point et percuta l'arrière du Ford Transit qui venait de s'y engager.

Sous le choc, la camionnette fit un bond vers l'avant. Le bus, qui avait négocié le virage bien trop rapidement, se coucha sur le côté en embarquant la sculpture –un refuge sur le

Gois, stylisé en modèle réduit – installée par la municipalité au milieu du terre plein central.

Surpris par l'impact, Michel ne freina pas et laissa le Ford prendre de la vitesse. Un coup d'œil dans le rétro lui permit de voir le car qui glissait sur le bas-côté. Il prit garde de s'en éloigner suffisamment pour ne pas être entraîné dans sa chute. La carrosserie, frottant contre le bitume, engendra un barouf épouvantable qui fondit dans un crissement suraigu avant de s'éteindre pour laisser place au silence glaçant qui suit les grandes catastrophes.

Michel se gara sur la bande d'arrêt d'urgence, une centaine de mètres devant le mastodonte qui empestait la gomme brûlée et la tôle chauffée à blanc.

Une fois le frein à main serré, ses premiers mots furent pour Cécile qui se massait la nuque avec vigueur.

« Tu n'as rien ? », s'inquiéta-t-il.

Le choc aurait pu lui faire le coup du lapin.

Elle n'avait rien. Lui non plus.

« Plus de peur que de mal », souffla Cécile.

Elle avait beau faire la brave, ses genoux jouaient des castagnettes. Michel posa sa paume sur ses cuisses et serra doucement. Peu à peu, ses nerfs se relâchèrent. Elle l'embrassa.

« J'ai pas envie de te perdre…

– C'est pas pour ce coup-ci », rigola Michel en ouvrant la portière. « Bon, allons-voir s'il y a des dégâts. »

Inquiet pour son cher Ford Transit, il fit le tour de son engin.

De la carrosserie enfoncée : rien de grave. Du côté du bus, c'était une autre affaire.

Michel s'approcha et fut très étonné de découvrir Kevin, couvert de sang, à moitié assommé à l'avant, empêtré dans une vieille dame qui répétait, sans discontinuer :

« C'est un voleur, c'est un voleur. Le laissez pas partir. »

Michel et Cécile aidèrent la dizaine de passagers à s'extirper de l'engin vautré sur l'asphalte. Kevin était le seul blessé : le freinage et le corps de la mamie l'avaient précipité contre le pare-brise. Il avait servi d'airbag protecteur à la grand-mère qui s'en sortait sans la moindre égratignure, tandis que lui s'aplatissait contre la vitre avant de l'autobus.

Dans le choc, sa valise s'était éventrée, dispersant un nuage de billets de banque dans la travée bientôt suivi par des couverts et de l'argenterie poinçonnés aux armoiries de la famille de Cussy.

Kevin n'avait aucune intention d'attendre les secours. Il profita de la diversion engendrée par tout cet argent pour s'éclipser et sprinta sur l'asphalte de la route.

Quand Hurricane le vit s'enfuir, il s'élança immédiatement à sa poursuite.

Cette fois-ci, le quinquagénaire avait toutes ses chances car le fugitif blessé courait avec un sérieux handicap.

Ils se pourchassaient sur la bande d'arrêt d'urgence quand Hurricane sentit la douleur provoquée par son point de côté, se raviver. Il ne fallait pas qu'il flanche, sa proie n'était plus qu'à quelques mètres de lui. Il pensa à Cécile qui devait l'observer. Il fallait qu'il se montre à la hauteur, et qu'il le chope.

Il donna un ultime coup de rein, ignorant la brûlure qui lui embrasait le flanc, et attrapa le fuyard par le T-shirt.

L'étoffe étirée ne tint pas longtemps et se déchira.

Cette fois encore, il l'avait laissé filer. Il avait honte de ce qu'il était devenu. Les courses-poursuites n'étaient définitivement plus de son âge.

« Michel, fonce, il est tombé ! »

Cécile l'encourageait à nouveau.

En effet, Kevin, déséquilibré, venait de se vautrer et tombait en arrière dans l'étier qui filait en parallèle de la route.

« Vas-y, tu le tiens ! », le poussa-t-elle en arrivant essoufflée.

Hurricane ne devait pas faillir. Il se redressa et, dans un ultime effort, le chopa par le bras.

Kevin se débattait dans la vase. Pris au piège, les pieds aspirés dans la gadoue, couvert de boue, blessé, il n'insista pas. Il avait perdu la partie.

Le jeune homme tendit le bras pour que Michel le dégage du piège dans lequel il était tombé.

Quand Cécile les retrouva, Michel haletait en agrippant fermement le fuyard.

«Y a un moment que je voulais qu'on cause», ahanait-il à bout de souffle.

«J'ai rien à vous dire!», se défendit Kevin.

Hurricane lui tordit le bras.

«C'est ça, dans tes rêves!»

Il hurla.

La torsion sur son membre blessé lui faisait souffrir le martyre.

«C'est pour ce que tu as fait subir à Édouard dans le hangar avec tes copains!»

Debout à ses côtés, Cécile laissait faire sans rien dire. Hurricane balança une baffe à l'arrière de la tête de son prisonnier sans se préoccuper de ses lamentations.

«C'est toi qui l'a tuée, salopard.

–J'ai tué personne.

–Pourquoi tu t'enfuis, alors?

–Parce que j'ai peur.

–De quoi?

–De tarés comme toi.»

Hurricane n'était pas d'humeur. Il lui torsada le bras encore plus, l'autre hurlait. Cette fois, Cécile intervint pour calmer son compagnon:

« Michel, arrête, il est blessé.

– Justement, ça va le faire causer.

– Arrête, arrête… », supplia Kevin qui se tordait comme un ver de terre pour limiter la douleur. « Je fous le camp parce qu'ils vont me tuer. » Hurricane réduisit sa pression sans le lâcher pour autant. « Depuis cette histoire de loup-garou, ils veulent ma peau.

– Au café, ils ne se sont pas précipités pour te rattraper, gueula-t-il.

– Parce qu'ils ne font pas leurs saloperies au grand jour. Ils attendent la nuit quand il n'y a plus de témoins. »

Hurricane sentit la main de Cécile se poser sur son épaule.

Il s'écarta pour laisser sa compagne prendre les choses en main :

« Si ce n'est pas toi, raconte-nous ce qui s'est passé », demanda-t-elle d'une voix apaisante.

Kevin jeta un œil à Michel qui prit sa mine la plus méchante quand il croisa son regard affolé.

« Tout a commencé dans les dunes le soir du prétendu sabbat de la pleine lune », confessa Kevin qui n'avait plus rien à perdre. « Lou a passé son temps à m'allumer. On était complètement bourrés. Je savais plus si elle voulait ou pas. Un coup, c'était oui, l'autre, je te repousse. On se chamaillait comme des gosses, on se filait des coups aussi, je savais plus si c'était pour de vrai ou pour de rire. Elle me reprochait sans cesse d'avoir saoulé son débile de paludier, de l'avoir balancé à la baille après l'avoir foutu à poil. Il n'était pas loin ce con, je l'entendais qui braillait dans les vagues. Il prenait son bain de l'année. Parce que, question schlinguer, des fois, c'était juste intenable. Plus y braillait dans la flotte gelée, plus ça me faisait marrer. Lou m'a balancé une claque, elle trouvait pas ça aussi drôle que moi. Elle s'est barrée dans les dunes. Je suis resté comme un con un moment. Je croyais qu'elle allait revenir, puis je l'ai cherchée partout parce qu'elle avait vraiment foutu le camp.

« Même avec la pleine lune qu'éclairait comme un phare, j'ai pas réussi à la retrouver. Par contre, y a son Édouard qui rappliquait, il s'était décidé à sortir de l'eau. Sa grosse voix perçait la nuit : "Lou Lou" On aurait dit un hibou. "Lou Lou". Je me suis caché, j'étais tout seul, mes copains s'étaient tirés.

– Tu fais moins le fier quand t'es tout seul », ne put s'empêcher de rajouter Michel.

Cécile lui fit les gros yeux pour qu'il se taise. Kevin reprit :

« Quand il est bourré, le grand débile, il est dangereux et incontrôlable, faut pas trop l'approcher, y a que Lou à qui il obéit, et encore s'il est pas dans les vapes… Je ne retrouvais pas Lou, et j'entendais l'autre fou qui arrivait sur moi. Il avait descendu plus de bouteilles qu'il en faut pour tuer un mec normal.

«Je le voyais débouler sous la lune, à poil, titubant, ses poings battaient dans le vide comme s'il se frittait avec un fantôme. D'un coup, il a repéré Lou. Moi aussi, je l'ai vu qui s'enfuyait. Il s'est mis à courir après et… et puis, plus rien.

– Comment ça, plus rien ? demanda Cécile.

– Plus de bruit, plus personne, quoi.

– Et après, qu'est-ce que tu as fait ?

« – Qu'est-ce que vous vouliez que je fasse ?

– Tu pouvais pas aller l'aider, c'était ta petite copine », se désola Cécile qui ne tenait plus en place en entendant ça.

« Ma petite copine, ça reste à prouver !

– Me dis pas que t'es resté là, à attendre qu'elle se fasse massacrer dans les dunes. T'es qu'un lâche.

– Non, je suis pas un lâche », reprit-il vexé. «Je suis sorti de ma planque et je suis parti vers le marais parce que la dernière fois que je les avais entendus, les cris venaient de par là… mais ça faisait un moment qu'il y avait plus rien. J'avais froid… quand, tout à coup, je l'ai vu.

– Qui ça ?… Édouard ?

– Non, La Grolle, il rôdait dans les dunes.

– T'es certain que c'était lui ?

– Il était loin, mais qui ça pouvait être d'autre ? Un look comme ça, on l'oublie pas ! »

Michel n'avait pas rêvé, c'était bien La

Grolle qu'il avait vu le soir de la disparition de Lou rôder autour de la Volvo. Mais ça ne voulait pas dire que le sorcier était coupable. Il était persuadé que c'était Kevin qui avait fait le coup et il acceptait difficilement de se tromper.

« Ça prouve rien, tu l'as pas vu faire », s'énerva Michel qui n'en démordait pas. « T'as tué la chienne pour qu'elle te dénonce pas. »

Cécile comprenait l'entêtement de son compagnon à défendre le paludier qu'il appréciait, mais cet interrogatoire tournait au ridicule. Il s'acharnait sur un type couvert de sang avec comme seuls arguments le témoignage d'un loup-garou. Une chienne… morte en plus.

Ridicule.

Michel continuait de cuisiner le blessé :

« Qu'est-ce que tu voulais piquer à Édouard quand tu l'as suivi ? C'était quoi ce truc qu'il avait dans les mains et qui t'intéressait autant, un bout de tissu ?

– Si t'étais là, pourquoi t'as rien fait pour que la chienne me bouffe pas ? », répliqua Kevin qui retrouvait de l'allant.

Michel avait pris un malin plaisir à le voir pisser dans son froc devant la rangée de crocs de la bâtarde.

« T'as pas bougé ton cul, il a bien fallu que je me débrouille, sinon elle me dévorait. C'était elle ou moi, légitime défense. »

Cécile, intriguée par cette histoire d'étoffe,

voulut en savoir plus :

« C'était quoi cette chose que tu voulais récupérer, un chiffon ?

– Sa culotte.

– Quoi ? », firent-ils en chœur.

Kevin leur expliqua, sourire aux lèvres :

« Édouard avait gardé un slip de Lou, un string je crois bien, je préfère pas savoir ce qu'il foutait avec… Ce type est tombé complètement dingo à force de vivre tout seul dans son gourbi au milieu de nulle part. Après le coup de la bâtarde qui me renifle en aboyant, j'ai bien compris que, quoi que je fasse, c'était moi qui allais avoir tort. Cette enflure d'Édouard allait encore s'en sortir sans se faire pincer… comme d'habitude. Alors, en voyant qu'il avait le string de Lou, j'ai compris que c'était obligatoirement lui qui l'avait butée. Cette culotte devenait une preuve, si on la retrouvait dans sa cabane il était foutu. »

Cécile et Michel se regardèrent incrédules.

« J'avais ma petite idée pour gagner de l'argent. Je suis allé faire une visite à sa grand mère, la vieille du Bois de la Chaise. Elle est pleine aux as, cette salope, et elle en fait rien. Et puis, elle va bientôt crever vu l'âge qu'elle a. Je tenais l'occasion de me tirer de cette île avec de quoi repartir du bon pied. Comme je sais qu'elle allait tout faire pour couvrir son petit-fils, j'ai décidé de la faire chanter. Contre un paquet de pognon, je lui ai dit qu'elle trouverait une preuve dans la calorge. Si elle me payait pas, je prévenais les flics, et son petit-fils adoré finirait sa vie en taule, à elle de choisir… et elle a choisi.

« – Voilà, je l'ai pas volé cet argent, c'est elle qui me l'a donné. Preuve ou pas preuve, Édouard était foutu, autant que je me fasse du pognon… ça compensait ce que j'avais subi… parce que moi, on a tendance à l'oublier, mais c'est ma petite chérie qui s'est fait buter.

« C'est toi qui m'a assommée ? », demanda Cécile ?

« Désolé, madame, je voulais avoir le temps de foutre le camp.

– Et la bague, elle te l'a donnée ? »

Kevin hésita un instant, ça ne lui servirait plus à rien de mentir :

«Je l'ai trouvée jolie… alors, je me suis servi… Elle ne la mettait pas, elle l'exposait sur un espèce de truc moche. Autant que ça serve à quelqu'un. »

– 29 –

Une nuit à l'hôtel

Les gendarmes venus lui restituer ses biens avaient découvert le corps de Marie-Louise de Cussy, installé sur sa chaise roulante, au beau milieu de sa maison dévastée. Une autopsie avait immédiatement été diligentée et une enquête ouverte pour meurtre. Kevin, qui faisait figure de suspect n° 1, à cause de l'argent liquide et du bijou retrouvés en sa possession dans le bus, avait été placé en garde à vue.

Comme il l'avait déjà fait devant Cécile et Michel, il avait avoué le vol et le chantage ; par contre, il jura ses grands dieux que Marie-Louise était bien vivante, et en pleine forme, quand il l'avait quittée. Il encouragea les gendarmes à aller jeter un coup d'œil dans la calorge d'Édouard, voir s'ils n'y trouveraient pas une culotte ayant appartenu à la défunte serveuse.

En retournant systématiquement la cabane du saunier, les enquêteurs mirent au jour le sous-vêtement et découvrirent des piles de revues pornographiques cachées dans un bidon de plastique à l'abri des regards et des moisissures.

Le paludier en cavale, les autorités avaient fait installer un barrage filtrant sur le pont, interdit le passage du Gois, et bloqué les départs de bateaux des ports de l'île. Au large, les affaires maritimes veillaient à ce qu'aucune embarcation ne quitte le rivage. Enfin, une battue allait être organisée dès le lendemain matin pour coincer « le violeur des dunes » comme l'avaient baptisé les journaux dans la fièvre et l'excitation provoquées par ce fait divers sordide.

Plus tard, le médecin légiste avait faxé son rapport en spécifiant que Marie-Louise de Cussy était décédée d'un arrêt cardiaque et que Lou avait été violée et tuée.

Kevin n'était plus accusé que de cambriolage.

Édouard, quant à lui, était toujours recherché pour meurtre.

Cécile et Michel s'installèrent à l'hôtel en attendant que le camping-car, endommagé après sa collision avec l'autobus, soit réparé. Le couple avait passé des examens médicaux de routine, et malgré ses protestations— Cécile ne ressentait plus aucune douleur aux cervicales —, une ambulance l'avait conduite à l'hôpital de Challans, sur le continent, passer une radio pour vérifier les séquelles éventuelles de son coup du lapin. Michel avait insisté pour l'accompagner et l'avait amèrement regretté dès les premiers virages de la route du marais. L'ambulancier profitait de son gyrophare pour se prendre pour un pilote de Formule 1. Hurricane n'avait pas apprécié son comportement, il lui avait signalé et avait manqué, de très, très peu, de se parjurer devant Cécile…

L'assurance prenait l'ensemble des frais à sa charge, mais ce n'était pas une raison pour terminer dans le fossé ou, pire, à la morgue.

En retrouvant l'île et découvrant l'hôtel, Cécile avait pesté contre cette inutile perte de temps qui l'avait empêchée de récupérer son matériel informatique bloqué dans le camping-car. Le fourgon avait été remorqué jusqu'à un garage qui devait rapidement le remettre en état ; à part de la ferraille froissée et des optiques de feux brisées, le Ford n'était pas abîmé.

Cécile s'impatientait de recommencer leur balade au gré des routes de France.

Quand Michel, accompagné de La Grolle, fit son entrée dans le hall de l'hôtel, Cécile consultait ses mails sur l'ordinateur installé en accès libre dans un recoin contigu à l'accueil. Elle lisait les sympathiques mots d'encouragement laissés par les fidèles lectrices de son blog.

Le sorcier, anachronisme égaré dans l'univers cosy de l'établissement, déguisé comme un Père Noël avant l'heure, désirait lui parler.

Le trio singulier se dirigea vers l'espace bar, mais, au moment de s'installer, le patron leur fit comprendre que le géant effrayait la clientèle. Coutumier du fait, La Grolle avait fait volte-face pour sortir avant même que Hurricane n'ait le temps de houspiller l'hôtelier.

Michel utilisait le moindre prétexte pour exprimer sa mauvaise humeur. Depuis qu'ils étaient bloqués dans cet immeuble de béton, il ne rêvait que d'une chose : s'enfuir. Croupir entre quatre murs l'épouvantait, il avait suffisamment perdu d'années de sa vie enfermé pour ne plus jamais accepter de se sentir privé de liberté. Tout à l'heure, en découvrant leur lieu de villégiature, il avait proposé à Cécile d'investir la cabane d'Édouard en attendant la réparation prochaine de leur fourgon. Surmontant son angoisse de passer la nuit au milieu du marais, elle avait accepté pour lui faire plaisir, mais c'était sans compter sur les gendarmes qui, voyant le couple débouler, avaient émergé d'un gabion où ils se terraient.

La cabane venait d'être placée sous leur discrète surveillance dans l'espoir de capturer le fugitif.

Cécile et Michel, accompagnés de La Grolle, se promenaient sur la jetée Jacobsen qui relie le port de Noirmoutier au Fort Larron. Le vent d'ouest, qui les entraînait vers le large, obligea les deux hommes à se défaire de leurs éternels chapeaux qui menaçaient de terminer dans le chenal. La crinière poivre et sel de La Grolle ainsi libérée se plaquait sur ses joues comme des algues contre un rocher tandis qu'il narrait l'épisode de la cabane d'Édouard.

Des gamins en vélo les escortèrent dès le début de leur balade dans l'intention d'approcher au plus près le fameux sorcier. D'abord impressionnés par sa réputation et son allure, ils furent rapidement déçus qu'il ne leur arrive rien de spécial, cet usurpateur ne jetait même pas de sorts comme Harry Potter.

Ils disparurent en les insultant avec la désagréable impression d'avoir été bernés.

«Je suis arrivé à la cabane d'Édouard au moment où la tempête se levait», raconta le géant. «J'ai surpris Marie-Louise qui fouillait partout. Je lui ai demandé ce qu'elle fabriquait. Elle m'a affirmé qu'un jeune voyou était venu jusqu'à chez elle, au Bois de la Chaise, dans l'intention de la faire chanter. Elle était montée sur ses grands chevaux mais lui avait quand même donné de l'argent pour qu'il se taise et n'aille pas voir les gendarmes comme il menaçait de le faire. Le maître-chanteur lui avait affirmé que la preuve de la culpabilité d'Édouard se trouvait quelque part cachée dans la calorge. Elle m'annonça que, si je voulais sauver mon fils de la prison, nous ferions bien de conjuguer nos forces et de trouver cette preuve avant que la police ne mette la main dessus. Malgré nos querelles, nous avions autant envie, l'un que l'autre, de préserver Édouard sans même savoir si les horreurs dont on l'accusait étaient réelles. La vieille saloperie profita des quelques minutes que nous passâmes ensemble pour me reprocher de ne pas m'être suffisamment occupé de mon fils. À ses yeux, j'étais responsable de toute cette affaire. J'allais lui répliquer quand Édouard a déboulé.

« Sa grand-mère lui a immédiatement sauté dessus en le pressant de lui dire la vérité. Édouard, qui a toujours eu peur d'elle, n'a pas tardé à avouer. La vieille a toujours su lui parler. »

Le témoignage de La Grolle donnait raison à Cécile. Le paludier à moitié débile avait tué et violé la jolie serveuse qui ne partageait pas son amour. Elle dissimula son air triomphant. Elle n'avait pas l'intention de faire de la peine à son compagnon qui ne croyait pas un mot de ce qu'affirmait le géant.

« Qu'est-ce qu'il a avoué à sa grand mère… le meurtre de Lou ? », s'énerva Michel qui n'acceptait pas l'évidence.

« Non, il n'a pas tué la serveuse, mon fils n'est pas capable d'une telle abomination. »

Michel se retourna vers Cécile. Il n'avait pas encore perdu la partie.

« Il avait juste honte d'avoir volé la culotte qu'elle avait mise à sécher sur son fil à linge… », précisa le sorcier en haussant les épaules tristement.

Le fameux string dont Lou avait signalé le vol lors de leur première rencontre, et dont Kevin leur avait parlé.

« Cette histoire de culotte a rendu Marie-Louise folle de rage. Elle s'est jetée sur lui. Il s'est défendu, car elle l'avait attrapé par le cou et l'empêchait de respirer.

« Comme il n'a pas conscience de sa force, la vieille peau a valsé dans le merdier entassé dans tous les coins et… elle ne s'est pas relevée. J'ai tâté son pouls, aucun signe de vie, morte.

« Édouard a fait une crise et s'est mis à tout bousiller. Je suis parvenu à l'immobiliser et à le calmer. Je suis plus fort que lui et je peux le contenir. Je lui ai ordonné de disparaître, ce qu'il a fait, tandis que je m'occupais de tout arranger comme j'en ai désormais l'habitude… et vous êtes arrivée. »

Cécile lui demanda encore une fois si Édouard était responsable des autres viols qui avaient eu lieu dans les mêmes circonstances, des années plus tôt dans les dunes. La Grolle se fâcha et tonna, de sa voix de corbeau :

« Mon fils m'a juré que ce n'était pas lui, je vous l'ai déjà dit.

– Et ça vous suffit pour le croire ?

– Il ne m'a jamais menti. »

Cette fois, c'était à Michel de poser la question qui le tourmentait. Kevin leur avait affirmé que la nuit de la disparition de Lou, il avait fui parce qu'il avait vu La Grolle traîner dans les dunes. Michel, lui aussi, l'avait vu rôder durant cette nuit tragique. Quel était le rôle exact du sorcier dans le déroulement de ce drame ?

Michel exposa sa théorie à haute voix :

« Vous avez mis le corps de Lou dans sa voiture et vous l'avez jeté à la mer pour disculper votre fils, c'est bien ça ? »

L'œil de cyclope du sorcier brilla d'un éclair méprisant, il remit son galure et fit demi-tour sans leur adresser un mot supplémentaire.

La Grolle rebroussa chemin vers le port de son pas rapide et chaloupé.

Michel voulut le rappeler, mais Cécile lui conseilla de ne pas insister. Il n'y avait rien d'autre à ajouter.

Michel se creusait la tête, à chaque fois son raisonnement l'amenait à la même conclusion : si ce n'était pas La Grolle, qui d'autre qu'Édouard aurait-il pu confondre avec lui ?

Le sorcier et son fils avaient la même stature monumentale, nul autre costaud ne les égalait sur l'île. Michel devait accepter que le paludier, son ignoble forfait accompli, ait balancé la pauvre gamine à la mer en l'emmenant dans sa propre voiture.

Affecté par cette conclusion sans appel, il accepta la main que Cécile lui proposait. Ils cheminèrent ainsi, silencieux, profitant des derniers rayons de soleil qui découpaient le port en ombre chinoise dans le violent contre-jour qui précède la nuit. Les promeneurs auraient pu les prendre pour un de ces vieux couples qui n'a plus besoin de parler pour se comprendre.

C'était bien Édouard le coupable, et non Kevin, mais ça ne changeait rien à l'affaire, Lou était morte, et plus rien ne la ramènerait à la vie.

En rentrant à l'hôtel, l'ambiance avait changé. On n'aurait pas pu tasser un client supplémentaire dans l'espace bar envahi par une meute de journalistes qui débarquait du continent pour couvrir la chasse à l'homme prévue pour l'aurore prochaine. L'alcool coulait à flots, chacun y allait de son anecdote véridique et édifiante. La sensation de vivre enfin la grande aventure journalistique, dont ils rêvaient dans leurs bureaux surchauffés, les grisait.

En découvrant le tumulte, Cécile et Michel

s'éclipsèrent directement dans leur chambre. Le garagiste avait promis que le Ford serait prêt pour le lendemain matin. Ils avaient donc décidé de passer chercher le fourgon dès l'ouverture de l'atelier, et de ne pas participer à la chasse à l'homme pour retrouver le fuyard le plus recherché à l'ouest de la France.

Michel ne s'imaginait pas un seul instant traquer celui qui, d'une manière silencieuse et modeste, s'était imposé comme son ami.

À peine allongée sur le grand lit, Cécile s'effondra, engourdie par le chauffage qui distillait une température bien plus douce que celle qui régnait dans le camping-car.

Michel, qui ne possédait pas cette faculté d'endormissement, sortit sur le port pour se dégourdir les jambes.

Les lampadaires éclairaient les bateaux à quai. De vieux gréements aux lourdes coques de bois arrondies se partageaient les bittes d'amarrage avec les barques de pêcheurs.

De l'autre côté du chenal, se silhouettaient les formes massives des trois énormes salorges construites au début du XXe siècle. Les bâtiments abritaient désormais le musée de la Construction navale.

Il dépassa le *Café Noir* qui douchait les pavés d'un carré de lumière crue. Le bar branché avait repoussé son horaire de fermeture pour accueillir les journalistes et les badauds qui s'entassaient en attendant avec impatience la traque du lendemain.

Les rideaux gris du bar-tabac *Le Jean Bart* étaient tirés. Derrière la place d'armes entourée de ses élégants hôtels particuliers, les murailles du château provoquaient la flèche de l'église Saint-Philibert.

Michel prolongea sa promenade nocturne vers l'ancien quartier de pêcheurs, articulé autour de la rue des Banzeaux. Les demeures bornant les venelles étroites aux pavés mal joints avaient été restaurées et transformées. L'été, le quartier se métamorphosait en réserve pour touristes aisés. En cette nuit vivifiante d'automne, aucune âme qui vive ne troublait ce calme provincial.

Michel marcha longtemps, l'esprit tourmenté. Malgré la somme d'éléments qui s'achar naient contre le paludier, il ne croyait pas une seconde qu'il fût coupable.

Être convaincu de son innocence n'était pas suffisant, il fallait le prouver. Michel n'avait pas la moindre idée de la façon d'y parvenir.

Accaparé par ses réflexions, il ne vit pas un type déboucher de la minuscule venelle des Trois-Ivrognes. L'inconnu, aussi surpris que lui, promenait son chien, un bâtard de berger allemand à la drôle de queue en panache. L'animal se mit à gronder bizarrement en s'étranglant avec son collier. Son maître tira un coup sec sur sa laisse pour le faire taire.

« Il n'est pas méchant », dit-il, rassurant.

Les propriétaires de chien affirment tous la même chose, surtout quand leur animal est sur le point de vous chiquer, pensa Michel en silence.

« Faut pas avoir peur, monsieur, il n'a jamais mordu personne. »

Michel allongeait le pas en direction de l'hôtel sans plus leur prêter la moindre attention.

Le bâtard venait de lui donner une idée.

– 30 –
La Grolle fait son cinéma

Cécile pelait de froid. Elle avait accepté d'accompagner Michel uniquement parce que son compagnon l'avait implorée de la suivre. Il était rentré tellement perturbé de sa promenade nocturne qu'elle aurait fait n'importe quoi pour l'aider à retrouver ne serait-ce qu'une once de sérénité. Avec le recul, elle s'en voulait, car elle se retrouvait blottie dans un recoin sombre et sale, avec pour compagnie un balai, un seau et une serpillière. De sa planque, elle observait La Grolle qui dandinait sa gigantesque carcasse. En le voyant s'agiter ainsi, elle regrettait la quiétude du lit de l'hôtel qu'elle avait abandonné précipitamment.

Face à La Grolle, le cafetier se sentait mal à l'aise. Ses pantalons de pyjama tire-bouchonnaient sur ses cuisses et il était obligé de les retenir avec sa main pour qu'ils ne glissent pas sur ses jambes. Il sautillait d'une jambe sur l'autre comme si une envie pressante le tenaillait. Ses yeux tentaient d'éviter celui du sorcier qui le fixait avec détermination.

La Grolle posa son imposante patte sur le front de Max qui perla instantanément d'une multitude de larmes de sueur au contact de sa peau rêche.

« Arrête de t'agiter comme ça, tu me files le tournis. Tu sais ce qui arrive aux quidams de ton espèce quand leur vient la stupide idée d'usurper la fonction suprême de sorcier ? », déclama-t-il de sa voix nasillarde.

« Pourquoi tu dis ça, j'ai jamais pris la place de personne », pleurnicha l'aubergiste.

« Tu connais le châtiment ?

– Non, pas ça… », gémit le cafetier.

La Grolle garda sa main appuyée sur l'occiput de Max qui frissonnait de terreur.

« La barque des morts va t'emmener au large… », tonna-t-il.

« J'ai rien fait… je le jure. »

Il se laissa tomber, les genoux à terre, en signe de respect.

« Je te dis la vérité, vénérable sorcier. »

À l'abri de sa cachette, Cécile ne manquait rien de cette incroyable confrontation. Si quel qu'un lui avait raconté, elle ne l'aurait pas cru. Comment ce type pouvait-il se prosterner aux pieds de La Grolle ?

« Sauras-tu attirer ma clémence ?

– Dis-moi ce que je dois faire.

– Je te laisse une chance. Parle pourquoi tu t'es fait passer pour moi ?

– J'ai jamais fait ça…

– Attention à ce que tu vas dire, maudit menteur. »

Max jeta des regards par-dessus son épaule. Cécile retint sa respiration. Michel se tassa contre le mur qui le cachait.

« Si je parle, je vais aller en prison.

– Ce que la justice des hommes te réserve ne me préoccupe guère, ce n'est pas mon monde. Si tu te tais, c'est devant la communauté des sorciers que tu devras répondre. La sentence que je te promets fera passer pour un paradis l'enfer dont te menacent tes gendarmes et ton curé. Ne laisse pas filer ta chance, il sera bientôt trop tard. Écoute, ne les entends-tu pas approcher ? »

La Grolle se tut.

Cécile, qui d'habitude se serait moquée de toutes ces simagrées, se laissa prendre au jeu. Avec de l'imagination on aurait pu confondre le vent qui bousculait les arbres avec une clameur lointaine.

La Grolle dressa les bras au-dessus de son chapeau noir, sa canne heurta le néon qui se balança dangereusement en inondant par intermittences la pièce de sa lumière crue. Il lança, avec l'emphase d'un acteur de répertoire :

« Puisque c'est ce que tu as décidé. Que ton châtiment soit…

– Non, non… supplia Max, c'est moi, c'est moi, je m'excuse… »

Michel en profita pour sortir la tête de l'obscurité qui le masquait. Il fit un signe de satisfaction à Cécile qui commençait à comprendre pourquoi son compagnon l'avait tirée du lit pour qu'elle assiste à cette mise en scène nocturne. En la voyant s'agiter, il posa son index tendu sur sa bouche pour l'encourager à rester tranquille, à l'abri de sa cachette.

On y arrivait.

« J'ai mis ta cape noire et ton chapeau… », avoua l'accusé. Le gras de son double menton vibrait à chacune de ses inspirations.

« Impossible, je ne m'en sépare jamais.

– Je… je l'ai…

– Tu n'as pas intérêt à me mentir, sinon… »

Le sorcier dessina un geste cabalistique tarabiscoté au-dessus de son crâne. Sa canne siffla dans les airs. Cécile, incrédule, dodelina de la tête.

« J'ai acheté les mêmes habits que toi, pour te ressembler et… »

Le cafetier s'interrompit, il redoutait la réaction de La Grolle, mais celui-ci resta impassible. Michel l'avait briefé, le point faible de leur mascarade aurait consisté à trop en faire. Si le sorcier paniquait l'aubergiste, il risquait de se refermer comme une huître, et toute cette comédie s'avérerait inutile.

« Et… »

Comme ça ne voulait pas venir, La Grolle lui donna un coup de pouce.

« Pourquoi avais-tu besoin de me ressembler ?

– Pour déplacer la voiture de Lou sans qu'on me reconnaisse », admit l'aubergiste.

La Grolle avait compris depuis longtemps, mais il fallait que ce soit Max qui le dise.

« Pourquoi ta serveuse n'était plus en état de conduire ?

– Non…

– Parce que c'est toi qui l'as violée et qui l'as tuée ? »

Cécile et Michel attendaient la réponse du bonhomme avec anxiété. Dehors, ils entendirent vraiment des cris, certainement des noctambules éméchés déambulant dans la nuit. Ce qui importait, c'était que Max soit persuadé que les amis de La Grolle déboulent pour l'embarquer. Le sorcier profita du vacarme extérieur pour lui faire peur.

« Tu as entendu ? Mes copains s'impatientent. Je ne pourrai pas les retenir longtemps. »

Max baissa la tête.

« Vas-y, parle, vide ton sac, ça ira mieux après… »

« Ce soir-là, j'ai fermé le bar. » Il entama sa confession d'un ton monocorde. « Je suis allé me balader du côté de Luzéronde. Je pissais un coup derrière une roncière quand j'ai entendu ma serveuse qui hurlait comme une folle. Le temps de remettre mes affaires en place, y a ce crétin d'Édouard qui m'est passé dans le dos en courant. Il était complètement à poil, ce débile. Il en tenait une tellement carabinée qu'il s'est cassé la gueule, la tête la première, dans le premier étier venu. Lou en a profité pour se carapater. »

Le cafetier se tut comme s'il en avait terminé. La Grolle se contenta de le menacer avec son bâton pour qu'il reprenne.

« Je l'ai suivie… »

Ils avaient besoin qu'il le dise.

« Et… ? », fit La Grolle.

« Je lui ai fait sa fête… je l'ai tuée… après, je l'ai mise dans sa voiture et direction le Gois. S'il n'y avait pas eu cette tempête, on l'aurait pas retrouvée de sitôt… Je me suis habillé comme toi, comme ça, si quelqu'un devait me voir, j'étais couvert, c'est toi qu'on accablerait. Et même, si tu arrivais à t'en sortir avec ta grande gueule et tes légendes à la con, on t'accuserait d'avoir voulu couvrir le paludier débile. »

Michel n'était pas loin de la vérité. Content de lui, il fit l'erreur d'échanger un geste de victoire avec La Grolle. Max en profita pour saisir une bouteille cassée qui traînait et la cassa sur le rebord d'une table.

« Je vais te buter et j'expliquerai que tu es venu me menacer chez moi. »

Il se redressa en pointant le bord acéré vers le ventre du colosse.

Il frappa.

Le sorcier sentit le tesson riper sur l'avant de sa cape tandis qu'il apercevait Hurricane qui jaillissait de sa cachette. Un tourbillon propulsa Max par-dessus le comptoir. Le cafetier partit en vol plané. Il n'avait pas encore atterri sur le carrelage que Hurricane l'estourbissait d'un coup de pied en pleine tête.

Depuis le temps qu'il avait envie de le corriger, ça lui fit le plus grand bien. La Grolle s'approcha et ils se tapèrent dans les mains pour célébrer leur réussite. Erreur, ce n'était pas terminé.

Malgré les coups qu'il venait d'encaisser, Max se releva d'un bond. Il plaqua Cécile par le cou, lui colla le verre brisé contre la peau et appuya. Une goutte de sang perla sur la peau blanchie par la pression.

« Laisse-la », hurla Hurricane.

Sa mâchoire tremblait de rage.

Le sang dans ses veines roulait comme un torrent, l'adrénaline lui explosait le cœur qui pompait à vive allure.

Cécile l'implora en silence. Il le lisait dans ses yeux écarquillés.

« Tu fais moins le fier, connard », bava Max en reniflant la morve rosée qui dégoulinait de ses larges narines.

La Grolle ne bougeait plus, de peur de déclencher l'irrémédiable.

« Il a l'air fin, le grand sorcier de Noirmoutier. Regarde-toi dans une glace : t'es ridicule avec ton déguisement de Halloween, même les mômes se foutent de ta gueule. »

Hurricane attendait le moment opportun pour agir.

« Vous allez me laisser partir tranquillement. » Max glissa vers la sortie en traînant son otage par le cou. « Autrement je l'égorge comme une truie. »

« Aïe. »

Le bord coupant du verre dessina un trait d'hémoglobine sous le menton de Cécile qui geignait de douleur.

Il fallait agir et vite, avant qu'il ne soit trop tard.

Hurricane et La Grolle le savaient.

Le sorcier leva son bâton de quelques centimètres, suffisamment pour que Max s'y intéresse une fraction de seconde. Temps suffisant pour que Hurricane arme son pied et lui écrase l'entre-jambes. Le cafetier desserra son étreinte. Le sorcier en profita pour envoyer Cécile de côté, tandis que Hurricane terminait Max d'un violent coup du tranchant de la main en pleine glotte.

Le cafetier s'effondra.

Cécile se jeta dans les bras de son sauveur.

Cette fois, c'était terminé.

Michel avait bien mérité le verre qu'il dégustait devant Cécile sans qu'elle lui fît la moindre remarque désobligeante. La bouteille de calva fêtait sa sortie. Les deux gaillards trinquaient au coin d'une table de la salle du bar. Ils attendaient que les gendarmes viennent réceptionner le colis qui gisait au pied du comptoir, ficelé serré avec du fil de pêche de gros calibre. Cécile, qui aurait préféré une boisson chaude plutôt que de l'alcool, ne buvait rien. Elle dégustait les explications de son compagnon qui expliquait avec plaisir comment il avait compris que Max était le coupable de cet ignoble forfait.

C'est la rencontre imprévue avec le chien hargneux, au sortir de la venelle des Trois-Ivrognes, dans le quartier des Banzeaux, qui lui avait mis la puce à l'oreille.

Le reste n'était qu'évidence.

Quand Michel était retourné au bar après avoir découvert le cadavre de la chienne, Max lui avait fait croire qu'il s'était blessé en ramassant des verres vides. En réalité, il maquillait la morsure de la bâtarde qu'il venait de massacrer à coups de pierres. Le cafetier, malgré ce qu'il affirmait, était perméable aux légendes. Il croyait dur comme fer que le loup-garou allait le désigner, et qu'il allait être arrêté pour le meurtre de Lou.

Pendant le déroulement de l'improbable

procès, Michel avait noté qu'il n'était pas sorti de derrière son comptoir. Il n'avait pas bougé tant que la chienne passait en revue les clients du café.

Le problème était de trouver un moyen de le faire avouer. Michel avait compris qu'il craignait par-dessus tout le sorcier borgne.

Lui seul pouvait le faire craquer.

La petite mise en scène, avec au casting La Grolle dans le rôle du grand méchant, s'imposa d'elle-même.

Ce n'était pas plus compliqué que ça.

Il n'y avait pas de quoi en faire tout un plat.

– 31 –

Un tour au cimetière avant de partir

Le lendemain matin, les journalistes repartirent tristes et frustrés car la battue, par eux tant espérée, avait été annulée. La serveuse s'était fait assassiner et violer par son patron, cafetier adipeux sans histoire notable qui avait avoué un second meurtre plus ancien dans la foulée.

Le criminel derrière les verrous, Édouard réapparut.

La Grolle avait ramené son fils du gabion perdu au milieu du marais dans lequel il le planquait depuis que toutes les polices trottaient à ses trousses.

Le lendemain matin, c'est avec plaisir que Cécile et Michel récupérèrent leur Ford Transit bien-aimé. Le camping-car était sorti comme neuf de l'atelier où le mécano en chef en avait profité pour lui faire une révision complète et gratuite.

Les héros du jour méritaient bien ce traitement de faveur.

Avant de quitter l'île, Cécile demanda à Michel de faire un détour par le cimetière marin de l'Herbaudière. Elle avait envie de voir la tombe de Léontine, la fidèle servante de Marie-Louise de Cussy, qui avait élevé Gaby junior, alias, La Grolle, sans jamais trahir la promesse qu'elle avait faite à sa maîtresse.

Ils n'eurent aucun mal à trouver la sépulture, car, ce matin, la grande carcasse de La Grolle, qui se recueillait sur la tombe de Léontine, faisait tache au milieu des allées gravillonnées.

Ils s'approchèrent en faisant crisser les cailloux sous leurs pieds pour ne pas le sur prendre.

Devant eux, plein ouest, s'étirait l'océan. Cécile songea combien il devait être paisible de reposer dans ce magnifique paysage. Le bain de la sirène émergeait au large et Cécile repensa à cette folie qu'avait faite Marie-Louise en enfilant une queue de poisson pour participer anonymement à l'éducation de Gaby junior.

Fallait-il qu'elle l'aime son fils.

Cécile était venue pour parler avec La Grolle qui se tenait, à genoux, les mains jointes devant la tombe de sa mère.

Ils l'interrompirent en plein-prière.

Il restait encore un mensonge à réparer dans cette aventure des fantômes du *Saint-Philibert*. Un événement que Cécile avait reconstitué patiemment en recollant, un à un, les morceaux du puzzle explosé par le temps passé.

Elle caressa l'épaisse et large épaule du sorcier qui mit fin à sa méditation.

« Vous feriez mieux de porter des fleurs sur la tombe de Marie-Louise de Cussy qui s'est fait enterrer, selon sa volonté, au côté de sa fille Bérengère. »

La Grolle s'ébroua et se leva en surprenant Cécile qui fit un mouvement en arrière devant la masse monumentale du colosse.

«Je préfère Léontine à cette salope de, de Cussy… C'est elle ma vraie mère, cracha-t-il en colère.

–Justement… »

Cécile avait réfléchi.

Au retour de Gaby junior à Noirmoutier et devant son insistance à connaître la vérité, voire la violence avec laquelle il l'exigeait, Marie-Louise avait décidé de le livrer à la police et… miraculeusement, quelques mois plus tard, elle ne dénonçait plus personne ; de plus, elle l'autorisait tacitement à se rendre sur la tombe de sa fille.

Que s'était-il passé entre-temps ?

Léontine était morte, noyée dans les mauvais courants autour du rocher du Cob, alors qu'elle était une formidable nageuse, et qu'elle connaissait parfaitement les dangers de ce lieu particulièrement traître aux changements de marée.

Pour Cécile, c'était flagrant. Devant le refus de Marie-Louise de laisser Gaby junior accéder à la tombe de sa bien-aimée, et surtout pour l'empêcher de le livrer à la police pour le meurtre d'Émile, les deux femmes s'étaient fâchées. Suite à une dispute plus violente que les autres, Léontine avait tué Marie-Louise.

Depuis des années, les deux femmes vivaient quasiment en autarcie sans fréquenter personne d'autre qu'elles-mêmes. Cet état de fait donna à Léontine l'idée de maquiller le meurtre en accident et de prendre l'identité de sa patronne. La plupart du temps, les gens de l'île n'osaient même pas regarder l'atrabilaire de Cussy en face.

Plus tard, on retrouva les habits de la gouvernante sur la plage du Cob où Léontine les avait jetés à la mer, mais pas de traces du corps qu'on ne retrouvera que bien plus tard entièrement bouffé par les crabes.

Léontine, qui vivait depuis longtemps avec sa patronne, n'eut aucun mal à se faire passer pour elle. Habillée de ses affaires, endossant son caractère hautain qu'elle subissait depuis toujours, prétextant des difficultés à tolérer la lumière, elle tira les rideaux et ne quitta plus ses lunettes de soleil.

Le plus difficile fut de s'habituer à cette chaise roulante dont elle n'avait nul besoin.

Si Léontine n'avait pas pris l'identité de Marie-Louise, Édouard aurait été placé et Gaby exécuté pour meurtre.

Léontine s'était débarrassée de Marie-Louise pour sauver le seul fils qu'elle n'avait jamais eu et qu'elle n'aurait jamais.

Rien ne peut arrêter une mère qui protège son petit.

– 32 –
De retour sur le Gois

Michel trônait au volant de son fourgon quand ils s'engagèrent, pour la dernière fois, sur le Gois qui s'ouvrait devant eux, large et majestueux.

Le passage était quasi désert, seule une poignée d'amateurs de palourdes, les fesses en l'air, dans cette position si particulière des pêcheurs à pied, s'éparpillaient dans l'immensité de cette lande étrangement paisible à marée basse.

Il faisait un temps magnifique. La tempête, qui, ces derniers jours, avait secoué l'île d'ouest en est, avait lessivé le ciel. Michel n'arrivait pas à reconnaître le couloir dangereux dans lequel il avait failli perdre le Ford, et peut-être la vie, sans l'intervention miraculeuse de La Grolle – le dernier sorcier de l'île de Noirmoutier.

Cécile, assise à ses côtés, tentait de chasser les fantômes du *Saint-Philibert* qui la hantaient.

Elle posa la main sur la cuisse de Michel qui se tourna vers elle en souriant.

Et ce fut comme si elle avait de nouveau dix-sept ans.

Tout cet amour en retard…

« En route », dit-elle, « ils nous reste beaucoup de chemin à faire. »

-FIN-

Parmi les sources :

Alcool de singe et liqueur de vipères de Jean-Loic Le Quellec, éditions Actes Sud.

Causeries sur Noirmoutier. Vieilles croyances et vieilles coutumes Dr. Ambroise, Viaud-Grand-Marais, éditions régionalistes Pyrémonde/Princi Negue.

Le Naufrage du «Saint-Philibert» de Simone Landreau, éditions Les Amis de l'île de Noirmoutier.

Les Grands Naufrages de l'estuaire éditions Rives Reines Siloé.

Noirmoutier, une île en mémoire , sous la direction d'Éva Penisson Geste éditions.

Île de Noirmoutier, itinéraire de découverte éditions Ouest-France.

Le Bois de la Chaise, le petit Éden de Noirmoutier, t.1 et 2, de Patrick de Villepin, éditions Vendée Patrimoine.

Geste éditions
Centre routier – 11, rue Norman-Borlaug – 79260 La Crèche
Diffusion-Distribution : tél. 05 49 05 83 50 – fax 05 49 05 83 52
Éditions : tél. 05 49 05 37 22 – fax 05 49 05 76 20
www.gesteditions.com

Fondée en 1968, l'UPCP (Union pour la culture populaire en Poitou-Charentes-Vendée) défend et promeut la culture poitevine-saintongeaise entre Loire et Gironde. Elle prend en compte les diverses composantes de cette culture, comme la langue régionale, les savoirs et savoir-faire populaires, les coutumes et l'histoire, la vie sociale et économique. Elle revendique auprès des pouvoirs publics une meilleure reconnaissance de l'identité culturelle régionale, comme facteur de dynamisme social et économique. Afin de développer ses propres moyens d'action, elle a créé Geste éditions (société anonyme).
L'histoire de Geste éditions a commencé en 1992, du tout premier *Bestiaire poitevin* aux actuelles publications universitaires de la collection « Pays d'histoire », un catalogue de plus de 600 titres est né, façonnant aujourd'hui une identité culturelle entre Loire et Gironde : récits de vie, parlanjhe, monographies patrimoniales, beaux-livres, carnets de voyages, etc., autant de collections qui témoignent de l'activité humaine en région.
De son nom d'origine, *La Geste paysanne*, la maison conserve sa philosophie humaniste fondée sur l'étude des pratiques populaires, les arts et les sciences du langage. C'est la geste des pays de l'Ouest, source de territoires rêvés et imaginaires, d'une culture régionale révélée.
Parallèlement à son activité éditoriale, Geste éditions s'est spécialisée dans la diffusion de livres auprès des libraires du Centre-Ouest, elle représente désormais près d'une centaine d'éditeurs.

Par ce logo, nous témoignons d'une volonté de réduire les impacts environnementaux liés aux activités de l'imprimerie. Nous choisissons un imprimeur impliqué dans la réduction des gaz à effet de serre.

Le choix de nos papiers assure que la production a été faite à partir d'un produit à base de bois et a suivi le cahier des charges d'une gestion durable des forêts européennes.

Composition : les ateliers Geste

Achevé d'imprimer en Espagne
en mars 2016

Dépôt légal : 1er semestre 2016